香月みと
MITO KAZUKI
乙女ゲーム世界で
主人公相手に
スパイをやっています
4

登場人物紹介
桂木鏡矢
(かつらぎ きょうや)
1年C組。武術に秀でている。
日比谷和翔
(ひびや かずと)
詩織の従兄で、クラス担任。
金城篤史
(かねしろ あつし)
2年生。
水崎の乳《ち》兄弟《きょうだい》。
新見詩織
(にいみ しおり)
従兄の和翔から頼まれ、この乙女ゲーム世界のヒロイン、マリアの動向を探っている。1年B組。
水崎誉
(みずさき ほまれ)
2年生。
財閥の御曹司。

渋谷
（しぶや）
１年Ｂ組。
学級委員長を
務める。
月島優希
（つきしま ゆうき）
１年Ｄ組。
学園一の美少年。
火村稜
（かむら りょう）
１年Ｂ組。
若きデザイナー。
土屋陽介
（つちや ようすけ）
１年Ｂ組。
マリアの幼馴染《おさななじみ》。
愛川マリア
（あいかわ まりあ）
乙女ゲーム世界のヒロイン。
攻略対象の全員をオトそうと
しているようで……？
１年Ｂ組。
ミシェル
学園内の教会に
やってきた神父。

CONTENTS

十一月①　攻略対象が、攻略されました

ハプニングも多かったけれど、なんとか文化祭が終わった。

従兄《いとこ》の日比谷和翔《ひびやかずと》――和兄《かずにい》から、この世界が乙女ゲームの世界だと聞かされたのは、今年の春休み。つまり、私がゲームヒロインのスパイになって、早くも半年以上が過ぎたわけだ。

ヒロインの相手役――攻略対象の一人である和兄によると、その乙女ゲームはクリスマスにエンディングを迎えるらしい。それまでの間、彼がヒロインに攻略されないように協力するのが私、新見詩織《にいみしおり》の役目だ。

聖火《せいか》マリア高等学園の年間行事において、もっとも盛り上がるのは十月末に行われる文化祭だと思う。

同じクラスで、報道部に所属している祭京子《まつりきょうこ》嬢。彼女にとって、この日はまさに晴れ舞台だったようだ。

講堂で開催される出し物のナレーションに加え、武道場や体育館で行われるイベントの司会進行は報道部に一任されている。京子嬢はそれらの仕事だってあったろうに、クラスの模擬店で活躍し、さらにはミスコンにも出場していた。

私自身、かなり多忙な一日だったので、当日の彼女の様子は少ししか知らない。だが、ミスコンはしっかり見届けた。京子嬢は、その素晴らしいモデル並みのプロポーションで皆を圧倒していた。いやー、もう、なんで私ってば京子嬢とプールに行かなかったんだろうね。夏休み中、誘ってみれば良かった。

ちなみに水泳の授業があるので、彼女の水着姿は見たことがある。美しいスタイルはまったく崩れる気配がなく、きっと日々の運動を欠かしていないに違いないと思わされたものだ。……もしも、運動とか特にしてないし、ジャンクフードも食べまくってるわ、なんて言われたらどうしよう。ズルイ。

文化祭が終わって一週間ほど経った、ある朝の教室。

「そんなわけで、取材取材だったのよ」

京子嬢は自分の苦労話をしながら、取材記事をばっばーんと壁に貼った。

文化祭で起きた様々な事件が特集されたものだ。学園新聞の号外として配布されていたので、内容は知っている。ただ、彼女が今貼ったのは壁新聞風の特大サイズだ。

「愛川《あいかわ》さん、写真写りいいよねえ」

京子嬢が特大サイズを用意したのは、ミスコンでマリア嬢が優勝したよ！　という記事のためだと思われる。愛川マリア嬢……彼女はこの乙女ゲーム世界のヒロインで、文句なしの美少女だ。

何気なく新聞を眺めていると、各クラスの出し物を特集した記事の中に、我が一年B組のハロウィン喫茶の写真を見つけた。皆でモンスターの仮装をして接客し、好評だったのだ。

「あー。この写真、使ったんだー。どうせなら吸血鬼が良かったのに。写真、撮《と》っとけば良かった。突然だったから、誰も渋谷《しぶや》くんの写真撮ってないんじゃない？」

私の背後からそんな声を上げたのは、友人の佐々木裕美《ささきゆみ》ちゃん。

文化祭当日、委員長は怪我《けが》をしたクラスメイトに代わって吸血鬼の衣装を着ることになったのだ。確かに、よく似合ってた。

「あ、渋谷くんの写真なら撮っといたよ！」

メイクを担当していた子から申し出があり、裕美ちゃんは嬉々《きき》として携帯電話を取り出した。さっそく写メ交換をはじめている。

そして当の本人……委員長は、いささか複雑そうな声で呟《つぶや》いた。

「肖像権とかはどうなるんだっけ、この場合？」

「私のバイト姿の写メをいつの間にか持ってた委員長のセリフとは思えないね」

夏休み中、私は『にゃんにゃんカフェ』なるお店で短期間バイトをしていた。制服はネコ耳尻尾つきのウェイトレス姿。委員長はその時の写メを持っているのだ。

「……まあ、そう言われると反論はできないか」

委員長は首を傾《かたむ》けて、壁新聞を見上げる。

「どれも力の入った特集だね」

「そうでしょ？　ただ、これで当分は校内の行事がないのよね。十二月はクリスマスがあるけど、恋人がいる人にもいない人にも、取材はしづらいし……。だから、再び教会を取材しようと思って」

京子嬢の言葉に、私はぎょっとした。彼女は以前、学園の敷地内にある教会を取材しようとして、一晩行方不明になったことがあるのだ。最終的に、教会で眠っているところを見つけたんだけど。

「……教会に行くの？」

私の心配が伝わったのか、京子嬢はにっこり笑って言う。

「あはは、心配しないで。今度はちゃんと昼間に行くし。インタビューの相手はミシェル神父よ。噂《うわさ》によると、スクールカウンセラーみたいな感じで、生徒の悩み相談なんかも受けてるらしいわ」

「へえ……」

ミシェル神父は、十月に学園の教会へやってきた新しい神父である。天使や妖精と見《み》紛《まが》うばかりの、とてつもないイケメンだ。

実は彼もゲームの攻略対象の一人で、なんとフランス人なのだとか。

「あんな美形を取材しない理由、ないわよね」

京子嬢はそう言って、グッと拳《こぶし》を握りしめた。そういえば、報道部で『校内のイケメン』特集を組もうとしてはポシャッている、と聞いたことがある。誰から誰までをイケメンとするか、その線引きが難しく、なかなか実行できないらしい。ほら、個人差があるでしょ、人間の美醜《びしゅう》に対する感想って。

とりあえず、マリア嬢の攻略対象たちは全員イケメンと言っても過言ではない。個人的には、そこに元生徒会長の月島《つきしま》先輩を加えてほしいものだ。先輩のインタビューだったら、ぜひとも読みたい。

「取材するのはいいけど、注意したほうがいいよ？」

静かに壁新聞を見上げていた攻略対象の一人、デザイナーくんこと火村《かむら》くんが口を挟んだ。

「以前の神父さまと違って、ミシェル神父は若いしさ。信仰が過激っていうか……、面白半分で取材したら、いい顔しないと思うからね」

「ありがとう。一応、取材内容は気をつけるとするわ」

「うん、本当にね。美形だからって『好みの女性のタイプ』とか聞いちゃだめだよ？　神父さまは妻帯不可だし、聞かれても困るでしょ」

「心配しなくても、それは聞かないけど。ちなみに火村くんはどうなのよ？　好みの女性のタイプ」

「オレ？　オレは女の子なら誰でも可愛いと思ってるよ」

さらりと言ってのけたデザイナーくんに、京子嬢は呆《あき》れたようなため息をつく。

「あなたも取材のしがいがないわね」

まったくだよ。

その時、教室の入り口あたりでざわざわと声が上がった。どうやら私の従兄《いとこ》殿――クラス担任でもある和兄がやってきたらしい。

朝礼前の楽しいひと時はおしまいというわけだ。仕方がないので、皆はそれぞれの席へ散っていく。

私の隣の席では、今日も土屋《つちや》少年が突っ伏して眠っていた。

彼はマリア嬢の幼馴染《おさななじみ》で、攻略対象の一人でもある。ただ、土屋少年は文化祭準備期間中にちょっとした諍《いさか》いを起こしていた。メイクをしたマリア嬢に暴言を吐いたのだ。

本心からの言葉ではないと思うんだけど、土屋少年が謝らなかったことで、二人の間には距離ができてしまった。

そして文化祭の翌日、マリア嬢のお祖母《ばあ》さんの容体が悪くなり、彼女は学園を休んだ。京子嬢は、いつまでもうじうじしている土屋少年を連れてマリア嬢の家へ行ったらしいが、結局、謝ることができたのかどうかは分からない。ただ京子嬢が怒っている様子はないので、彼はちゃんと謝ったんじゃないかと思う。

「土屋くん、センセー来たよ？」

声をかけたが、起きる気配はない。よほど深い眠りについているのだろう。出欠時には「寝てます」と代返しとくかね。そう思いながら様子をうかがっていると、彼は急にガバッと身を起こした。

「ッ！　はぁっ、はぁっ、はぁっ……」

胸元をかきむしるようなしぐさをしながら、土屋少年は荒い息を繰り返す。顔色が悪いし、額《ひたい》に脂汗《あぶらあせ》が浮いているのが見える。

「っく……」

奥歯をギリギリと噛《か》みしめているのを見て、思わず声をかけた。

「ちょっ……、どうしたの土屋くん」

「うるせえ、声かけんな！」

土屋少年は声を荒らげ、顔を歪《ゆが》めて再び胸元をかきむしる。

「ちょっと！」

いかん。よく分からないが、これは異常だ。

「センセー！」

私は立ち上がって手を挙げた。

「土屋くんを保健室に連れていってもいいですか！」

そう言いはしたが、私より背の高い土屋少年を支えて保健室に連れていくのは難しそうだ。

寺門《てらかど》くんに声をかけ、数人の男子生徒たちに彼を託《たく》した。ちなみに寺門くんはクラス内で結成された『ネオ・キャンドル』というバンドのメンバーで、体格がいい。

私がついていっても役に立たないので、結局、教室に残った。おおう……

一時間目の授業が終わった後、寺門くんに土屋少年の様子を尋ねてみた。土屋少年は保健室のベッドに横になったとたん、眠りこんでしまったらしい。

午前中、土屋少年は教室に戻ってこなかった。

さすがに気になって、昼休みに保健室へ向かう。

もちろん私一人ってわけではなく、京子嬢と裕美ちゃんも一緒である。

マリア嬢は、お祖母さんの事情で今日もお休みだった。昨日は来ていたけれど、文化祭以降、彼女は休みがちなのだ。

「見たところ、寝ているだけなのよね」

保健室に着くと、養護教諭の鈴木《すずき》おばちゃん先生はそう言って首をかしげた。

静かにするという約束で、私たちを土屋少年のベッドに案内してくれた鈴木おばちゃん先生。彼女は続けて「彼の部活顧問にも伝えたわ」と言った。

「一度、病院で診《み》てもらったほうがいいと思うのよ。胸をかきむしっていたみたいだし……。ほら、彼は水泳部でしょう。いろいろと特別な例があるかもしれないからね」

鈴木おばちゃん先生の言葉を聞き、私は内心ドキッとした。

日々、水泳の練習に励《はげ》んでいる土屋少年は、他の人に比べて身体は丈夫だと思う。ただスポーツ選手ってのは、厳しいトレーニングの分、身体を酷使《こくし》している。そのため、ガタが来るのも早いと聞いたことがある。

土屋少年は、水泳選手として将来を有望視されているのに……

気を揉《も》む私の前で、鈴木おばちゃん先生はさらに驚くべきことを口にした。

「今日はどうなっているのかしら。さっき、Ｃ組の桂木《かつらぎ》くんまでやってきて……」

「えっ」

大きな声が出そうになり、慌てて口元を手で押さえる。

鈴木おばちゃん先生がカーテンを少し開けると、隣のベッドでは桂木くんが横になっていた。攻略対象の一人である彼は武道の心得があり、なおのこと体調不良が似合わない。

額《ひたい》に手のひらを置いてぐったり目を閉じている彼の姿を見て、ふと体育祭を思い出す。

あの時も桂木くんは顔色が悪く、ふらふらしていた。それでも保健室には行きたくなさそうだったのに、こうしてやってきているということは、今日はよほど体調が悪いのだろうか。

京子嬢、裕美ちゃんと三人して様子をうかがう。

「別に同じ症状ってわけじゃないみたいね」

京子嬢は唸《うな》るように呟《つぶや》いた。

「突発的な奇病の流行かと思って、焦っちゃったじゃないの」

裕美ちゃんは、声をひそめて京子嬢に尋ねる。

「奇病って、たとえばどんなの？」

「イケメンだけがかかる病気とか」

「世のため私のため、なんとしてでも食い止めなくちゃいけないよ、それは」

裕美ちゃんは、やけに真剣に答えた。

もちろん、二人とも茶化《ちゃか》しているわけじゃない。青ざめて心配そうにしている表情から、気遣いが伝わってくる。

「心配だけど……。ここにいても、どうしようもなさそうだね」

私が漏《も》らした言葉は、皆の本音だろう。気になったのでここまで来たが、分かったのは『何もできない』ということだった。

「三人とも、そろそろ昼休みが終わるわよ。あとはこっちに任《まか》せなさい」

鈴木おばちゃん先生にそう言われ、仕方なくこの場を去ろうとした時だった。

誰かに腕を引かれて、私は思わず足を止めた。視線を落とすと、うっすら目を開けた桂木くんの手が私の腕を掴んでいる。

「……にいみ？」

どこか焦点の合っていないような、ぼうっとした瞳が私を見た。

「夢か、これ……」

「保健室だよ。……大丈夫？」

桂木くんは、すぐには答えなかった。しばらくじっとこちらを見ていたけれど、ふっと視線を逸《そ》らす。

「……あさましいな、夢に見るとか」

どこか自嘲《じちょう》するみたいに言って、桂木くんは目を閉じた。彼の手から力が抜けて、腕が解放される。

「え、えーと。ねえ、詩織ちゃんだけここに残ったらどうかな」

裕美ちゃんがおずおずと提案してきた。

「ほら、桂木くん、傍《そば》にいてほしそうだし？」

いや、そういうリアクションじゃなかったと思うんだけど。むしろ邪魔じゃない？

それなのに、京子嬢まで裕美ちゃんに同意を示した。

「確かに。詩織は残ったら？」

一方の鈴木おばちゃん先生は、さすがに一味違う。

「三人とも戻りなさい。授業をサボるような真似は認めません」

もちろん、誰も鈴木おばちゃん先生には逆《さか》らえないのである。

□■□

文化祭が終わると、次のイベントは修学旅行だ。参加するのは二年生。

そのため生徒会役員のうち、生徒会長の水崎《みずさき》先輩、副会長の田中《たなか》先輩、会計の金城《かねしろ》先輩というトップスリーがまとめて不在になってしまう。

生徒会には一年生もいるけれど、トラブルがないことを祈るばかりだ。

「今年はどこに行くんです？」

その日の放課後、私は生徒会室に来ていた。必要書類に、会長の捺印《なついん》をもらいにきたのである。

私は来客用ソファに座り、煎茶《せんちゃ》をいただきながら尋ねた。現在、生徒会室にいるのは件《くだん》の役員三名。煎茶を用意してくれた田中先輩が返答してくれる。

「京都なのよ、四泊五日でね」

「まったく、つまらん。せめて海外にしてくれ……。何が悲しくて、新幹線で簡単に往復できるような場所に行かなくてはいけないんだ」

そう嘆《なげ》くのは水崎先輩。彼の言葉に続けて、金城先輩がため息まじりに言った。

「誉《ほまれ》、わがままを言わないでください。それに、あなたは忙しくなりますよ。自由行動の間、ファンクラブの方々が群《むら》がるでしょうから」

見たところ、純粋に京都旅行を楽しみにしているのは田中先輩だけ。水崎先輩と金城先輩は、面倒くさそうだ。お二人はマリア嬢の攻略対象なんだけど、一年生が参加しない修学旅行でイベントが起きることはないだろう。

「学園行事なんですから、遊びだと思わなければいいんじゃないですか？　お寺とか行くんですよね？」

「そうよ。新見さんの意見を見習ったらどうなの、水崎くん。その振ったら音がしそうな頭に、古都《こと》を愛《め》でるって感覚を入れておいたほうがいいわよ」

「っな……！　だいたいおまえが楽しみなのは、貧乏人は普段、旅行ができないからだろう」

「ええ、そうよ。それが悪い？　学園行事とはいえ、はじめての京都なの。楽しみだわー。新見さん、あなたにもお土産《みやげ》買ってくるわね」

「ええっ、そんな、悪いですよ。でもそう言っていただけるなら、ぜひ写真を撮《と》ってきてくださいね。お寺や観光名所をバックに、田中先輩が楽しんでいる写真が見たいです」

「あら、うふふ。それでいいの？　なら……」

私たちが楽しくお喋《しゃべ》りしていると、水崎先輩は横から不機嫌そうな声を上げた。

「おまえら、オレ様がいることを忘れているだろう……！」

「あのね、なんのために新見さんが待っているか分かってる？　あなたの捺印《なついん》待ちでしょうが。そういうことは、一向に減らない書類を片づけてから言ってちょうだい。どうして放課後にわたしまで待機してると思ってるわけ？」

「田中さん、落ち着いてください」

眉をひそめた田中先輩を、金城先輩がなだめた。

最近の生徒会室では、こんな感じで水崎先輩と田中先輩がよく口喧嘩《くちげんか》をしている。金城先輩はたまになだめに入るけど、基本的に放置だ。というより、どこか生あたたかく見守っている節《ふし》さえある。

ここで私は、あることに気がついた。金城先輩は、田中先輩のことを苗字で呼ぶ。彼はなぜか、信用している女性のことを苗字で呼ぶみたいなのだ。

いろいろあった末、私も「詩織さん」から「新見さん」と呼ばれるようになった。しかし、田中先輩のことは最初から「田中さん」と呼んでいる。

これは私の勘だけど、金城先輩は、水崎先輩の恋のお相手として田中先輩なら問題ないと思っているのではないだろうか。水崎先輩は御曹司《おんぞうし》。身分違いとまでは言わないが、暮らしぶりに大きな格差があって交際は難しいかもしれない。だけど……。いや、まあ実際のところは、田中先輩にまったくその気がないし、水崎先輩も彼女を恋愛対象外として見ていそうだ。

とはいえ修学旅行で何かあったりしたら面白……いえ、なんでもありません。田中先輩、許して。

それはさておき、文化祭の後、学園内には少し変化が起きた。

文化祭準備期間中と後夜祭の最中に、泥棒《どろぼう》が入った形跡があったのだ。警察に相談はしたらしいが、今のところ被害はないので、本格的な捜査などは入ってない。

そんな中、黒服の集団が校内をウロウロするようになった。ぶっちゃけて言うと、水崎先輩の護衛である。

今までは学園内に立ち入らないという話になっていたそうだが、泥棒が水崎先輩のカバンまで狙ったこともあり、彼の親御さんが気をまわしたのだとか。

今も、生徒会室の外には一人の黒服がたたずんでいる。おいおい。過保護じゃないか？

「そもそも、修学旅行に行けるかどうかなんだが……」

水崎先輩の呟《つぶや》きに、金城先輩が答えた。

「そろそろと護衛を連れていくのは確かに迷惑ですけどね。学園行事ということは会長もご承知ですから、大丈夫でしょう」

「ちなみにお二方は、修学旅行に行きたいんですか、そうでもないんですか？」

首をかしげてズバリ聞いてみたところ、水崎先輩は苦虫を噛《か》みつぶしたような表情を一瞬浮かべ、金城先輩は微笑《ほほえ》んだ。

「……生徒同士で遊びに行く機会なんか、この先、あまりないだろうからな」

「誉は本心では行きたくて仕方ないんですが、無理だった時のために誤魔化《ごまか》してるんですよ」

くすくすと笑って金城先輩は付け足した。

「ちなみに僕は面倒なので、休みでも構いませんけどね。ただ修学旅行を欠席してクラスメイトが誰もいない学園に出てくるよりは、行ったほうが楽しいでしょうし」

「あら、わたしとしては二人とも休んでくれてもいいのよ？」

田中先輩、ばっさり。

書類に生徒会長の捺印《なついん》をもらい、私は西校舎を歩いていた。

聖火マリア高等学園には、大きく分けて三つの校舎がある。一年生の教室が入っている東校舎、生徒会室や二、三年生の教室が入っている西校舎、職員室や特別教室のある中央校舎だ。

そういえば昨日、マリア嬢が西校舎をうろうろしていた。

てっきり水崎先輩か金城先輩が目当てだろうと思ったのだが、彼女が目で追いかけていたのは水崎誉公式ファンクラブの部長さんだ。部長さんの目に留まる場所をわざわざ歩いて、チラッと様子をうかがう。でも部長さんの反応は一切ない。文化祭のミスコンでマリア嬢に負けたせいか、一瞬イラッとした表情を浮かべていたけど。

何度かそんなことを繰り返し、マリア嬢は首をかしげて去っていったのだ。

そして昨晩、和兄にこの件について聞いてみたところ、こんな返答があった。

『水崎のメインイベントに、ファンクラブと諍《いさか》いを起こすものがあるんじゃないか？』

だとすると、マリア嬢の目論見《もくろみ》はハズレたということだ。

そんなことを考えながら歩いていると、西校舎の一角で、水崎誉公式ファンクラブの部長さんがうずくまっているのを見つけた。廊下に座りこんで、壁に手をついている。立ちくらみでも起こしたのだろうか。

「あのう……」

声をかけたものの、そういえば彼女の名前を知らなかった。

文化祭のミスコンでは、惜《お》しいところでマリア嬢に負けてしまった彼女。才色兼備《さいしょくけんび》の女性らしく、ミスコンでも名前が強調されていたはずなのに……マリア嬢と京子嬢ばかり気にしていたので覚えてない。

「大丈夫ですか？　保健室に行ったほうがいいんじゃありませんか？」

私が尋ねると、彼女は青ざめた顔を上げ、掠《かす》れた声で答えた。

「だい、じょうぶよ……。少し休めば……」

貧血かな。そう思った次の瞬間、彼女の瞳の色を見て、ふと嫌な感じを覚えた。

焦点の合っていない、ぼうっとした瞳。まるで、正気を失っているような――

思わず声を上げそうになった時、彼女はふらりと床に倒れこんだ。そして今にも消え入りそうな声で呟《つぶや》いた。

「水崎様……」

私は大慌てで人を呼んだ。上級生の教室に駆けこんで声をかけ、何人かの生徒たちに協力してもらって、彼女を保健室に運ぶ。

鈴木おばちゃん先生は私を見て顔を引きつらせた。私が何度も怪我《けが》して、心配をかけているせいだろう。しかし、今日は私が運ばれてきたわけではない。

「どういう状況なの?」

「よく分からないんです。廊下でうずくまっていて、具合が悪そうでした。声をかけたら『大丈夫』って言いながら倒れて……ああ、最後に『水崎様』って」

「水崎くんを連れてきなさい、今すぐ!」

あ、しまった。どう考えても、最後の一言は余計だったよね。

鈴木おばちゃん先生の勢いに圧《お》された上級生たちは、保健室を飛び出して、すぐさま西校舎に向かった。

しばらくして現れた水崎先輩と金城先輩は、保健室で寝かされている彼女の姿を見て、驚いた表情を浮かべる。

「五味《ごみ》じゃないか。ここ数日見ないと思ったら……、何があったんだ?」

「確か、絵梨香《えりか》さんは、誉のカバンを漁《あさ》った犯人を見つけ出すと言って憤慨《ふんがい》していましたが……」

五味絵梨香さんというのが彼女の名前らしい。

うむむ。水崎誉公式ファンクラブでは、探偵の真似事もするのか、すごいな。

「五味、おい、しっかりしろ。オレ様が分かるか」

水崎先輩がそう声をかけると、五味部長はうっすらと目を開けた。そしてぼんやりとしながらも、それはそれは幸せそうな微笑《ほほえ》みを浮かべて……再び気絶した。やめてくれ、本当に死ぬ前みたいなリアクションじゃないか。

「絵梨香さん、気絶している場合ではありませんよ。荒らしの犯人は見つかったのですか？」

金城先輩が尋ねたところ、五味部長はぱちっと目を開けた。

「ハッ……。申し訳ありません、私ったら。水崎様に見舞っていただけるなんて、あまりに幸せすぎてこのまま昇天するところでした」

物騒な。

五味部長は表情を引き締めると、なんとか上半身を起こしながら続ける。

「それよりも大変です、水崎様。水崎誉公式ファンクラブを挙げて調査を行いましたところ、犯人グループの一人らしき人物を見つけました……。連中の目的は、水崎様がお持ちの宝石のようなのです」

「宝石？」

水崎先輩は、怪訝《けげん》そうな表情を浮かべる。

「ええ。色や形状は不明ですが……それを探すため犯行に及んだと言っていました。ただ犯行を告白した直後から、その人物の様子がおかしくなって。妙な香水を撒《ま》き散らして逃げ出してしまったのです。しかも犯人の顔を確かに見たはずなのに、私だけでなく、皆が思い出せなくなっていました」

水崎先輩と金城先輩は、顔を見合わせた。

すごく奇妙な話だったが、二人とも五味部長がおかしいだとか、ウソをついているとは思っていないらしい。

「胸の悪くなるような匂いの香水でした。あれからずっと、私も……」

胸元を押さえて青ざめる五味部長。だんだん、目の焦点が合わなくなっていく。

「ちょ……、おい、五味。しっかりしろ」

「うう……、いや、嫌。頭の中に入ってこないで……」

ぐらりとベッドに倒れこんで、五味部長は気絶した。

「おいっ……」

水崎先輩は険《けわ》しい表情で金城先輩を一瞥《いちべつ》し、鈴木おばちゃん先生へ向き直る。

「すまないが、救急車を呼んでもらっていいか。彼女の様子は普通じゃない」

「あらまあ、自分で携帯電話を取り出したりはしないわけ?」

「校内は通話禁止だろう」

意外なセリフが出てきたなあ。水崎先輩は生徒会長となり、いつの間にか校則を守るようになったみたいだ。

鈴木おばちゃん先生も、その変化を感じ取ったらしい。

「茶化《ちゃか》して悪かったわ。彼女のことは任《まか》せて、あなたたちは帰りなさい。水崎くん、念のため確認するけど、彼女の症状に心当たりはないのよね？」

「ない」

きっぱりと言いきって、彼はうなずいた。

「新見さん、あなたもそろそろ戻りなさい」

「はぁい」

私もおとなしくうなずいて、水崎先輩たちと一緒に保健室を出る。

「それにしても、なぜ新見さんが？」

金城先輩から保健室にいた理由を聞かれたので、端的《たんてき》に答えた。

「西校舎で、具合の悪そうな五味部長を見つけたんです。だから……なりゆきですかね？」

別に、上級生に託《たく》して終わりでも良かったのだ。ただ、倒れる前の彼女の瞳の色がどうしても気になった。焦点の合わない、ぼうっとした目。そんな目をした生徒を見るようになったのは、いつからだろう。文化祭の時？　それよりも前？

「しかし、犯人の狙いが宝石……？　オレがいかにセレブだろうと、学園内に高額な品を持ちこむようなマヌケに見えるのか？」

「どうでしょう。宝石と言っていましたが、必ずしもそうとは限りませんよね」

金城先輩は水崎先輩にそう言って、チラリと私を見た。

金城先輩の考えていることは、なんとなく分かる。例の『石』のことだろう。

水崎先輩と金城先輩が生まれた時から持っていたという石。和兄や桂木くんも、同様の石を持っている。そのため私と和兄は、この石こそ攻略対象の証《あかし》だと怪《あや》しんでいた。

さらに委員長によると、それは攻略対象たちの『心』が具現化したものらしい。石を手に入れれば、その人物の心も手に入るのだ。

石を求める人間として最初に浮かんだのはマリア嬢だったが、五味部長は『犯人グループ』と言っていた。集団だとすると、マリア嬢は関わっていないはず。彼女は基本的に単独行動である。

水崎先輩の心が手に入るとなれば、狙う人間は多いだろう。むしろ公式ファンクラブのメンバーのほうが疑わしいくらいだが、五味部長の様子から見て、それはなさそうだ。

私は考えこみながら、小さくうなずいた。

「では、私はこれで」

水崎先輩と金城先輩とは途中で別れ、私は自分の教室に急いだ。

もしかしたら、まだ残っているかもしれない人物を捕まえるために――

□ ■ □

月島優希《ゆうき》が奏でるヴァイオリンの音を聴きながら、男は口元に笑みを浮かべた。

優希の瞳には生気がない。ただ、普段どおり練習をしているだけ。

自己表現の下手な優希だが、音楽は正直だ。いつもは彼の精一杯の感情が音になって流れていく。

しかし、そのようなものは今の優希に存在しない。言うなれば、『心』ここにあらずだ。

焦点の合わない目で、優希は日常生活を過ごしている。

そのことに気づく者はいない。なぜなら学園の日常が、ぼんやりとした目の生徒たちによって侵食されているからだ。常に目の焦点が合っていなければ、不審に思う者もいるだろう。だがそこには個人差があり、まったく影響を感じさせないまま心を失っている者もいる。

心を男に預けた者は、香りを放つ。その香りがまた、次の犠牲者を呼びこむのだ。

この学園の生徒すべてがそうなるのに、あと一月《ひとつき》もかかるまい。

「さて、マリアさんには早いところ石を持ってきていただかないといけませんね」

男はそう呟《つぶや》くと、祭壇《さいだん》に置かれた燭台《しょくだい》に視線を移す。

燭台には九つのくぼみがあり、一番右端にだけ石が埋まっていた。

逆側の端はくぼみの部分がチカチカと光を放ち、該当する石が埋まるのを待っている。

男は、その場にいない者たちへ語りかけるように言った。

「石が埋まるごとに、攻略対象全員の好感度は強制的に上がっていく。今は私の石だけですが、それでも効果は覿面《てきめん》。いくら拒んでいても、他の者たちが堕ちれば同じことです。すでに月曜日は堕ちた……。次は誰でしょうね、水曜日？　土曜日？　ふふ、分かりませんが、それもまた面白い。そもそも、あなた方は分かっていない。たとえその感情がマリアさんへの愛情でなかったとしても……神《ゲームシステム》は誤作動するのです。一番危なかったのは、日曜日……あなたでしょうか。月曜日よりも先に、正気を失うところだったという自覚はおありで？」

くすくすと男は笑う。

「教師にあるまじき汚点ですよ、日曜日さん」

男はそっと教会の暗がりへと視線を移した。

「ねえ？　祭京子さん」

男が目を向けた先には、女子生徒が一人いた。取材用のカメラとメモ帳を手にしている。先ほど神父と会話していた姿のままだが、その瞳はぼんやりと焦点が合わないものへ変化していた。

「あなたはずいぶんと手強かった。最初に教会を訪れて香りを吸ったのは、九月だというのに……。結局、私が表舞台に上がってくるまで堕ちませんでしたね。大変強い心の持ち主です。誇ってくださって結構ですよ」

それから一呼吸置き、男はにっこり微笑《ほほえ》んだ。

そのとたん女子生徒の胸元で石が具現化し、即座に砕けた。破片は香りへと変じ、女子生徒を包みこむ。

「どうぞこれからは、私のために心を使ってください。あなたの周囲の方々の心を神《ゲームシステム》に預けるべく、彼らを私のもとへと連れてきてくださいね」

□■□

水崎先輩と金城先輩と別れた後――

「まあ、そういうわけで。ここは一つ、腹を割ってもらおうと思ったんだよね」

私は無事に捕まえた委員長を椅子に座らせて、ふふふんと笑ってみせた。

自分の前世はこの乙女ゲーム『ときめき恋曜日～愛のキャンドルを灯して～』を作ったスタッフだ、と委員長が告白してきたのは十月のこと。

彼を問いつめて、もう少し詳しく喋《しゃべ》ってもらおうと前から考えていたのだ。

特に確認しておきたかったのが、文化祭で一時的におかしくなった和兄を委員長が治した一件について。……ついでに、スタンガンのことも聞きたい。文化祭のライブで監禁されかけた時、助けにきてくれた和兄が持っていたスタンガンは、なんと委員長のものだったらしい。物騒な男である。

「僕は介入しないって言わなかったっけ？」

委員長は苦笑いしながら答える。

ちなみに私たちがいるのは、喫茶店だ。長居できて、人に話を聞かれにくそうな席のある店を選んだ。外で話すのは、そろそろ寒いしね。

「新見さんがデートに誘ってくるから何事かと思ったら。やれやれだね」

そんなこと少しも思ってないくせに、口に出すものではないぞ。

「ホットコーヒーを奢《おご》るって言ったら、普通についてきたじゃない」

「まあねえ。どうせなら、おかわり自由のファミレスが良かったな。……で、何が聞きたいの？」

「答えてくれる？」

「事柄によるね」

委員長は澄《す》ました顔でコーヒーを口に含み、カップを持っていない手の指を三本立てる。

「そうだな……三つ、どんなことでもいいよ。三つ答えてあげよう」

「三つぅ？　その根拠は？」

「どんな願いごとをきいてくれる魔法でも、数は三って相場が決まってるだろう？　僕は、言うなればこの世界の神さまみたいなものだからね。いくらでもネタバラシはできるけど、それだと僕が面白くない。僕は、この世界の人間が自分らしく生きる姿が見たいんだ。迂闊《うかつ》にネタバラシして、誰かの生き方を捻《ね》じ曲《ま》げてしまっては意味がないんだよ」

委員長は口元に笑みを浮かべて言う。まったく、いい性格をしている。

三つとなると、ずいぶん絞《しぼ》りこまなければいけない。

聞きたいことは山ほどあるのだが……。今、私にとってもっとも重要度が高いのはなんだろうか。

「じゃあ、ね。まず一つめ。石について教えてほしい」

「石は、岩よりも小さくて砂よりも大きい。石よりも小さくて砂よりも大きいのは、砂《じゃ》利《り》。医学において、内臓にできる結石も石と呼ばれる」

すらすらと言ってのけた委員長をジロリと睨《にら》む。

「やれやれ」

委員長は肩をすくめた。

私は目の前のグラスに口をつける。ちなみに私のはアイスティだ。そろそろホットのほうがいいかとも思ったけれど、アイスティのほうが分量多いんだよねえ。氷の分かかな。

「前にも言っただろう？　『石』は攻略対象の証《あかし》。……『心』を具現化したものだよ。それを異性が手に取れば、文字どおり心が手に入る。同性の場合には効果がない」

「文化祭の時に、『瘴気《しょうき》にあてられて、内部に取りこんだ』って言ったでしょう。石はずっと具現化してるものじゃないわけ？」

「ああ……、なんだ、ちゃんと聞いてたのか。失敗したなあ」

委員長は少しむくれたように口を尖《とが》らせた。

「これについては、僕の憶測を含むけどいい？」

私はきょとんとしながらも、うなずく。ついさっき、自分は神さまだー、なんてちょっとおかしなことを口走っていたのに。

「『石』は、実際のゲームシステムにはないものだからね。僕の研究発表というかたちになるかな」

委員長はそう言って、コーヒーカップをソーサーの上に置いた。

「『心』は、本人が管理する以外に二ケ所、置き場所があるんだよ。一つは教会、もう一つは自分の内側だ。祭壇《さいだん》に置かれた燭台《しょくだい》のくぼみにはめられた場合は、本人であろうと取り出せなくなるね。正しく自分の内側に取りこんだ場合は、他の多くの人間と同じく、心は本人だけのものとなる。よって、外部からの干渉を受けることもない。正しくない方法で内側に取りこんだ場合は、軌道修正ができなくなる。改心したり、自分を変えたりすることが不可能になるわけだ。心がかつて具現化していたことも忘れて、ただの登場人物になるだろう。まあ、それはそれで幸せな結末かな？」

い、いかん。よく意味が分からない。頭を抱えた私は、慌ててカバンからノートを取り出し、メモを取りはじめた。

「も、もう一度お願い。ゆっくりとね、ゆっくり！」

私のリクエストを聞いて、委員長はわずかに苦笑した。

「『心』は、本人の手元、本人の内側、教会に置くことが可能だ。ここまではいいよね。そして本人が動かすことができるのは、手元にある場合のみだ。『石』として具現化しているため、物体として扱うことができる。これを、正しい方法で内側に取りこむことができれば、本人にとって一番いい」

「正しい方法って？」

「自分に足りないもの、欠けているものが補完された時、自然と内側に取りこまれる。ゲーム的に言うなら、各攻略対象たちが抱えている悩みを、ヒロインに頼らず自力で解決できればいいんだ。もっともこれは、自然にはできない。何かきっかけがあれば別だけど。そもそも自分で解決できないから、ヒロインの関わる余地があるんだしね。攻略対象たちは、皆それぞれ、心に何かが足りてないんだよ。そして心を内側に取りこむと、外部からの干渉が不可能となる」

「うーん……」

「ただ正しくない方法で内側に取りこむと、外部から干渉できない分、もう軌道修正ができない。その時点での心で固定化される。足りないものは足りないままで、悩みも解決できない。それで困らない人もいるだろうけどさ。……たぶん、日比谷先生の場合は困ったことになると思うよ？　せっかく自制してるのに、それができなくなるからね」

和兄に足りないものがなんなのか気になるけど、とりあえず置いとこう。人間として、社会人として自制ができないというのは大問題なので、その寸前で助けてくれた委員長に感謝だ。

「正しくない方法ってのは？」

「たとえば、瘴気《しょうき》にあてられるとかだね」

「瘴気って何？」

「それは二つめにカウントするけど、いい？」

「ちょっと待って」

調子に乗って聞きすぎてしまったらしい。残り二つしか聞けないのであれば、迂闊《うかつ》に質問はできない。

今の時点での謎は、『瘴気』『教会』それから……『真・逆ハーレムエンド』についてだ。

瘴気にやられた和兄は、委員長に水をかけられて正気に返った。目の焦点がおかしくなっていたA組の副委員長と桂木くんのイトコくんは、スタンガンの一撃で元に戻ったと分かっている。

ということは、詳細不明だが対処法のある瘴気については後まわしでいいだろう。

次に教会。これはもう、入学以来ずっと謎の場所である。

和兄の話によると、この学園には、クリスマスに教会で『愛のキャンドル』を灯した相手と永遠の愛で結ばれる、という伝説があるらしい。実際にやっている人がいるのかどうかは知らないけど。

教会の祭壇《さいだん》には、七つのくぼみのついた燭台《しょくだい》が置かれていた。くぼみに『石』がちょうどはまると言ったのは、デザイナーくんだったかな。攻略対象ならではの勘なのか、あるいは運命の神様のささやきなのか。

とにかく逆ハーレムの成立に全員の石が必要だと仮定すると、石をはめこむという行為はきっと正解なのだ。

今の委員長の説明によれば、燭台のくぼみにはめられた場合、本人でも取り出せないようだ。

……ええと？　つまり？　石をはめたら浮気はできないってことでいいのかな。完全に攻略されるって意味だろうか。考えてみれば、石は他の人間でも手に取ることができる。移動できないようにするための装置が用意されていてもおかしくはない。

委員長の様子をうかがうと、彼は店員さんを呼んで季節のパフェを注文しているところだった。十一月は洋梨だ。太るぞ。委員長、甘党なのか？

さて、最後の真・逆ハーレムエンドについて。これは手がかりがほとんどない。委員長が以前語った話だと、ミシェル神父を含めた八名がマリア嬢に攻略されるらしい。

……どんなエンディングなのだろうか。完全版の追加攻略対象についてさえ知らない和兄は、まったく情報を持っていない。マリア嬢に聞いたって教えてくれるとは思えないので、現状では委員長に聞くしかないわけだ。

「うん。決めた。二つめは『真・逆ハーレムエンド』について教えて。これ、どういうエンディングなの？」

委員長は拍子《ひょうし》抜けした顔をした。

「逆ハーレムエンドに、説明なんかいるわけ？」

「だって私、乙女ゲームしたことないんだもん。マリア嬢がモテモテになるんだよね？それはいいけどさ、彼女はどうするの？　全員をはべらせるの？　それとも、皆で仲良くワイワイ？」

ちなみに後者だった場合、学生のうちはいいと思うんだけど、後々どうなるのかな。

全員一生独身で、皆と平等にお付き合い？

「んー……」

委員長は少し迷ったような顔をして黙りこんだ。やがて洋梨のパフェが運ばれてきて、一口食べるとようやく続きを話してくれた。

「そうだな。簡単にいえば、全員がキープくんになる」

「は？」

「彼女が誰を選ぼうが、あるいは選ばなくても、彼らの愛は彼女だけに注《そそ》がれる。どんなに袖にされてもツレなくされても絶対に裏切らないし、離れないし、ついでにいうと彼女が不快になる真似もしない。常にご機嫌取りにいそしむだろうね」

私は唖然《あぜん》とした。

なんという……、つ、都合のいい男？　水崎先輩のファンクラブの会員たちみたいだ。あ、いや、水崎先輩は彼女たちを大事にしてるけどさ。

「まあ、ゲーム期間が終わった後については分からないけどね。年齢制限のかかりそうな展開になるのかもしれないし、あるいはビックリするほど健全な付き合いを延々とするのかもしれないし」

「た、楽しいの？　そんなの……」

「イケメンの友達がいっぱいいると考えればいいんじゃない？　全員が自分を特別視していて、甘い言葉を吐いて、他の女の子になんか目もくれない。乙女ゲームの究極の形だと思うけど」

だめだ、呆《あき》れて言葉が出ない。

マリア嬢、そんなんでいいのか？　はっきり言うけど、あなたの攻略対象は、誰も彼も面倒な性格をしていると思う。

土屋少年なんかマリア嬢が他の男と仲良くするだけで機嫌悪くなるし、月島美少年は見目がいいだけの反抗期の男の子だ。水崎先輩は他の男と同列にされて納得する気がしないし、そもそも金城先輩は怖い。ああ、うん。デザイナーくんとは仲良くなれるかもしれない。

ただ桂木くんはどうかなあ……、そういえば、石を手にしたとたん噛《か》みついてきたんだった、危険危険。あとは和兄？　うーん。優しくしてくれるとは思うけど、いろいろ干渉もしてくると思うよ？　お出かけ先とか服装とかさあ。鬱陶《うっとう》しくない？　それともご機嫌取りしてくれるってことは、そのあたりはセーブしてくれるのかな？

「呆れてるね。新見さんはどうなの、そういうのに憧れは？」

「まったくない」

いやあ、もう。ちっともうらやましくないのだ。マリア嬢の趣味が分からん。

イケメンを七名、ミシェル神父を加えると八名取りそろえていただいてなんだけど、そもそも皆、私の好みとは違うんだよね。私は月島先輩みたいな、誠実で声が素敵な人がいいなあ。

「前世の僕らにとって、新見さんは残念すぎるお客さんだよ。どんなに頑張ってゲームを作っても、まったく興味を持ってもらえそうにないね」

くっくっくっと実に楽しそうに笑って、委員長は目を細めた。

「そういうとこ、嫌いじゃないけど」

そりゃ、どうも。

「さて、じゃあ、次で三つめだね。なんでもどうぞ」

委員長はそう言って、食べ終わった洋梨パフェをテーブルの脇に寄せた。って、食べるの早っ！

三つめか。私は質問をしようとして……考えていたものとは違うことを口にした。

「委員長、どうしてずっと顔色悪いの？」

それに気づいたのはいつだっただろうか？

文化祭の時には、少なくとも気づいてたな。吸血鬼の格好がよく似合っていたのは、委員長の顔色が悪かったせいだ。時折、胸元を押さえて苦しそうにしていたのも目撃している。

委員長は、驚いたように目を見開いた。

それから視線を宙にさまよわせ、ため息をつく。

「それが、三つめ？」

「うん。だって聞かないと答えないでしょう？　ずっと具合悪そうなのに、皆を拒絶するみたいにしててさ。心配してるの、私だけじゃないと思うけど」

「……」

委員長はそっぽを向いた。「あー」とか「うー」とか呟《つぶや》き、額《ひたい》に手をあてて小さく息を吐く。

「……本気になったらどうしてくれるんだ。責任取ってくれ……」

「うん？」

「なんでもないよ」

はあ、ともう一度ため息をつき、委員長は口を開いた。

「なんでも答えると言ったからね。仕方がない。顔色が悪いのは……単純に体調が悪かったからだよ。何しろ抑えこむのにけっこう必死でね。取りこむこともできないし、かといって置いとくのに安全な場所もないし。夜、あまり寝てないんだ」

「抑えこむ？」

「そう」

委員長は観念したように笑った。そして胸元から、チャリッと何かを取り出す。その先端に見えたのは、乳白色のペンダントトップだ。

「石……!?」

「隠し攻略対象キャラクター、渋谷祝《いわい》。それが僕だよ」

どこまでも人を驚かせるのが好きな男である。

委員長の告白に驚愕《きょうがく》して目を見開いた、その直後――

どがっしゃん！

喫茶店の出入り口のほうで大きな音がして、他の客席から悲鳴が上がった。

「ああ、はじまっちゃったか。五杯も飲み続けるなんて、よくやるね。しかも、よりにもよってこのタイミングでランダムを引かなくてもいいだろうに」

委員長はそう呟いてペンダントを胸元に戻し、伝票を手に立ち上がった。

「ラ、ランダムって何？」

「ランダムイベントだよ。攻略に直接の影響は与えないイベントだけど、友好度は上がる……って説明はいいか。新見さんも早く帰ったほうがいい。巻きこまれるのは、もう勘弁だろ？」

困惑する私をよそに、委員長は伝票片手にすたすた歩いていく。いや、そもそも私がコーヒーを奢《おご》ることになっていたはず。

「ちょっ、待っ……」

慌てて立ち上がった時、喫茶店の出入り口の惨状が目に入った。

委員長はその隣のレジで、困惑する店員さん相手に会計をお願いしている。なんて図太いんだ。店員さんは、オロオロしながら出入り口のほうを見ている。委員長、少しは待ってやれよ。

そして店員さんの目線の先では……壊れた扉から黒い車が覗《のぞ》いていた。そう、店に車が突っこんでくるというハプニングが起きたのだ。

ざっと見る限り、怪我人《けがにん》はいないみたいだ。車の先端が店のガラス戸をへし曲げて砕いたようだが、客席にまでは被害が及んでいない。

とはいえガラスは散乱し、店員さんたちも慌てだした。店に突っこんできた車を警戒《けいかい》しつつ、掃除道具を持ってきたり、お客さんに状況を説明したりしている。

ガラス戸を壊したのは、有名なエンブレムのついた外国車だった。やけにゴツイ。店に乗りつけるにしてはあまりに乱暴な方法を取ったその黒い車には、まだ何人かの人間が乗っている。

やがてそこから降りてきたのは、水崎先輩と、数名の黒服護衛だった。

「ちっ……」

水崎先輩は身体を屈《かが》め、護衛が彼を守るようにして立つ。

彼らが警戒しているのは店の外らしく、先輩は護衛の案内に従って店内へと入ってきた。

「み、水崎先輩⁉」

驚きの声を上げたのは、なんとマリア嬢だ。一体いつから店内にいたんだろうか。委員長と話していた時には、まったく気がつかなかった。学園を休んでいたけれど、お祖母《ばあ》さんの容体は大丈夫なのかな。

マリア嬢は一人ティータイム中だったみたいで、座っていたカウンター席から立ち上がった。彼女の前には、空っぽのカップが五客。おいおい、本当にいつからいたんだよ。あと、店員は片づけてくれなかったの？

「おまえ!?　……面倒だから顔を上げるな。下がってろ」

マリア嬢に目を向けた水崎先輩は鋭《するど》く言って、店員の一人に声をかけた。

「後日、壊した扉や壁は弁償させてもらう。すまないが、今は客の避難を頼む」

「は、はいっ！」

……客の避難って。そんなに危ない状況なんだろうか？　あ、でもガソリンに引火したら車が炎上しちゃうよな。確かに、それは危険だ。

店員はすばやく動き、店内の客を騒動から遠く離れた位置に避難させた。

入り口から一番離れた壁際に集まり、テーブルの陰に隠れるようにしてしゃがみこむ。

私も頭を抱え、姿勢を低くして様子をうかがった。考えてみたら地震じゃあるまいし、この姿勢に意味があるかどうかは分からない。

マリア嬢もまた、避難組の一人である。私とは少し離れた場所から、水崎先輩の様子を見ていた。

水崎先輩と護衛たちが警戒《けいかい》していた事態は、どうやら起きなかったらしい。しばらく外に視線を向けていた水崎先輩は、やがて携帯電話を取り出して、どこかに連絡を取りはじめた。

漏《も》れ聞こえてくる感じだと、別の車を要請《ようせい》しているようだ。他にもレッカー車だの修理業者だの言っているので、もしかしたら店の弁償の件も一緒に手配しているのかもしれない。

通話を終えた水崎先輩は、避難している私たちに向かって歩いてきた。そして店員の一人に声をかけ、店長を呼び寄せた。店長はレジ裏から様子をうかがっていたみたいで、店員に呼ばれておそるおそる近寄ってくる。

「迷惑をかけたな。修繕を含む弁償は、水崎のほうで責任を持ってさせてもらう。すまないが、事情は聞かないでくれ」

「は、はあ……」

「では、これで失礼する」

彼は店長に名刺のようなものを渡し、護衛のもとへと戻っていく。その時、マリア嬢が声を上げた。

「み、水崎先輩……、何か、わたしがお役に立てることありませんか？」

いや、ないだろ。

私は胸のうちで、そう呟《つぶや》く。一方、振り返った水崎先輩はやわらかく笑った。

うわぁお。こんな顔もするのか、この人。学園じゃ見たことないくらい優しい顔だ。

「相変わらず首を突っこんでくるヤツだな」

だが、と水崎先輩は言葉を続ける。

「遊びじゃ済みそうにないんで、遠慮してくれ」

その後、到着した別の車に乗りこんで、水崎先輩は去っていった。

マリア嬢は彼をぼんやりと見送り……ハッと我に返ると、慌てて周囲を見まわした。

店員たちは、他の客を外へ誘導しはじめている。一人の店員がおずおずとマリア嬢に声をかけ、彼女もそこに加わった。

ちなみに店内にいた客たちの飲食代は、水崎家の弁償代に加算されるそうで、払わなくていいこととなった。

一方、二人分の会計をさっさと終えた委員長は、いつの間にか姿をくらましていた。

□■□

水崎誉が代車で帰宅したのは、日も暮れて暗くなったころだった。今日は帰り道で正体不明の車に追跡され、乗っていた車が喫茶店に追突するという事故が起こってしまった。

負傷者が出なかったのは幸いだったが、事故を起こしたことに変わりはない。当面の間、運転手は交代することになり、誉自身も父親の補佐役から厳重注意をされた。喫茶店がこうむった被害については、水崎財閥が補償するということで話が済んでいる。

「なんだったんだ、あれは」

追跡者を捕捉《ほそく》することができなかった。そのため、犯人の狙いが分からず気分が悪い。

「学園内に現れたやつと、関係はあるのか……？」

文化祭準備期間中、誉のカバンが荒らされるという事件が起きた。以来、学園内であっても護衛がついてまわるようになった。

生徒会室の入り口までついてくるので迷惑きわまりなく、副会長の田中などは、あからさまに嫌な顔をする。もっとも彼女の場合、護衛につきまとわれる誉に同情するのではなく、誉を護衛しなくてはいけない黒服たちに同情しているらしい。友達甲斐《がい》のない女である。誉が彼女を友人だと考えていると言ったら、また嫌がりそうだが。

水崎財閥の御曹司《おんぞうし》である誉は、常日頃、様々な危険にさらされている。誘拐騒ぎに巻きこまれたことだって、一度や二度ではない。

ついでに言えば、父親が誉を保護するのは、自分を大事にしているからではないとも知っていた。

「誉、会長がお呼びです」

部屋の扉をノックする音がして、金城篤史《あつし》の声が響いた。

篤史は誉のクラスメイトであり、無二の親友であり……第一の側近である。この現代日本において冗談のような話だが、本当だ。乳兄弟《ちきょうだい》でもあり、誉にとって唯一心を許せる相手だった。

「夕飯にはまだ早いだろう」

そう言いながらドアを開けると、篤史はいつもと同じ微笑《ほほえ》みを浮かべて答えた。

「夕飯ではありませんよ。大事なお話があるのだそうです」

「また見合いの話じゃないだろうな。婚約者候補たちには、全員まとめて年末の集まりで会う——そう話がついているだろう？　まぁ、十二月頭にしろとは言われたが……こっちにも学園行事ってものがあるんだ」

「いえ、違う件だと思いますよ。それにしても、候補者を一ヶ所に集めてダンスパーティとは……シンデレラの王子でも気取っているつもりですか、あなたは」

「それはオヤジに言ってくれ。あんなに候補を挙げられたら、いちいち会うのも面倒だ。

ふん、オレが信用ならないからって、結婚相手の世話までしてくれるとはな。さすがのオレも、シンデレラみたいなどこの馬の骨とも分からない相手を連れてくるほど無頓着《むとんちゃく》じゃないぞ」

「そう願いますよ。……ああ、でも、飾らせてみたい女性が現れたら、一声かけてください。相手によっては、僕が魔法使いの役をしてさしあげます」

「そんなこと言って、どんな女でも納得しない気だろう」

篤史のお眼鏡にかなう女性は、そうそういないに違いない。誉はそう考えていたが、彼自身も女性にはこだわりがあった。

父親が挙げてくる候補たちといったら、どこぞの令嬢ばかりだ。家柄や見目はいいし、教養もあるのだが、親に紹介された婚約者をあっさり受け入れる、おとなしい娘が多い。そのため、どうにも面白みに欠けるのだ。

誉は、もっと気の強い女が好きだった。水崎の名前に遠慮せず、誉自身を見てくれるような女性が。

篤史とともに部屋を出て、父親の執務室に向かう。つかず離れずついてきた護衛は、篤史と一緒に執務室の前で待たせておくことにする。

扉をノックして室内に入ると、濃密な花の香りが充満していた。男性向けの香水とは思えない、度が過ぎたフローラルな香りだ。

「……な？」

香水だとしたら趣味が悪い。そう思いながら、誉は父親の姿を探した。

室内には、父親の他に黒服姿の護衛たちが何人か立っている。その時、探していた人物の声が響いた。

「金城はどうした？」

「オレだけを呼んだんじゃなかったんですか？　篤史なら、扉の外にいますが」

「ふん」

父親は本棚の近くにいた。アルバムらしきものを引き抜いて、机に向かって歩いていく。それを目で追いかけつつ、誉は内心でため息をついた。

父親は、篤史をとても気に入っていた。篤史がいなかったら、とっくの昔に誉は後継者から外されていたはずだ。

「昔、京都の富豪《ふごう》と会わせたことがあっただろう。彼女なんだが、いよいよ死期が近いらしくてな。おまえの婚約者候補に、彼女の孫を一名追加することにした」

そう言って、父親はアルバムのページをめくる。おそらく、そこに写真があるのだ。

肝心の孫が写っているかどうかは不明だし、その婦人の顔など見せられたところで同情心など湧かない。誉は、またか、とうんざりした。

「候補なら年末に集めてください。その中からオレの意思で選んでいいという話だったじゃないですか」

「おまえに任《まか》せるような危ないマネができるか。……そういえば、先ほど報告があったぞ。事故を起こしたそうだな？」

むしろこちらの話題が本命だったのだろう。誉は眉を寄せた。

「帰宅途中、不審な車に追跡をされました。まこうとした運転手のハンドル操作ミスですが、怪我人《けがにん》はいません」

「ふん。面倒事ばかり起こしおって。それから相談のあった修学旅行については欠席だ。いいな」

「えええぇ⁉ 修学旅行は別問題じゃないですか！ だいたい普通科に通わせておいて、修学旅行はなしって……！」

「そんなものに行く暇があったら、帝王学を学ぶ時間にあてろ。生徒会長をやっているようだが、それもどうせ他のメンバーに任《まか》せて遊び呆《ほう》けているんだろう？ 来月には、婚約者候補との顔合わせも控えている。年末に人を集めておいて、無様《ぶざま》なダンスを披露《ひろう》するような真似は許さんぞ」

「生徒会の仕事もちゃんとやって――」

「話は以上だ。出て行け」

「……はい」

うなだれてお辞儀《じぎ》をした誉が、とにかくさっさと部屋を出ようと踵《きびす》を返した瞬間、父親は続けて言った。

「ああ、そうだ。金城に預けておいた石を回収することにした。年末の集まりで正式に相手が決まったら、その令嬢に預ける。女遊びもこれまでにしておけ」

「っな……!?」

慌てて振り返った誉は、本日はじめて父親の顔を正面から見た。

焦点の合っていないぼんやりとした目は、父親がこれまで一度も見せたことのないものだった。

「おまえが承諾《しょうだく》したと言えば、金城は逆《さか》らうまい？」

ガタン、と部屋の外から音がした。

ぼんやりとした色に瞳を染めた護衛によって、篤史が気絶させられて倒れた音だったのだが、その時の誉は、それに気づかなかった。

□■□

翌日、教室ではある話題で持ちきりだった。

水崎先輩が修学旅行を欠席することにしたらしい。

京子嬢からその話を聞いた私と裕美ちゃんは、顔を見合わせた。

「それがねえ。最近、水崎先輩って身辺警護の黒服を連れてるでしょ？　彼ら抜きでの旅行はまかりならん、とか親御さんに言われちゃったみたい。学園行事で行くのに、護衛連れなんて他の生徒たちに迷惑だから、水崎先輩一人が残るんですって」

京子嬢の言葉を聞いて、ふと何かが引っかかった。以前にも似たようなことがあった気がするんだけど……

ああ、そうだ、体育祭の時だ。水崎先輩とフォークダンスを踊りたいファンが騒ぎ、場をおさめるために彼は不参加となった。

生徒会室で、修学旅行についてぶつくさ言っていた彼の顔を思い出す。

水崎先輩ってけっこう気の毒。せっかくの高校生活なのに、行事を満喫できていないのではないだろうか。

「あれ、それじゃあ金城先輩は行くの？」

裕美ちゃんが京子嬢に尋ねた。水崎先輩と金城先輩は、いつも一緒にいるイメージがある。裕美ちゃんの中でも、この二人はセット扱いなのかもしれない。

「そうなんじゃない？　これで金城先輩まで休みなんて言ったら、今度はズル休みして修学旅行に行かない女子生徒たちが出ちゃうでしょ」

「それもどうかと思うけど」

私が呆《あき》れて言うと、京子嬢は笑った。

「高校生活の三年間で、お泊まり旅行はこの機会しかないんだもの。女子生徒たちが盛り上がるのも当然だと思うわよ」

京子嬢は、少しばかり気の毒そうな表情で言葉を続ける。

「水崎先輩、卒業後はおうちの跡取り教育なんかで大変でしょうしね。遊んでいられるのは、きっと今のうちだけなんだと思うわ。なのに修学旅行は欠席……、親が決めたレールなんてねえ。あたしの親は、そういうのがなくて良かったわよ。報道記者とか新聞記者に憧れてるのに、反対されたら辛いもの」

京子嬢は見目がいいので、新聞記者より報道記者としてレポーターになったほうが良さそうだけど。視聴者も喜ぶと思う。まあ、それは私の勝手な願望かな。

「へえ、すごいなあ。新聞記者を目指してるの？」

目を丸くして裕美ちゃんが聞く。

「なるのよ」

こくりと京子嬢はうなずいた。いいなあ、と裕美ちゃんは呟《つぶや》き、私にも話題を振った。

「詩織ちゃんはある？　将来の夢」

「……うーん」

正直なところ、ないのである。小さいころにはそれなりにあったような気もするが、今は日々の生活で精一杯。高校に入学してからというもの、マリア嬢関連のことと学級委員の仕事が忙しくて、それどころではないのだ。

自立した凛々《りり》しい女になりたいと思っているので、弁護士などキャリアウーマンへの憧れはある。

「とりあえず大学には進みたいな。受験は数学のないところで」

私の言葉に、裕美ちゃんは呆れたように言った。

「それは夢って言わないと思うよ」

□■□

その週の日曜日、私は裕美ちゃんと一緒に買い物をすべく、ショッピングモールにやってきた。

彼女は本屋とCDショップ、私は服屋が目当てで、それなりにワイワイと楽しく過ごしていた。

そして今、裕美ちゃんは本屋で立ち読みをしている。彼女の立ち読みはとても長いので、どうやって時間をつぶそうかなと考えていたところ、母親から珍しくメールが届いた。

『今日、お父さんの誕生日でしょう？　買い物中だったら、ついでにお花も買ってきて』

いやいや、もっと先に言おうよ。私が買い物でお金を使い果たしていたらどうするのさ。

心の中で母親にツッコみながら、メールの続きを確認した。

母親からの指定は、赤いバラを入れることのみ。ハイハイと承諾《しょうだく》のメールを送り、私は裕美ちゃんに声をかけてから一階に下りた。彼女は立ち読みをはじめると一時間以上動かないので、花を買って戻ったらちょうどいいころだろう。

ショッピングモールの一階にある花屋さんは全国チェーンの大きな店舗で、置いてある花はどことなく高そうだ。

だけど内装はオシャレだし、プリザーブドフラワーや可愛いミニ鉢植えのコーナーもあって、女の子が思わず入りたくなる雰囲気の店である。

私はさっそく店員さんに花束を注文した。母親に指定された赤いバラを生かしつつ、男性への贈り物なので大人っぽくしてほしいと伝える。

母親は例年、父親の誕生日に花束を贈っている。昨年、父親はバラよりも周囲に添えられた緑色の葉っぱのほうが好きだと言っていた。名前は知らないけど確かこれ、と近くにあった葉っぱも入れてもらう。

結果、完成した花束は父親より母親にウケがよさそうな仕上がりだ。どうせ花を贈るのは母親の自己満足なんだし、これで良いだろう。

財布からお金を取り出し、店員さんに渡した時――

一人の人物が店の入り口に現れた。

立ち姿の綺麗な男の子だ。高校生くらいかな。

花を買う男子高校生って珍しい気がする。さらに言うと、艶《つや》やかな青っぽい長い髪を後ろで束ねたスタイルの良いイケメンだ。

って、あれ……金城先輩じゃないか。

彼の私服姿は、はじめて見る。シンプルだけど仕立ての良さそうな服は、おそらくはどこぞのブランドものだろう。金城先輩がワゴンセールで買ったTシャツを着ているところは、そもそも想像できないけど。

花屋の店員さんの目は、真剣に花を見つめる金城先輩に向いている。うっとりとした表情で、誰に贈るのかしら、なんて呟《つぶや》いているけど……うむ。私の会計を疎《おろそ》かにして、そちらばかりチラチラ見るのはやめてくれないかなー、おねーさん。

財布を手に、待っているのだよ、お釣りを。早いところ受け取りたいんだけどなー？

花をじっと見ていた金城先輩はやがて諦めたように一息つくと、近くにいた店員に声をかけた。

笑顔が標準装備な人だけど、先ほどからずっと難しい顔をしている。

「ユリを中心に、予算は一万円でまとめていただけますか。女性への贈り物なので、それを考慮していただいて……ああ、淑女《しゅくじょ》にふさわしい雰囲気でお願いします」

「は、はいっ！」

金城先輩は一歩下がって腕を組んだ。注文を受けた店員は、緊張した面持《おもも》ちで花を選んでいく。

店員が選んだ花が気に入らないと、金城先輩は同じ色合いの別の花を指定していた。そして最終的に出来上がった花束に、店員さんの意見や個性は欠片《かけら》も入らなかった。

ゴージャスな雰囲気の出来栄《できば》えだ。

「おや、新見さんですか、奇遇《きぐう》ですね」

ええ、まったく。金城先輩はお会計の段階になって、ようやく私に気づいたようだった。

ちなみに私はお釣りを受け取った後、つい金城先輩と店員さんのやり取りを眺めてしまっていたのだ。

彼は、私の手元の花束を見て尋ねてくる。

「プレゼントですか？」

「ええ、まあ。父が誕生日なんです」

私が答えると、金城先輩は「ふむ」と呟いた。

「娘から贈るにしては、情熱的ですね？」

「私はお使いなんで、贈り主は母ですよ」

「ああ、なるほど」

金城先輩は、本日はじめて見る笑みを浮かべた。

「仲の良いご夫婦のようですね」

確かにねえ。男性の誕生日に花束を贈るのって珍しい気がするけど、どうなのかな？

「金城先輩は……、ええと」

淑女《しゅくじょ》向けの花束って、どういうことだ？　お母様に、とかそんな感じ？

私が悩んでいると、金城先輩は静かに言った。

「とある女性のご体調が悪く、そのお見舞いに行くんです」

「お見舞い、ですか？」

改めて、完成した花束を見やる。ユリを中心に据《す》えたゴージャスなそれは、お見舞いの花束としてどうだろう。むしろパーティや誕生日に向いている気がする。

そもそもユリって、お見舞いには向いてないんじゃなかったっけ？　匂いが強すぎるし、花が下を向いているから縁起《えんぎ》が悪いって聞いたこともある。

私が怪訝《けげん》な表情をしていたからだろうか、金城先輩は少し困ったように言った。

「……お見舞いにユリ、というのは微妙ですけどね。この季節の花でもありませんし。ただ、先方のお好きな花なんですよ。百合子《ゆりこ》さんとおっしゃいまして、ユリがこの上なくお好きなんだとか」

「そうなんですか。ええっと……」

こういうのって、詳しく聞いていいのかな？　どうなんだ？　プライベートだよなあ。

悩ましいと思いながら口ごもると、金城先輩は小さく微笑《ほほえ》んだ。

「今は、入院されています。一人きりのお孫さんの行く末を心配しておられる方なんですよ」

へえ。病院にユリを持っていくのはやっぱりどうかと思うけど、先方が承知の上なら、……いいのかな？

さて、遭遇《そうぐう》したからといって、話すことは特にない。ただ、金城先輩といえば裕美ちゃんがファンなので、なんとか彼女に声をかけたいところだ。私服姿に歓喜するのではないかと思う。

「ええと、先輩はもうお出かけに？」

「まだ面会時間には早いので、CDショップに寄ろうかと。欲しい新譜《しんぷ》がありましてね」

この人、CDとか聴くんだ。意外。

でも、それは都合のいい話だった。CDショップは本屋の隣にあるのだ。

私と金城先輩はエスカレーターに乗り、上の階に到着したところで別れた。

CDショップに入る金城先輩の後ろ姿を横目に、私は大急ぎで本屋に入って裕美ちゃんに声をかける。

立ち読み中の裕美ちゃんは、声をかけた程度だと気づかないことが多い。だが、ちょうど雑誌を一冊読み終えたところだったらしい。彼女は私に気づき、次《つ》いで金城先輩というフレーズを聞いて目を丸くした。

その後、私たちはこっそりCDショップに入り、金城先輩を遠目に見た。

裕美ちゃんは彼の私服姿に満足したようだ。声をかけることはなかったが、すちゃっと取り出した携帯電話で写メを撮《と》った。満足げに微笑《ほほえ》んでいるのは可愛い。

だけど……いやいやいや、勝手に撮るのはやめようよ。肖像権の侵害ってものも、あったと思うんだ。とはいえ、それを言ったら金城先輩のことを伝えた私も同罪か？

うーん、そうかもしれない。

それから私たちは本屋に戻り、しばらくして帰路につく。

だけど帰りの電車で、金城先輩と再び遭遇《そうぐう》してしまった。

少しだけ言葉を交《か》わし、金城先輩は病院があるらしい駅で降車した。それは和兄のアパートのある駅だった。つまり、マリア嬢の家もあるエリアだ。

なんとなく気になっていたら、自宅に戻った私の携帯電話に、和兄からメールが届いた。

『家に帰る途中、病院の前で金城と愛川を見た』
携帯電話を見て、私は首をかしげる。
もしかして、金城先輩のお見舞いの相手は、マリア嬢のお祖母《ばあ》さん？
一体、どういうつながりがあるんだろう？

□■□

病院へ向かう金城篤史の足取りは重かった。
手に抱えた場違いな花束のせいかもしれない。ユリを中心にまとめてもらった豪華《ごうか》な
それは、匂い立つ香りから言っても、病院に持っていくような代物《しろもの》ではない。
だが、これから向かう先にいる女性は無類のユリ好き。それにこちらが病人扱いした
ら怒るに違いないと考え、あえてこの選択にしたのだ。
「あ、あれ、金城先輩？」
名前を呼ばれて、篤史は振り向いた。
病院の敷地内に足を踏み入れようとした矢先である。
目の前に立っていたのは、見覚えのある少女。ここのところ、学園内でよく遭遇《そうぐう》する
後輩――愛川マリアだ。

「どうしたんですか、お見舞い……、ですよね?」

そういえば、マリアは花に興味があると言っていた。篤史の抱える花束が場違いだと分かったのだろう。彼女の戸惑ったような声が面白くて、篤史は口元に笑みを浮かべた。

「お見舞いですよ。こういった花束がお好きだとうかがっておりましてね」

「そうなんですか」

マリアはその言葉に納得したらしい。

自然と二人並んで歩くかたちになったが、それをさほど嫌だと思わない自分に、篤史は驚いた。

「……マリアさんは、お祖母《ばあ》さんと仲がよろしいのですか?」

「え?」

「ああ、失礼。ずっと入院されているお祖母さんがいらっしゃると、噂《うわさ》に聞きましてね」

マリアはわずかに悲しげな表情を浮かべた後、精一杯の笑顔で答えた。

「仲は良いと思います。わたしは、ずっと祖母に育てられましたから」

「では、なおさら心配でしょう。……植物も生き物も、いつかは枯《か》れてしまうものですが……何度見ても悲しいですね」

腕に抱く花束を見下ろして、篤史は言った。

そして病院前でいったん別れた二人だったが、再び病室で彼女と顔を合わせることとなった。

痩《や》せ衰《おとろ》えた婦人がベッドに横になり、その側に置かれた椅子にはマリアが座っている。篤史の訪問に驚いたマリアは慌てて椅子を譲ろうとした。しかし篤史は口元に笑みを浮かべて遠慮し、婦人の顔を見つめる。

そんな篤史を見て、二人きりで話したいのだと解釈したらしい。マリアは、「花瓶を借りてきます」と一礼して、扉の向こうへ消えた。

「お久しぶりです、百合子様。水崎の代理で参りました……金城と申します」

「まあ、久しいこと。水崎の御前《ごぜん》は、わたくしの希望を聞いてくださるという意味でよいのかしら」

「機会は設《もう》ける、とのことです。男女の仲は、結局のところ当人同士の相性が良くないと長続きしませんから」

いささか皮肉めいた言葉をつむぎながら、篤史は笑顔を崩さない。

婦人の娘は家同士が望む婚姻を拒否し、家を飛び出して別の男のもとへと走った。それを忘れたわけでもあるまいに、同じことを孫でやろうとしている婦人に篤史は呆《あき》れている。

幸い誉はマリアのことを気に入っている様子なので、彼女の両親のようにはならないだろう。

しかし、篤史は誉の相手としてマリアを認めているわけではない。彼女には気概《きがい》が足りないと思えてならないのだ。水崎家の事情に対処できるほどの胆力《たんりょく》が彼女にはない。

「わたくしには時間がないの。それも、御前《ごぜん》は分かっておいでかしら」

「他にも候補の方々がおりまして。それを無下《むげ》にはできないというこちらの事情もご理解ください。……婚約者にならなかった場合、マリアさんの今後の生活についてのサポートはできる限りさせていただきますから」

「御前らしいご判断だわ。具体的な内容を保証しないところが、なおのことね」

婦人は皮肉っぽく返したが、それ以上は何も言ってこなかった。彼女が孫の未来に不安を感じているのは本当なのだろう。自分が生きている間に、どうにかしてやりたいと焦っているに違いない。彼女なりに、孫を愛していることは確かだ。

「……今日は、どうしてユリをお持ちに？」

婦人が尋ねた時、ふわりと花の香りが漂《ただよ》った。

「ユリがとてもお好きだと、以前うかがいましたので。見舞いの品として無作法だと承知しておりますが、あなたにふさわしい花だと思います」

「それは、名前が百合子だからかしら？」

「ユリの花言葉は、『威厳《いげん》』『純潔』『無垢《むく》』……、名は体《たい》を表すものですね。ただ、あなたのお孫さんには、もう少し素朴《そぼく》な花が似合うと思っております」

「皮肉のおつもり？」

「いいえ。……けれど、花にはそれぞれ似合う場所があると思うだけです」

「……わたくしにユリがふさわしい、ね。この年になってもそう言ってくれる男性がいるとは思わなかったわ。……御前は、部下をよく育てていらっしゃること」

婦人は篤史の返答が気に入ったのか、笑みを浮かべた。

マリアがなかなか戻ってこなかったため、篤史は花束を手にしたまま病室を出た。すると、花瓶を運んできたマリアの姿が目に入る。

篤史は、女性が全般的に嫌いだ。この後輩もまた同様だと思っていたのだが……自分や誉の傍《そば》に近寄ってくる彼女に、いつの間にか警戒《けいかい》心とは違う感情を抱いていたことに気がついた。それは、友情のような何かだ。

「お手伝いさせていただけますか」

「えっ⁉」

篤史はマリアの手から花瓶を取り、給湯室に向かった。そして丁寧に花束のラッピングをはがし、花瓶に花を生ける。慌ててついてきたマリアをちらりと見て、篤史はふと気まぐれに、ユリを一本抜いて彼女の髪に飾りつけた。目鼻立ちのはっきりしている日本人離れした美貌《びぼう》は、ユリの花にも負けない華やかさがある。

だが違うな、と篤史は思った。姿かたちの華やかさに反して、マリアは地味な娘だ。誉に近寄るにしても、実家を利用すればもう少し上手くいくだろうに、そんなことはしない。誉に憧れるファンクラブの娘たちと同じような感覚で、純粋に近づきたそうにしていた。

「あ、あの。先輩？」

マリアは、頬を染めてこちらを見上げている。その表情を見て、篤史は不用意に近づきすぎたと気づいた。仕方なく意味深な笑みを浮かべ、そのまま髪をすくい上げる。

「あなたは、どのような花がお好きですか？」

目をぱちくりさせたマリアは、花がほころぶかのごとく笑った。

「前に先輩がおっしゃっていた、わたしのイメージのお花がいいです。今度、教えてくださるって言ってましたよね」

そういえば、そんなこともあった。

とその時、今は首元にないはずの石が、どくん、とうずいたように感じられた。

「……？」

おかしい。

これまで篤史の石は誉の手元にあり、篤史もまた誉の石を持っていた。だがつい先日、水崎の会長は誉の石を取り上げた。その際、篤史の石も会長の手に渡ってしまったに違いない。

しかし、だからといって遠く離れた場所で何かできるはずはなかった。あれは本人の手から異性に渡らない限り、なんの力も持たないはずだ。

「先輩？　どうかしたんですか？」

心配そうに声をかけてきた後輩に、篤史は愛想笑いを返す。そしてカツカツ歩きはじめると、病室に戻って花瓶を飾った。不快感をこらえながら、きょとんとした表情で病室に戻ってきたマリアと婦人に頭を下げる。

「すみません。僕はこれで失礼させていただきます。お大事になさってください」

逃げるように病院を離れた篤史は、周囲にぼうっと広がった花の香りに気づかなかった。

□■□

月曜日のこと。

翌日からの修学旅行を金城先輩も欠席するらしいという話を聞いて、私は妙な胸騒ぎを覚えていた。

「どうしてかなあ。日曜日に会った時、具合が悪そうではなかったよね？」

裕美ちゃんが首をかしげる。この話をしてくれた委員長は、どこか難しい顔をしていた。

「水崎先輩が行かないから、行くのをやめにしたとか？　そういえば、修学旅行を欠席する人ってその間はどうするのかな」

私が疑問を口にすると、裕美ちゃんが首をかしげたまま答えてくれた。

「えっと……、確か学園には来ないといけないんだよ。学園行事だからね。ただ、基本的に出欠を取った後は自習になるって聞いた気がする。あ、補習があるんだったかな？　ちょっと忘れちゃったけど」

「来ないといけないの⁉」

私は驚いて、目を丸くした。

「病欠だったら、別に来なくていいと思うけど。事情は人それぞれだろうから、あまりツッコんでもね」

ただ、水崎先輩と金城先輩の欠席によって、修学旅行が味気ないものになるであろうことは確実だ。特に公式ファンクラブの五味部長たちは、かなりがっかりしているに違いない。田中先輩は羽を伸ばしているかもしれないけど。

「日曜日、金城先輩とどこで会ったの？」

委員長が、こちらに話題を振ってきた。

「ショッピングモールだよ。花束を買ってたの。お見舞い用だって言ってたかな」

私が答えると、委員長は眉根を寄せた。

「……おかしいな。病院の……見舞いが起きるほど進行しているようには見えなかったのに」

「病気が進行するまで待ってからお見舞いに行く人なんていないでしょ？」

不思議に思って尋ねたところ、委員長は首を横に振った。

「ああ、いや、そういう意味じゃなくて……。うん……一度、確認しておくかな」


その日の放課後、一年B組の教室に水崎先輩と金城先輩が現れた。

HRが終わり、和兄が教室を出ていった直後だった。

いつもは下級生の教室に現れることなどあまりない二人組に、クラス中が色めきたつ。

ゲームのイベントがらみだろうかとマリア嬢をチラ見したところ、彼女も驚いている様子である。

彼らは他の生徒たちには構わず、まっすぐマリア嬢の席へやってきた。少し着崩した制服を身に着けた水埼先輩は悠々《ゆうゆう》と、見本のようにきちんと着ている金城先輩は優雅に。

二人は最初から分かっていたように、教室内を一瞥もせずに目的の場所へと進む。

「こんなところにいたのか。オレ様を待たせるとはたいした女だな」

水崎先輩はマリア嬢の手を引き、顔を近づけてニヤリと笑う。

「あなたにお会いできるのを、一日千秋《いちにちせんしゅう》の思いでお待ちしておりましたよ。さあ、行きましょう」

金城先輩もまた、騎士みたいなお辞儀《じぎ》をしてマリア嬢に手を差し出した。

「えっ……、えっ⁉」

マリア嬢は困惑することしきりである。

まさかの展開に、土屋少年がガタンッと立ち上がり、デザイナーくんは目を丸くしていた。もちろん、他のクラスメイトたちもぽかんとしている。

けれど水崎先輩と金城先輩は、まったく気にせず言葉を続けた。

「どうした？　授業はもう終わりだろ？」

「生徒会室へ行きましょう。あそこでしたら、僕らだけで過ごせます」

「まっ、待ってください、こんなイベント知らな……」

迂闊《うかつ》なことを口走りそうになったマリア嬢だったが、水崎先輩は違う意味に受け取ったらしい。

「そりゃ、そうだろう。なんのために修学旅行を休んだと思ってる？」

「あなたと離れて数日を過ごすなんて、地獄同然です。くだらない学園のことなど忘れて、僕らだけの日々を過ごしたほうがよほど素敵だと思いませんか」

マリア嬢は二人のイケメンに腕を取られ、ずるずると教室の外へ連れ出されそうになった。

彼女の瞳には不安の色が宿り、助けを求めるような視線を教室内に向けている。

こちらとしては何が起きているのか分からず困惑するだけだったのだが、まず京子嬢が動いた。

「ちょっと！　お二人とも！　マリアが怖がってるじゃないですか！　まず説明をしてください！」

彼女の席は、廊下側の一番端。すぐに三人の前に立ちはだかり、入り口をふさぐ。

続いて動いたのは土屋少年である。椅子を倒して席を立つと、三人のいるあたりに近寄って手を伸ばした。

「——愛川に何しやがるっ⁉」

本当は、強引にマリア嬢の腕を引きたかったんだと思う。だけど土屋少年は、マリア嬢の細い腕を見てためらいの表情を浮かべた。そして彼女の腕を掴んだものの、自分のほうに引き寄せることはできないみたいだった。

「えーと、よく分からないんだけど。先輩方、女の子に強引な態度を取るのはどうかと思うよー？」

帰り支度をはじめていたデザイナーくんが、席に座ったままそう声をかけた。

彼だって強引なタイプなので、人のことは言えない。だが女の子が嫌がることをするかというと……、うーん、人によるかな。受け取り方によっては嫌だと思う。私は割と遠慮したい。

「できましたら、まずご用件を。生徒会室に連れていって、何をするんでしょう？」

愛川マリア引きとめ隊への参加を表明すべく、私も立ち上がった。

先輩方の様子が不穏《ふおん》だし、マリア嬢の困惑する表情はとても演技に見えなかった。

それに……、目が気になる。

水崎先輩と金城先輩の瞳の色がおかしい。どこかぼんやりと焦点が合っていないような――？

「嫌がるようなことはしないぜ？　そもそもオレ様と一緒に過ごせるだけで、女子生徒にとっては天国だろ？」

ニヤリと不敵な笑みを浮かべながら言う、水崎先輩。

「ゆっくりとお話しさせていただきたいだけですよ。明日からの過ごし方についても」

金城先輩は、すごく優しげな微笑《ほほえ》みを浮かべている。だけど……

――怖い。

なんだ、この薄ら寒い感じ。マリア嬢が青ざめているのが見えないのか、二人とも。

「あの、できれば用件は手短にしていただきたいと……」

そう言いかけた私は、二人から鋭《するど》い視線を向けられて言葉を呑みこんでしまった。

そもそも、わざわざ放課後に来たのだ。連れていくのになんの文句があるのだ、と言いたいに違いない。こんちくしょう。

「あ、あの、先輩方……」

その時、マリア嬢が勇気を振り絞《しぼ》ったような声を上げた。二人とも険《けん》のある表情を一変させ、甘い表情を彼女に向ける。

「どうした、マリア」

「おっしゃってみてください、愛川さん」

……うえええええ。マジか。どうなってる⁉

さすがのマリア嬢も、ちょっと引いている様子に見える。

もっと雰囲気のある場所で迫られたらうっとりしたのかもしれないが、ここは教室の中。クラスメイトに注目される場所なのだ。

「あ、あの、その……今日は、用事があるので、できれば後日に」

マリア嬢は偉かった。控えめながらも断りの言葉を口にしたことで、上級生二人は諦めたらしい。

切なそうに目を細めた金城先輩は、マリア嬢の指先に唇を当てる。

「あなたがそうおっしゃるのなら、諦めるしかありませんね。では、また明日。必ず参りますので」

水崎先輩はフフンと笑った。

「焦《じ》らすのが好きなのか？　困ったヤツだな。まあ、いいぜ。ただし明日は覚悟しとけ？」

そして二人で連れ立って出ていった。

それからしばらくして、教室内は騒然《そうぜん》となった。

皆、我に返るのに時間がかかってしまったのだ。最初に正気に返ったのは、京子嬢である。

「何、今の⁉　先輩たち、おかしくなった⁉」

いやあ、ズケズケ言うね、京子嬢。でも正直なところ同感だ。

「わ、わたしにもさっぱり」

マリア嬢は、ぶんぶんと首を横に振っている。攻略されるとああなるのだろうか、と思ったけれど、マリア嬢に心当たりがないなら違うんだろう。

土屋少年は、掴んでいたマリア嬢の腕を慌てて離した。

デザイナーくんは呆《あき》れた顔をしつつ……どこか納得のいかない表情で胸元に手を置いている。

「修学旅行も休むって言うし……変な病気にでもかかったのかしら」

　京子嬢が首をかしげたが、それにしてはあまりに唐突である。生徒会室で修学旅行の話題が出たのは、つい先週のことなのに。その時には普通だったたし、昨日花屋で遭遇《そうぐう》した金城先輩は、いつもどおりだったはず。

「心当たりとか、ないんだよね？」

　マリア嬢にさりげなく尋ねるが、彼女はただ首を横に振るだけ。

　私は仕方なく、教壇のすぐ前に座る男子生徒の背中に目を向けた。

　先ほどの騒動の間、まったく口を挟まなかった委員長である。

　何かあった時に人に聞くことしかできないのは悔《くや》しいが、今はそうも言っていられない。

　少しずつ下校をはじめたクラスメイトたちの中、私は委員長に声をかけた。

　けれど——

「悪いけど、さっきの先輩方の様子について、僕は何も言えないよ。調べたいことがあるから、邪魔しないでくれる？」

　珍しく棘《とげ》のある言い方をした委員長に、私は驚いた。この感じだと、本当にものすごく邪魔か、あるいは危険かだ。

「それ、私も行っちゃダメ？」

どこに行くのかは分からない。ただ、いずれにせよ委員長は何かを知っている気がした。

「ダメ。キミは、好奇心は猫をも殺すって言葉を覚えたほうがいい。また怪我《けが》するハメになったらどうする？」

「それは委員長も一緒じゃない。別に腕っ節が強いわけじゃないでしょう？」

「それとは話が別だね」

懸命に食い下がってみたが、ダメだった。

教室を出て廊下を進む委員長の後ろ姿を見送って、私はもう一つの場所へと急いだ。

先ほど、委員長と話している時に彼女は教室を出ていった。

今なら、まだ間に合うと思う。

下足箱に向かう彼女の姿を見つけた私は、小走りで近寄った。

「愛川さん！　ゴメン、ちょっと時間もらえないかな」

そう、マリア嬢である。

□
■
□

マリア嬢と面と向かって話をする機会は、あまりない。私がそういったケースを避けているせいでもある。彼女の行動をスパイしながら攻略を意図的に邪魔している中、親しげな態度を取るのはどこか申し訳ないし、うっかり彼女に肩入れをして和兄を裏切るのは避けたかったからだ。

だけど水崎先輩と金城先輩の先ほどの様子に、周囲だけでなくマリア嬢も困惑していた。これは、いわば緊急事態である。

「あのね、二人だけで話したいことがあるんだよ」

私が真剣にお願いしたところ、マリア嬢は少し戸惑い……そして、うなずいてくれた。

二人でやってきたのは、マリア嬢の自宅の最寄り駅。

私の通学路からは外れるんだけど、マリア嬢はこの後、お祖母《ばあ》さんが入院している病院に行く予定らしい。できるだけ病院から近い場所がいいということで、駅前の喫茶店に二人で入った。

マリア嬢はコーヒー、私はアイスティを注文する。店員さんがそれらを運んできてくれたところで、マリア嬢は口を開いた。

「新見さん、話って一体……」

怪訝《けげん》な顔をしつつ、彼女はコーヒーカップに口をつける。私もアイスティを一口飲んだ。

「私ね」

深呼吸をすること、二回。私は切り出した。

「愛川さんが、乙女ゲームのヒロインだって、知ってるの」

マリア嬢の表情は、みるみる変わっていった。

驚愕《きょうがく》と、衝撃、そしてこちらを敵視するような視線。

つい先ほどまでは儚《はかな》げな美少女だったのに、今はとても攻撃的な雰囲気を身にまとっている。

そんな彼女の様子を見て私は息を呑んだが、怯《ひる》まずに続けた。

「最初に知ったのは、入学式前の春休み。おかしなことを言うと思ってくれてもいいけど……、私の身内に『前世の記憶がある』って人がいてね、その人が教えてくれたの。入学してくる愛川マリアさんは、ある乙女ゲームのヒロインだってことを」

マリア嬢は鋭《するど》い視線を私に向けている。

「……私はね、その人に頼まれて、あなたが彼を攻略できないように妨害してたの」

たぶん、そのことに気づいてはいないはず。でも、時に私が不可解な行動を取ってい

たことは、マリア嬢も感じていたと思う。和兄との仲を疑っているらしき質問をされたこともあるし。

「その『彼』って、鏡矢《きょうや》くん？」

「そう、ひび……」

……は？

マリア嬢が口にしたのは、和兄ではなく桂木くんの名前だった。私は思わず目を丸くする。

「あれ、違うの？　鏡矢くんの攻略が途中から上手くいかなくなったのって、新見さんのせいかと思ってた」

予想外の反応に、身体の力が抜けてしまった。漂《ただよ》っていたシリアスな空気が、どこかへ消えたように感じる。てっきりマリア嬢は、どこか責めるみたいに『日比谷センセ？』と口にすると思っていたのに。

「えーと、とりあえず違う。桂木くんの攻略については、特に妨害した覚えはないよ？彼と友達付き合いはしてるけど」

マリア嬢は、いつもの美少女らしい振る舞いをやめることにしたみたいだ。足を組んでカップを持ち、わずかに首をかしげる。挑戦的な目は、私に続きを話せと促《うなが》していた。うん、悪魔っぽくて、これはこれで魅力的だな。

「話を戻すね。さっきの水崎先輩と金城先輩の件……愛川さんは心当たりがなさそうな様子だったから。今、何が起きているのかを知りたいと思って。……それに、あなたの口から聞きたいこともあったし」

　ねえ、と私は問いかけた。

「どうして複数攻略してるの？」

　マリア嬢の狙いが和兄でなければ、私は彼女に対して何かアクションを起こすことはなかっただろう。だけど彼女は誰か特別な相手がいる様子もなく、攻略対象たち全員をオトそうとしている。

　マリア嬢はとてもマメだ。一人に絞《しぼ》って攻略を進めたなら、あっという間に恋人同士になれたんじゃないかと思う。だけどわざわざ複数同時攻略を狙うせいで、周囲の女の子たちとの間に軋轢《あつれき》が生まれたり、周囲に迷惑がかかったりすることも、しばしばある。

「……乙女ゲームだったから、かな」

「え？」

　マリア嬢は目を細め、遠い昔を思い出すような顔をした。

「わたしが前世の記憶を取り戻したのは、小学生のころだったの。当時、毎日がキツくってね。両親は離婚するし、顔が外国人みたいだって学校では苛《いじ》められるし、どこかに逃げ出したかったけど頼れる人もいないし……。よく、想像してた。本当のわたしは、こんなんじゃない。実は別の人間で、いつか王子様が迎えにきてくれて幸せになれるんだって」

うっすらと笑みを浮かべて、彼女は続ける。

「そんなある日、思い出したの。この世界は乙女ゲームの世界で、わたしはヒロインだって。今は辛くても、高校に入学したらすべてが変わる。素敵な男の子がたくさんいる学園で、夢のような恋愛ができる。それは、わたしの支えになった。思い出せる限りのことをノートに書き出して、勉強して容姿を磨《みが》いて、その日に備《そな》えることにした。彼らを攻略すれば、皆がわたしを愛してくれる。今は辛くても、我慢できるって思った」

ふふふ、とマリア嬢は笑い、コーヒーを口にした。

「一人に絞るって案もあったよ？　でも、特別本命キャラがいたわけではなかったし、せっかくなら逆ハーレムエンドがいいでしょ。だから追加キャラクターのミシェル神父も含めた、真・逆ハーレムエンドを目指すことにしたの。……ねえ、新見さんはさ、恋ってしたことある？」

「は？」

いや、なんでいきなり話が飛ぶのよ？

「ええと、まあ、幼稚園時代なら」

訝《いぶか》しがりながら答えると、マリア嬢はニッコリと笑った。

「わたしはねえ。初恋って、つっくんだったんだよね。そのころのわたしにとって、つっくんは王子様だったの。カッコイイし、いつも一緒にいてくれたし、いつか水泳で世界一の選手になるって夢も素敵だった。だけどね。……つっくんはわたしの引っ越し先まで、助けに来てくれることはなかった」

マリア嬢は寂《さび》しそうな表情を浮かべて続ける。

「つっくんが攻略対象の一人だって気づいた時には、がっかりしちゃった。だってあのゲームは、女の子が動いて発動条件を満たさないと、イベントが起きなくて攻略できないんだもん。まぁ、そもそもつっくんはカッコイイけど、王子様とはちょっと違うかな。甘い言葉は言ってくれないし、大事にしてくれないし、そのくせわたしが他の子と仲良くしていたら不機嫌になるし」

あ、土屋少年の嫉妬《しっと》には気づいてたんだ？

「だから、他に素敵な人がいたらその人を好きになろうと思ったの。後になって本命が変わった時にも対処できるように、同時攻略しながらね。真・逆ハーレムエンドは第一希望で、上手くいかなくても別にいいって考えてた。ただ皆、素敵なのに好きだなあって思える人はいなくて……」

マリア嬢は目を細める。

「ちなみに新見さんの初恋は？」

「……親戚のおにーさんがカッコよくてね。でも、会うたびに違う女を連れてたから冷《さ》めたの」

本人には決して知られたくはないが、まあ、そういうことだ。

幼稚園時代だしね。あれだけ顔がいい男性が近くにいたら、そんな気になっても仕方あるまい？　ついでに言うと、冷めるのも早かった。よくよく考えると、全員が恋人ってわけじゃなかったのかもしれないけどさ。

マリア嬢は、ぷっと噴《ふ》き出した。悪魔っぽいオーラがふわっと消えて、いつものマリア嬢の表情が覗《のぞ》く。

「水崎先輩と金城先輩について、だったよね。まだ最後まで攻略が終わってないよ。メインイベントの続きは修学旅行が終わった後のはずだし。時期がズレたとしても、一足飛びで先のイベントが起きたことは、今までなかった。水崎先輩の『たった一人のあなた』と『おまえの一生はオレのもの』、金城先輩の『誰かの影ではなく』と『本当の僕を受け止めて』は、まだ発生してないもの」

何それ、もしかしてイベントの名前？　すごいタイトルだな、おい。

「メインイベントを最後まで起こさずに十二月二十四日になると、肝心のクリスマスイベントが発生しない……っていうのが、プレイヤーとしての知識なんだけど。……実際にはどうなるのかな。正直なところ、さっぱり分からない」

マリア嬢はそう言って、途方に暮れたみたいな顔をした。

「水崎先輩と金城先輩……それに優希くんも……急に態度が変わっちゃって、ときめくというよりも怖いんだよね。……あははっ、自業自得？　ツケがまわってきたかなあ。わたしって結局、こんなものなのかも。ゲーム世界のヒロインに生まれ変わって、おまけに攻略のための知識まであるのに……失敗して、また死ぬのかな。あのゲームには、デッドエンドはなかったはずなのに」

マリア嬢は、乾いた声で笑う。

「あははははは。わたしね、前世では殺されたんだよ、高校生になってはじめてできた彼氏に。浮気されてケンカになって……。この世界のわたしの相手は、浮気しないイイ男ばかりなはずだったのに……、誰のことも好きになれないなんてね」

ぼんやりとうつろな目で、彼女はこちらを見つめる。

「新見さんはどう思う？」

その問いかけに、正しく答えられる自信はない。私だって、そこまで順風満帆《じゅんぷうまんぱん》な人生を歩んでいるわけではないと思う。だけど……

「愛川さんは、生きてる」

私はマリア嬢の目をまっすぐ見つめて続けた。

「複数の人間を好きになっちゃって、何股もかける……そんな人生もあると思う……まあ、賢くはないかもしれないけど。ただ好きじゃないなら、ゲーム感覚で人の心を弄《もてあそ》んでる自覚があるなら、やめたほうがいい。水崎先輩だって、金城先輩だって、月島くんだって……土屋くんだって、生きてる。彼らの人生も、愛川さんの人生も、リセットできない」

私だって、と呟《つぶや》く。

「私だって生きてる。だから、諦めるつもりはない」

……たとえ、実際のゲームでは死んでいたとしても。

委員長によれば、ゲーム内での私は幼いころに死んでいたという。だけど今、この世界で私は確かに生きている。

いろいろな思いを込めた私の言葉は、マリア嬢にうまく伝わらなかったらしい。彼女はわずかに眉根を寄せただけだった。

彼女に聞きたいことは、まだいくつもある。一番聞きたいのは、水崎先輩や金城先輩を元に戻す方法があるのかということ。そして次は……

私が頭の中で情報を整理していた時、電話の音が鳴り響いた。

プルルルル、プルルルル、プルルルル――

場をぶち壊すようなその音は、マリア嬢の手元から聞こえる。

少し迷った表情を浮かべたマリア嬢に、私はうなずいた。すると彼女は通話ボタンを押し……みるみる青ざめて立ち上がった。

「お祖母《ばあ》ちゃんの容体が、また⁉」

マリア嬢は、小さく身体を震わせながらこちらを見る。

「行って。支払いは私がしとく。早く！」

バタバタと駆けていくマリア嬢を見送った私は、ふと彼女が落としていったものに気づいた。

十字架のストラップである。携帯電話につけていたのだろうか。雰囲気からして、デザイナーくんが作ったものだと思う。そういえば前にも一度、見たことがあったかもしれない。

ストラップを拾い上げた私は、今すぐそれを返しにいくべきかどうか悩んだ。明日学園に来るのであれば、教室で渡せばいい。けど、もしお祖母さんの具合が想像以上に悪かったら……そのまま何日も休むかもしれない。その間、マリア嬢はなくしたと思って探すんじゃないかな。せめて私が預かってることが彼女に伝わればいいのだけど。

「……愛川さんっ」

急げば間に合うか？　そう思って立ち上がったものの、そもそも支払いがまだだった。

病院の場所だって知らないし、マリア嬢の自宅も知らない。何より携帯電話の番号も知らないのだ。淡白な関係である。

「……どうしよう」

迷った末、私は京子嬢にメールをした。

彼女とはメルアド交換をしてはいたが、さほど頻繁《ひんぱん》にメールしあう仲でもない。京子嬢はマリア嬢と仲が良いので、こちらの情報が漏《も》れてしまうのを避けたかったからだ。

『落とし物を預かっているんだけど、愛川さんのメルアドを教えてもらえないかな』

すぐに京子嬢から返信があった。

『本人に確認せずメルアドを教えるわけにはいかないから、詩織が落とし物を預かってるって、あたしから伝えとくわ』

『ゴメンね。それじゃ、お願いします』

ひとまずは、これでいいだろう。ストラップをなくさないようにハンカチでくるみ、カバンに入れておく。

それから喫茶店の会計を済ませ、駅に戻って電車に乗ろうとしたところ、知らないメールアドレスからメールが届いた。

『教会でお会いできませんか?』

もしかしてマリア嬢だろうか。京子嬢に私のアドレスを聞いたのかな。

ずいぶんと早い返信に、ちょっと驚いた。あとマリア嬢って、メールだと丁寧語なのね。

『今日？』

そう返信すると、すぐに携帯電話にメールが届く。

『午後六時に来てください』

遅い時間だとは思ったが、病院の用事が終わってからになると仕方ないのかもしれない。

それに、このチャンスを逃せばマリア嬢と和解を図《はか》ることはできない気がした。

『了解』

短く返信し、私は学園に戻ることにした。

あ、失敗だったかなあ、と思ったのは、学園に着いてから。十一月にもなると、午後六時はすでに真っ暗だった。こんな時間に教会へ呼び出すなんて、マリア嬢も趣味が悪い。喫茶店はマリア嬢の自宅最寄り駅のはずだし、あそこで良かった気がする。

それになんで教室じゃダメだったんだろう。いや、でも一人で教室に残るのは嫌だよなぁ。寒いし、他の生徒が来る可能性だってあるしね……

聖火マリア高等学園の最終下校時刻は午後七時。それまで活動している部活動は多い。また用事がなくても、この下校時刻までなら生徒が学園内に残っていても咎《とが》められない。

『帰宅が遅くなります。マリア嬢と会って忘れ物を届けてくる』

私は心配性の和兄にだけ、帰宅が遅くなる旨《むね》のメールを送って時間を待った。

待機場所は図書室だ。

放課後の当番をしている図書委員が常にいるし、時間をつぶすための本に困らないしね。さすがに教会で待つのは嫌すぎる。あそこって、誰もいないじゃんかよ。

暇つぶしがてら手にした本は、いつぞやの花言葉の本だった。マリア嬢が金城先輩とのイベントを起こした時に、手にしていたものだ。結局、マリア嬢はこれを借りたのだろうか。それとも、あくまでイベント用に手に取っただけだったのかな。

そんなことを考えながらページをめくると、間に栞《しおり》が挟まっているのに気づいた。

図書室の本に栞を挟んだまま返却してしまうなんて、迂闊《うかつ》な人がいたものだ。

この本は、植物があいうえお順に紹介されている。栞が挟まっていたのは、ヤドリギのページ。十二月の植物らしい。……これ、花かどうか微妙なんですけど?

ちなみに花言葉は『困難に打ち勝つ』で、十二月二十四日の誕生花らしい。

十二月二十四日――私の誕生日である。

そしてこの日は、『ときめき恋曜日～愛のキャンドルを灯して～』のラストシーン、クリスマスイベントの日だ。このイベントは、実際のゲームでは二十四日もしくは二十五日に発生するらしい。キャラクターによって起こる時刻が違うということなのかな。

クリスマスに教会で『愛のキャンドル』を灯した相手とは、永遠の愛で結ばれる――

これはゲームの鍵となる伝説だ。

けれどこの学園に入学して以来、そんな伝説は一度も聞いたことがない。マリア嬢にだけ適用される伝説なんだろうか。

ハッと気づいた時、携帯電話のライトが光り、メールの着信を知らせた。

チカチカ光るそれを確認すると、和兄からの返信だった。メールを送ったのはけっこう前だった気がするけど、職員会議でもあったかな。

『忘れ物を届けるって、どこに行くんだ？』

『教会に行く。午後六時。まだ学園にいるの？』

『今日は会議があるんで、ギリギリまで残業予定だ』

『なら、』――終わったら車で送ってもらおうかと一瞬考えたが、首を横に振って打ちかけたメールを消す。これからマリア嬢と会うのだから、その後は彼女と一緒に駅まで行くことになるだろう。

『じゃあ、先に帰るね』

そう返信し、本を棚に戻して図書室を出た。そろそろ、約束の六時である。

「教会、教会……と」

四月から何度か訪れた、この古びた教会。だけど、いい思い出は特にない。

暗がりの中ではなおのこと古く見えて、不気味だった。

扉が開いていたので、おそるおそる中を覗《のぞ》く。

「愛川さん……？」

教会の扉の先は、真正面に祭壇《さいだん》があり、その後ろにはステンドグラスがある。中は薄暗く、静まり返っていた。正直なところ、人気《ひとけ》がなさすぎて怖い。

あ、いかん。足がすくみそうだ。中に入りたくない。

「あ、愛川さーん？」

できれば、別の場所で！　教会じゃないところで！　図書室では雑談できないから、また喫茶店にでも行こうよ！　さっきのお店で続きを話すのはどう!?

そんな気持ちを込めながら、マリア嬢の名前を呼び続ける。見たところ、まだマリア嬢は来ていなさそうだ。そう考えていた時――

ふわりと、甘ったるい空気が中から漂《ただよ》ってきた。

鼻先にむわっと湧き上がった濃密な空気のせいで、吐き気がこみ上げてくる。いつか嗅《か》いだことのある香りに驚き、私は慌てて口元を手で覆《おお》い、扉から離れようとした。

「どうして入ってきてくれないんです？」

誰もいないように思えた教会だったが、目を凝《こ》らすと、男が一人たたずんでいた。

神父の格好をしたイケメンが、静かな笑みを浮かべながらこちらを見ている。

「午後六時。時間どおりにいらしてくださったのですから、こちらも歓迎したいと思っているのですよ。あなたにもぜひ、私たちと同じステージに立っていただこうと思いまして」

そこにいたのは、ミシェル神父だった。

「……っ！」

なんでだ。

いや、疑わなかった私が悪いのか。

先ほどのメールの送信者は名乗りもせず、丁寧語だった。普段のマリア嬢とはまったく違う雰囲気だったのに、どうして信じこんでしまったんだろう。

この教会でマリア嬢が待っていると、なぜ思ってしまったんだろう。

ミシェル神父の様子をうかがっていると、彼は口を開いた。

「なるべく人目につかないようにしたかったのですよ。そのため、こちらの方に協力していただいたというのに……」

そう言いながら、視線を横へ向ける。暗がりには、どうやら他にも誰かいるようだ。

しかしそれを確認するには、教会内に足を踏み入れないといけない。

私はジリジリと下がり、扉から離れた。目を離したり、後ろを向いたりしてはだめだ。

そして、逃げる時は脱兎《だっと》のごとく、一心不乱《いっしんふらん》にならなくては。

職員室に逃げればいい。会議中だろうが構うものか。

私が返事をしないので、ミシェル神父は焦《じ》れた様子だった。

甘ったるい匂いを漂《ただよ》わせながら、教会の入り口まで進んでくる。

彼はやがて、外に出てくるだろう。だけど、それはものすごく忌《い》まわしいことに思えた。彼を外に出してはいけない。そして、この甘い香りを嗅《か》いではダメだ。頭の中で、警鐘《けいしょう》が鳴っている。

「ああ、どうやら、もう充分吸っているようですね」

神父は、嫌な笑みを浮かべた。

「それがあなたの『心』ですよ、新見詩織さん」

胸元に焼けつくような痛みを覚えて、私は一気にその場から駆け出した。

神父の声が頭から離れない。それから逃げるみたいに、私は走り続けた。

どうやって帰ったのかは覚えていない。

自宅に駆けこんだはいいけれど、その焼けつくような痛みの理由を知るのが怖かった。

部屋の床に放り投げたカバンから、マリア嬢のストラップをくるんだハンカチが飛び出してくる。そのことに、妙な苛立《いらだ》ちを覚えた。

彼女があんなものを落とさなければ、こんな目に遭《あ》わなかった——！

八つ当たりじみた感情が湧き上がってくる。ただ、タイミングが悪かっただけなのに。

「あ……あああ……ああああああああ‼」

胸元が熱くて、思わずかきむしる。指先に、冷たい金属が触れた。

チャリチャリと鎖の鳴る音が耳に届く。私は、それを両手で握りしめて震えた。手のひらに感じるやけにヒンヤリした感触は、これが現実だと教えていた。

何かの間違いならいいのに。これから、どうすればいいのだろう。

手放すことなど、もちろんできない。

じゃあ、部屋のどこかに隠してしまえばいい？　いや、それもできない。だって私がこの部屋にいない間に、誰も入ってこないとは言えないのだ。

「詩織。どうしたんだ？　何があった……」

扉をノックする音と和兄の声が聞こえ、私は悲鳴を上げた。

「お願い、入ってこないで――っ‼」

和兄、職員会議は終わったのかな。我が家にいるということは、私のメールを見て心配してくれたのかもしれない。

そんな和兄を、私から拒絶することはあまりない。

それでも、だめ――今日はだめだ。いや、これからずっと、彼を部屋に入れるわけにはいかない。

「あ、ああ、あああああ……！」

自室に置いてあるスタンドミラーには、恐怖に震える自分が映っていた。

不安で、すべてが崩れていきそうな気がする。

制服のボタンがはずれた胸元には、見慣れたチェーンが下がっていた。先端で輝くのは、オレンジ色の光。

何度も見たから形は覚えている。ペンダントの先にあるのは、紛《まぎ》れもなく……

「どうしよう……。どうしたらいい……？」

『石』。

異性がこれに触れたら、私はその相手に恋をする。

□■□

本当は、一日中部屋にこもっていたかった。

だけど、それはできない。もし私の異常に気づかれたら、心配になった誰かが部屋に入ってきてしまう。

「詩織ー？　朝よー？　朝ごはん食べないの？」

「食べるから、ちょっと待ってー」

冷静に、冷静に、冷静に。

心の中で何度も唱《とな》えて、母親に返事をする。

昨晩、私は制服に細工をした。内ポケットを作ったのである。

制服の下にペンダントをつけることは可能だ。チェーンには気づかれるかもしれないけど、先端に触れられなければいい。だから、先端の石をおさめるための袋を制服の裏側に縫《ぬ》いつけた。チェーンを引っ張られても、すぐに石が出てこないように。

本当は、鎖ごとおさめてしまいたい。そうだ、薄型のウェストポーチなら服の下にも身に着けられる。今日の帰り、ショッピングモールに寄って買ってこよう。多少ゴツゴツしても構うものか。誰にも触られないようにしておかないと、不安でならないんだから。

「どうしたの、詩織。顔が真っ青よ？」

リビングで顔を合わせた母親に、そう尋ねられる。私は働かない頭で、なんとか答えた。

「……そう？　たぶん、気のせいだよ。寝不足かもしれない」

「勉強もいいけど、ほどほどにね？　数学で詰まってるなら、また和翔くん呼んだらどう？」

「……か、和兄は忙しいから」

それだけ言い、私は味のしない朝食を胃に流しこんで家を出た。

怖い――家の外に出るのが怖かった。電車に乗るのが怖かった。

人とすれ違うたび、チェーンの先が服から飛び出していないかとピリピリ警戒《けいかい》してしまう。喉の奥が焼けつくように熱かった。喉が渇いて、渇いて、とても息苦しい。

学園までは、驚くほど遠かった。教室までも、まるで茨《いばら》の道を歩いているかのようだ。

たくさんの生徒に怯《おび》え、誰も傍《そば》に近寄らないでほしいと願ってしまう。

「おはよう、詩織ちゃん！　今日は遅いんだねえ、どうしたの？」

教室に着くと、裕美ちゃんが声をかけてきた。普段ならもっと早い時間に登校している私だけど、今日は遅刻ギリギリの時間だ。

「な、なんでもないよ。ちょっと、寝坊しちゃって」

……寝坊どころじゃない。本当は一睡もできなかったのだ。

「本当に？　目の下に隈《くま》が……」

そう言って近づいてきた裕美ちゃんに、身体がビクンッと震えてしまった。

「……詩織ちゃん？」

「な、なんでもないの。ホントに……」

ぶんぶんと首を横に振る。

裕美ちゃんは平気だ。女の子だから石に触れても影響はないし、そもそも石について知らないはず。何も恐れることはないのだ。

「おはよう、新見さん……？」

だが、続いて声をかけてきた委員長に対しては、あからさまに身構えてしまった。

「お、おは、おはよ……」

数歩、距離を取る。すぐには彼が近づけない距離まで。そして必死に、自分へ言い聞かせる。大丈夫だ、委員長が私に危害を加えるはずがない。

ごくりと息を呑みこんで、平気な表情を浮かべるのだ、新見詩織。

「あ、あははっ、寝不足でちょっとフラフラしちゃってるかも。昨日、寝つきが悪くてね。そ、そういえば、マ、……い、いや、愛川さんは……」

教室内を見まわした私は、マリア嬢がまだ来ていないことに気づいた。せめてあのストラップ、早く返してしまいたかったのに。

「本当に大丈夫？」

委員長が、こちらに身を乗り出す。私は慌てて身を引いた。委員長の心配そうな顔を見て、私はぶんぶんと首を縦に振る。

それにしても、席が一番後ろで良かった。

背後を気にしなくて済む。誰かに後ろにまわられるのが、こんなに怖いことだなんて思いもしなかった。

授業中は土屋少年との間に距離を作るだけでいい。彼は私のことなど、まるで気にしていない。寝ていたり、たまにマジメにノートをとったりしているだけだ。安心できる。

そうやって授業を受けていたら、休み時間に『ネオ・キャンドル』の四人が話しかけてきた。私の様子がおかしいことに気づいたようだ。でもゴメン、正直なところ上の空で、まともに返答できたかどうか分からない。

「なあ、今日の新見ってどうしたんだ？　すげえ警戒《けいかい》してるっていうか、……怯《おび》えてる？」

「なんかあったんだろうけど……」

「てか、こういうのってチャンスじゃねえの？　伊藤《いとう》、話しかけてこいよ」

「いや、今いくと嫌われそうでちょっと……それに男相手だけじゃないよな？」

「……佐々木にも怯えてたような気がする」

少し離れたところで、彼らがひそひそと話している。

ううう、聞こえてるんだよ、四人組さん。でも、だめだ。冷静に答える気になれない。

鈴木おばちゃん先生のいる神域——もとい保健室にこもっていたい。

「詩織ちゃんっ！」

昼休み、裕美ちゃんが声をかけてきた。

ドン、とお弁当箱を私の机に置いた裕美ちゃんに、のろのろと顔を上げる。

「話してもらうよ、何があったの。教室で言いづらいなら別の場所に行くけど、どうする？」

心配してくれる裕美ちゃんの気持ちが嬉しい。

その時、ズキンと激しい痛みが胸を襲《おそ》った。石が、熱い。

「あ、あう……」

胸元をかきむしるみたいに身を屈《かが》めた私に、裕美ちゃんが慌てる。

「詩織ちゃんっ!!」

お弁当箱を片手に、裕美ちゃんが私の腕を掴む。

「保健室行くよ、いいね!?」

私は、ふらふらと立ち上がった。

けど教室を出ようとしたところで、誰かに引き止められた。顔を上げれば、デザイナーくんが立っている。彼は自分を押しのけようとした裕美ちゃんを止めて、こう言った。

「詩織ちゃんの症状に、ちょっと心当たりがあるんだよ。屋上にしない？」

「心当たりって……、火村くんが何かしたの？」

「まさか。オレは女の子好きだけどね、だからこそ、こんなに怯えさせる真似はしないよ？」

購買で買ってきたらしきパンを、ゆらゆら揺らしてデザイナーくんが言う。それは一日三十個限定のシュークリームパンだった。

パンにつられた裕美ちゃんがデザイナーくんの提案に乗ったので、私たちは屋上に向かった。

デザイナーくんはわざわざ借りにいったという屋上の鍵を取り出し、扉を開ける。もしかしたら彼は、私の今朝の様子を見て、心配してくれていたのかもしれない。さすがに用意周到すぎる。

屋上には他に誰もいなかった。そのことに、私はとてつもなく安堵《あんど》する。

デザイナーくんから距離を取った場所に座ってお弁当を広げると、裕美ちゃんは改めて私を見た。

「さあ、話して、詩織ちゃん。男の子の前で言いづらいなら、火村くんは追い払うから」

「ヒドイなあ、シュークリームパンしっかりゲットしといて……。いや、まあ、いいけどね。それより、先にこっちから聞いていいかな」

デザイナーくんはこちらをじっと見ながら言った。

「詩織ちゃん、石を盗られでもした?」

ズバリ核心をついてきたデザイナーくんの言葉に、顔を上げる。青ざめているだろう私の顔を見てどう判断したのか、デザイナーくんは続ける。

「まだ手元にあるんだね？」

　私はうなずいた。

「なら、間に合うよ。『心』を強く持つんだ。あれはね、自分をしっかり意識していれば、誰かの手に渡ったところでたいしたことにはならない。オレが、何人の女の子に渡したと思う？　可愛いなー、好きだなーって思うだけで済んだ理由が分かる？」

　デザイナーくんはそこで一度言葉を切り、いつものように笑った。

「誰かを好きになることに、怯《おび》えちゃダメだよ。自然なことなんだからね」

　へらへらと笑っているデザイナーくんが頼もしい。

　そういえばマリア嬢の攻略対象のうち、石に対して見事に折り合いをつけているのは彼だけだ。

　和兄や桂木くん、水崎先輩、金城先輩……皆、防衛をするばかりで自ら女の子に渡したりはしない。

「火村くん、それ、どういうこと？」

　裕美ちゃんが怪訝《けげん》そうな表情で口を挟む。

「意志？　心？」

　首をかしげた裕美ちゃんの問いかけに、デザイナーくんは大きくうなずいて答えた。

「詩織ちゃんはね、恋をするのが怖いんだよ」

その言葉を聞き、裕美ちゃんはポカーンと口を開けた。

やがて彼女の表情は、フツフツと憤《いきどお》りの形相《ぎょうそう》へと変化していく。

「え、何、それ。朝からずっと様子がおかしくて、すっごくすっごく心配したのに⁉」

ワナワナと震えながら、裕美ちゃんは立ち上がった。そして仁王立《におうだ》ちして私を見下ろすと、肩を掴んでがっくんがっくんと揺らしてくる。

「詩織ちゃん⁉　ちょっと⁉　もしかして誰かに一目惚《ひとめぼ》れでもしちゃって、はじめてのトキメキにどうしたらいいか分からないとか、そういう話なの⁉」

えっ。ち、違……

裕美ちゃんはいったん妄想をはじめると止まらない。

「あんまり怯《おび》えてるからっ！　昨日の帰りに性質《たち》の悪い痴漢《ちかん》にでも遭《あ》ったのかと思ったのに！　詩織ちゃんに恋の予感⁉　ああ、なんてこと。どうして私、昨日一緒に帰らなかったんだろー⁉　ダレ、ダレ、ダレ⁉」

ひぃぃいいいぃ‼

裕美ちゃんはガクガクと私の肩を揺らし続け、こちらがすっかり気持ち悪くなったころにようやく手を離してくれた。

どうやらお腹がすいたらしく、お弁当を食べることにしたみたいだ。

あの、気持ち悪くなっちゃって食欲がさっぱりないんだけど、私はどうしたらいいんだよ。

「まあ、そういうことなら、しばらくは仕方ないね。初恋ってのは戸惑うものだよ。うん」

裕美ちゃんは訳知り顔で言う。ぱくぱくとお弁当を食べて、デザートにシュークリームパンを食べ終えると、満足げにうなずいた。

一方の私は、呆然《ぼうぜん》としてしまってお弁当どころではない。

「は、はつこい……？」

思わずオウム返しで問いかけた私に、裕美ちゃんはチチチと指を横に振った。

「詩織ちゃん、まさか幼稚園とか小学校のころの淡い思いをカウントしたりしてないだろうね？　言っておくけど、ご近所のまーくんと仲良くて好きだった、とかいうのは恋とは認めません」

え、いや、あの？

てか、まーくんて誰さー。

「年上の親戚のおにーさんに憧れたとか、そういうのもカウントしないよ。彼の姿を見ると胸がドキドキしちゃうとか、じっと見つめられると恥ずかしくてうつむいちゃうとか、そういう甘酸《あまず》っぱいのじゃないと。目安としては、ラブソング聴いて共感できるかどうかだね、うん」

ええと、そういうのは心当たりが一度もないんだけど。

裕美ちゃんはじりじりとこちらに近づき、私の鼻先に指で触れた。

「うふふふー」

いや、その、笑顔が怖いよ。あと、なんか違うと思う。

「ゆ、裕美ちゃん？　誤解……」

私がおそるおそる口にした言葉を、裕美ちゃんはまったく聞いていないようだ。

「まあ、少し残念ではあるね」

そんな中、デザイナーくんは首を傾《かたむ》けた。

「オレに恋をした詩織ちゃんが、怒りつつも頬を染めてデレる――そんな姿を見てみたいってのも本音なんだけどねえ」

しみじみとデザイナーくんは言った。ちなみに彼の昼食はサンドイッチである。いつもは他の子のお弁当を摘まんでいるデザイナーくん。今日は購買で買ったに違いない。

「でもね、詩織ちゃん。注意は必要だよ。キミが今から気をつけなくちゃいけないのは、不特定多数の誰かじゃない。キミに好意を持つ男性だ」

「え？」

デザイナーくんの表情は真剣で、冗談を言っている様子はなかった。

えーと、特に誰かから好意を寄せられてるといったことはないと思うんだけど。

「いかにキミに好意を抱いていようと、いや、抱いているからこそ、彼らには魔がさすってことがありえるんだよ。これまで誰のものでもなかった詩織ちゃんが、どこぞの男のものになるかもしれない――そう思った時、今までキミのペースに合わせようとしていた連中は焦る。多少強引でも、石さえ手に入れてしまえば結果オーライ。……そう考えないとも、限らないよね？」

背筋がぞくりとした。胸元の石もすっと冷えていく。ああ、なるほど。私は今、不安を抱いたのだ。

「……ありがとう、火村くん」

私の言葉に、彼はにこりと微笑《ほほえ》んだ。

ともかく、石の存在を知っているのは攻略対象くらいに限られる。

デザイナーくんの指摘はさておき、事故でもなければ私の石を狙う人間などいないはずだ。

しかし問題は、ミシェル神父である。

昨日は衝撃を受けて頭が働かなかったが、彼の発言をよくよく考える必要があった。方法は分からないものの、私の石を具現化したのはミシェル神父に違いない。

胸が悪くなるあの甘い香りに、秘密がありそうな気がする。そこらへんの検討は、自宅に戻ってからにしよう。

うむ。冷静さが戻ってきた。よく考えてみれば、攻略対象は皆、石の存在をそれぞれ受け止めているのだ。私だけ動揺してどうする。

食欲も戻り、私もお弁当を食べはじめた。

その後、昼食を終えた私たちは教室に向かって歩く。やがてB組の教室のあるフロアまでやってきたところで、見覚えのある人物に声をかけられた。

――和兄だ。周囲に気を配《くば》る様子から、今は教師モードなのだと分かる。

「新見。放課後、時間あるか」

「ありますけど、何か……」

「進路指導室に来てくれるか」

へ？

一瞬、目を丸くしてしまった。

進路指導室という部屋があることは知っている。主に、生徒と教師が進路などの個別相談を行う際に使われる場所だ。中央校舎にあり、利用者のほとんどは三年生だと聞いている。一年生のうちに使われることは滅多《めった》にない。

「何かお手伝いですか？」

配布資料でもあるんだろうかと思って尋ねると、和兄は少し困ったような表情で「そんなところだ」と答えた。

さて、放課後である。

チャイムが鳴るとすぐに、裕美ちゃんがカバンを手に近寄ってきた。おそらく彼女は、昼の話の続きをしたいのだろう。私の初恋相手について聞きだしたかったに違いない。いないよ、そんなの。

私は「センセーに呼ばれてるから、先に帰って」と一声かけて、そそくさと進路指導室に向かった。

おそらく委員長にも声がかかってると思っていたのだが、待っていたのは和兄一人だ。

和兄は私に椅子をすすめると、こちらを気にかけながら部屋に鍵をかける。

進路指導室は、さほど広くはない部屋だった。通常の教室の半分以下だろう。個別指導がメインだからかな。壁の本棚にはずらっと進路に関する資料が並び、少し大きめの机の周囲に、椅子が四脚あった。

私が椅子に腰を下ろすと、和兄も向かいの椅子に座って口を開いた。

「顔色が良くなってるな。……落ち着いたのか？」

それが教師ではなく和兄としての発言だと気づき、私は何度か目を瞬《またた》かせた。

……なるほど、私の様子がおかしかったから、心配して声をかけたみたいだ。

「そんなこと、家で聞けばいいじゃない」

私が口を尖《とが》らせながら小声で言うと、和兄はわずかに眉根を寄せた。

こうして向かい合うと、和兄の表情がよく見える。

「……入ってくるなと、言っただろう？　昨日」

そういえば、言った。

どうやらかなり気にしていたらしく、彼の表情はどんよりと曇《くも》っている。

「どうしたんだ？　何があった？　昨日、帰りが遅くなるとメールしてきたのと関係あるのか？」

「学園でその口調はどうなんですか、センセー」

一応抗議した後、私は「はあ」とため息をついた。

「マリア嬢には、会えなかった。彼女に聞きたいことがあったから、放課後、一緒に喫茶店に行ったんだけど。話の途中でね、お祖母《ばあ》さんの容体が悪くなったみたい。連絡が入って、解散になっちゃったの。その時に落とし物をしていったから、届けようとして……」

私は携帯電話のメールボックスを開く。

知らないアドレスから送られてきた、教会への呼び出しメール。

「……らしくないな。こんなのにつられて、一人で行ったのか？」

「なぜか、マリア嬢だと思いこんでたんだよね。まず京子嬢にマリア嬢へ用件を伝えてほしいってお願いして、それでこのメールが来たから、てっきり……」

「祭に？」

「だって、マリア嬢のメルアド知らないんだもん」

和兄は訝《いぶか》しげな表情を見せたが、それ以上は何も言わなかった。

私は教会であった出来事を話す前に、尋ねた。

「和兄、マリア嬢の住所知ってるよね？　落とし物を届けに行きたいから、教えてもらえないかな。京子嬢に頼んでもいいんだけど……」

「いや、祭に声をかけるのはよせ。行くなら詩織一人のほうがいい……、だが」

和兄はわずかに口ごもった。

「……さすがに家まではついていかないが、近くで待機させろ。念のためだ」

私は顔をしかめた。いくらなんでも過保護だろう。とはいえ、何が起こるか分からないと和兄が警戒《けいかい》する気持ちも理解できる。

「絶対に顔出したらダメだからね？　生徒の家に攻略対象が現れるなんて、イベントの発動条件になってる可能性だってあるんだから」

私の言葉に、和兄は面食《めんく》らったような顔をした。

「……イベントか。そうだな」

まさか、忘れてたんじゃないだろうな。誰のために、今まで私が頑張ってきたと思ってるんだ。

私がじっと見つめると、和兄は少し気まずそうに咳払いをして言葉を続けた。

「それで……、教会で何があったって？」

その問いかけに、私が口を開こうとした時である。

ふわりと、甘ったるい空気が流れてきた。

鼻先にむわっと湧き上がる濃密な匂いのせいで、吐き気がこみ上げてくる。

頭の中で警鐘《けいしょう》が鳴り響き、私は口元を押さえて周囲をうかがった。

――この匂いは嗅《か》いだことがある。どこから流れてきているの？

するとコンコンというノックの音が扉から聞こえてきた。

「日比谷先生、いらっしゃいますか？　藤宮《ふじみや》ですが……」

英語の藤宮先生の声だった。鍵をかけてあるから大丈夫だろうが、私は思わず息を呑んだ。

和兄が慌てたように立ち上がる。ガタガタと椅子の立てる音が響いた。

「っ、ああ、どうしました？　使用許可はもらっているんですが、使います？」

「ええ……、そう思ったのですが、まだ長引くようでしたら、改めますね」

「すみません、こちらこそ予定よりも長引いてしまって……」

「いえ、それでは失礼します」

カツカツとヒールの音が廊下に響き、やがて遠のいていく。

扉の外にいた藤宮先生に、私たちの会話は聞こえていただろうか。

小声ではあったし、たぶん聞こえてないとは思うけど……

「……ぅ」

和兄が口元を押さえて、机の上に肘をついた。今の香りを吸いこんだのかもしれない。

大丈夫かな、と立ち上がった拍子《ひょうし》に、私の座っていた椅子がガタンと倒れた。

机を挟んで和兄の表情を覗《のぞ》きこんだ私は、思わず身構える。

焦点が合わないような、ぼんやりとした色。なんで、和兄の瞳がその色を宿してるんだ。

「か……」

水、水はないか。スタンガンでもいい。とにかくこの瞳の色は危険だ。

焦った私は、急いでカバンを引っ掴んだ。中から取り出したペットボトルは、残念なことに紅茶だったが、もうこの際これでいい。水をかぶれば、正気に戻る。そうだったはず！

「和兄、悪いけどっ……」

そう口早に言って、ペットボトルのふたに手をかけた時――

私の手首を掴みあげた男の手に、背筋に悪寒が走り抜けた。

ペンダントの石が急激に冷たくなり、胸元を突き刺すような痛みが襲《おそ》う。

「……しおり」

ぞっとするほど色気のある声でささやかれて、私は思い切り手を振り払った。

だけど和兄の手はびくともしない。

声にならない悲鳴を上げた私に、穏やかな声がかかった。

「焦るな。……何もしないって」

「……え？」

いつの間にか、瞳の色が元に戻っている。さっきのは目の錯覚だったんだろうか。

私が訝《いぶか》しげに和兄を睨《にら》みつけると、彼は苦笑いを浮かべた。

「若干あてられただけだ。……このくらいで飛ぶような理性で、今まで保《も》つわけないだろう」

どういう意味だ、そりゃ。

私が眉根を寄せるのを見て、和兄は困った表情になる。

「それにしても……藤宮先生もか。学園中に広がってるな、あの香り……」

「和兄、あれが何だか分かるのっ？」

「分からん。だが、推測はできる……。あれを続けざまに吸うと、おかしくなるんだ。だからといって、特に何かがあるわけじゃない。授業中、ぼうっとしている生徒が増えているのに気づいてるか？　たいがい目の焦点が合わないような、ぼんやりした顔をしている。声をかければ返事をするし、勉強していないわけでもない。部活動だってちゃんとやるんだが……観察していると、時折、ぼうっとするタイミングがある」

なんてこった。和兄のほうがよく見ている。いや、でも授業中の生徒の顔なんて知らないよ。

「和兄も、さっき同じ目をしてたよ」

「まあ、俺も最初にやられた時に渋谷に戻してもらわなかったら、危険だったろうからな」

それで、と和兄は私を見下ろした。

「教会で何があった」

「あの香りが漂《ただよ》ってきたの。それで……」

私はミシェル神父に言われた言葉を口にした。

――それがあなたの『心』ですよ、新見詩織さん。

説明をしながら、私は制服の内側からあるものを取り出して見せた。

オレンジ色の石のついたペンダントだ。

攻略対象たちが、生まれた時から持っていたという石。桂木くんの石にはチェーンがついていなかったし、和兄やデザイナーくんがペンダントに加工したのは、誕生してからずっと後。

だけど、私の石にははじめからチェーンがついていた。そこにどんな違いがあるのかは分からないけど、これが『石』であることに変わりはないだろう。

「石⁉」

和兄はハンマーで殴《なぐ》られたみたいな顔をした。

「ちょっ、待っ……」

よくよく見ようと近寄ってくる和兄を阻止して、私は必死に首を横に振る。

ぎゅっと石を握りしめて拒絶すると、和兄は我に返ったらしく動きを止めた。

てか、女子生徒の胸元を覗《のぞ》きこむとかアウトだからな！

「……ぁ」

頬のあたりを赤く染め、和兄は口元を覆《おお》って顔をそむけた。

「何考えてんの」

白い目を向けた私に、和兄は一瞬硬い表情をして、慌てた。

「い、いや、待て。言い訳させろ。何もやましいことは考えてないっ！」

俺は無実だとばかりに両手を上げた和兄は、早口でまくし立てる。

「よく考えろ。俺が一度だっておまえに石を預けたことがあったか？　ないだろ？　あれを人に預けるってのが、どれだけ不安なことなのか、俺が一番よく知ってる。生殺与《せいさつよ》奪権《だっけん》握られるようなものだろう⁉　絶対に触らないから安心しろ。そうじゃなくて、今のは単に、潤《うる》んだ目で怯《おび》えるのがらしくなくて、ちょっと可愛……、いや、なんでもないっ！」

　なんだかもっと安心できないことを言われた気がしたけど、とりあえず触らないと宣言してもらったのでよしとする。

　石を握りこんだ手のひらを開き、それを和兄に見せる。

　それを改めてまじまじと見つめた和兄は、自分の石を取り出した。

「色は違うが、同じだな。……何者だ、ミシェル神父」

　そんなの分かるわけがない。私は石を胸元にしまいながら、首を横に振る。

「とにかく、今日は帰るよ。ちょっと冷静にならないと作戦だって練られないもん。裕美ちゃんにもなんか誤解されてるし……、せめてそれだけでも解いておかないと」

「誤解？」

「……朝からビクついてたせいで、私が恋でもしたんじゃないかって」

　もごもごしつつ私は言った。改めて口に出すと恥ずかしい。

　くう、耳まで熱い。石がどくどくと変な音を立てているような気がする。

　恋！　鯉《こい》でも故意でもなく、恋！　いやあ、縁のない言葉だわ。うん……。女子高校生としてそれもどうかって気がするけど……。それに私、お昼に裕美ちゃんから初恋まで否定されたよね？　すると、あれですか。私ってば、初恋もまだのお子チャマですか。まあ、焦るつもりもないから別にいいよ。気長に行くよ。

和兄は何も反応を見せなかった。呆《あき》れた声が返ってくるかと思っていたので、おかしいなとチラ見する。彼は、目を逸《そ》らして口元を手で覆《おお》っていた。

「な、な……？」

なんだそのリアクションは、と驚いた私に、和兄は責めるような目を向ける。

「……香りでも石でも平気だったのに、今のは本気でトチ狂うとこだったぞ。おまえ、ワザとやってんじゃないだろうな」

失礼な。

何はともあれ、作戦を立てなくてはならない。

まずミシエル神父の狙いが分からないし、石をとられたらアウトということに変わりないからそれは防御するとして……。ごねそうだが、委員長も加えて三人で話し合ったほうがいい気がする。

それに、もうこの際だ。デザイナーくんや他の攻略対象たちにも協力を願えないだろうか。

それに……マリア嬢。先輩方の様子に困惑している今のマリア嬢を説得できれば、これ以上の攻略はやめてくれるんじゃないだろうか。

そういえば、京子嬢はどうしたんだろう。今日一日、怯《おび》えて過ごしていたせいで気づかなかった。教室に戻った時点ではもういなかったので、帰ったのだと思うけど……

学園帰り、私はマリア嬢の家に寄ってみることにした。いつまでもストラップを預かっているのが嫌だったからだ。ちなみに、住所は和兄に教えてもらった。マリア嬢の家の最寄り駅に着いたら、彼に連絡することとなっている。

学園の最寄り駅に到着し、ホームに並んでいる人の数にうんざりした。帰宅ラッシュの時間に当たってしまったらしい。学生に加えて、会社員も多い。

石を首から下げている今、できればこの時間帯は避けたかった。あと一時間くらい、どこかで時間をつぶしてこようかな。

そんなことを考えていた時だ。

「新見？」

頭上からかかった声に驚いて振り返ると、桂木くんだった。

「あれ、桂木くんも今、帰り？」

「ああ……」

マリア嬢の家の最寄り駅で降りる予定だから、途中までは桂木くんと同じ方向か。

うむ、一時間くらい時間をつぶすつもりだったのに、知り合いに会うとそういうわけにもいかない。ここで「じゃあ用があるから」って駅を出たら、一緒に帰るのが嫌だと言っているように見えるかもしれない。いや、桂木くんなら気にしないかな。

「桂木くんはいつもこの時間？」

「いや、たまたま」

そうなのか。それにしても――

「背が高くて、いいよねえ……」

私は思わずため息をついた。

桂木くんは背が高い。長身の和兄よりも大きいので、相当なものだ。しかもこの数ヶ月で、さらに背が伸びたんじゃないだろうか。これなら、満員電車も気にならないだろう。

私の発言に、桂木くんは怪訝《けげん》そうな顔をした。彼にはピンと来ないらしいが、無理もない。

やがてホームに入ってきた電車は、案の定、満員である。せめて一本見送って次の電車に乗ろうかと迷っていたところ、桂木くんに腕を引かれた。

「こっち」

桂木くんはうまいこと扉と手すりの間にあるスペースを確保し、私を立たせてくれた。

うわー、これは楽。他の人が押しのけられてちょっと申し訳ないが、今の私にとっては非常にありがたい。

……なんて余裕があったのは、電車が走り出すまでだった。

あれ、これ、おかしくない？　近すぎない？

桂木くんの胸元が、ちょうど目の位置にある。さらには左右を彼の腕で囲まれてしまい、どうにも落ち着かない。

頭上には、桂木くんの顔があるはず。視線を感じるものの、なんだか気まずくて顔を上げられない。妙に緊張するというか、彼の体温を間近に感じてのぼせそう。

「……新見？」

小さく発せられた桂木くんの声が耳に届く。

ひぃいいいいい、低い声で喋《しゃべ》らないで。ささやかれてるみたいで嫌だぁあああ。

桂木くんは不思議そうだった。私の身体が強張《こわば》っているのが分かったのかもしれない。

いかん、なんとか誤魔化《ごまか》さねば、変に思われてしまう。

「な、何……？」

うわー、だめ、どうしてだ。顔を上げられない。

おそるおそる目だけを上げて確認する。桂木くんは、なぜだか複雑そうな表情をしていた。

「新見って……、……飾りとか、するほうだった？」

「へ？」

その質問に、一瞬、緊張が吹き飛んだ。

目を丸くして顔を上げると、桂木くんは微妙に目を逸《そ》らしている。

何を言っているんだろう。飾り？

あ……石のペンダントチェーンか！

「あー……、えっと。たまにはいいかなと思って。普段はあまりしないよ？」

これは本当のことだ。可愛いから大好きなんだけどね、アクセサリーって。学園に来る時にはしない主義である。なくしたら嫌だしさ。

「……それ、誰かから、もらった？」

「……？　違うけど」

桂木くんはなぜかホッとしたような顔をした後、一瞬だけ目を合わせてまた逸らした。

彼の目元が赤い気がするけど、なんだってんだ、一体。

とりあえず、話題を変えよう。これ以上石について言及されて、見せるハメになっても困る。

「桂木くんはアクセサリーとかしないの？」

「男がするものじゃないだろう」

「そうでもないと思うよ？　シルバーアクセサリーとかつけてる人もいるし。まあ、でも、確かに桂木くんのイメージかと言われると、違うかもしれないね」

彼の私服は、着物が多い。自分で言っておいてなんだけど、和装姿の男子がシルバーアクセサリーをジャラジャラ身につけているのって、微妙だと思う。

駅に着くたびに、人が乗り降りする。満員電車なので、降りる人も乗ってくる人も多い。最初は桂木くんのおかげで余裕のあったスペースだけど、次第に人が増えて余裕がなくなってきた。正直なところ、暑いし狭い。

「……あれ？」

いくつめかの駅に着いた時、違和感に気づいた。ここって桂木くんの降車駅のはず……

「ちょっ、待っ……」

ドアが閉まる前に慌てて降りようとしたのを止められて、私は困惑する。

「桂木くん、降りなくていいの？」

「いい」

いいって、おい。

私が驚いて目を丸くしているというのに、桂木くんは平然と言った。

「最後まで付き合う。どの駅まで行くんだ？」

久々に実感した。桂木くんて、こういうところがすごく男らしくて頼りになる。

でもさ、一応言っておくよ？　私が桂木くんを迷惑がっていたら、自宅の最寄り駅までついてこられるのって、ちょっと微妙だからね？　まあ、そんなことはないので、いいけどさ。

その後、桂木くんは私と同じ駅で降りた。

「桂木くんって、携帯電話持ってる？」

持っていない可能性もあったので、おそるおそる聞いた。ついさっき思いついた、味方を増やそうという計画のためだ。桂木くんがこちら側についてくれたら、かなり心強い。

「持ってない」

……そ、そっか。そうだよね。うん。私の考えが浅はかだった……

「……ゴメン、気にしないで」

私が肩を落としたのを見て、桂木くんが尋ねる。

「なんでだ？」

「いや、桂木くんの携帯電話の番号とか、メルアドとか知らないからさ。教えてもらえないかなって思って。こう、相談事とか、いろいろ……」

ははは、と乾いた笑いをこぼす私。考えてみたら、デザイナーくんの電話番号も知らないんだよなあ。明日にでも教えてもらおう。彼はたぶん、メルアドくらいなら気軽に教えてくれるだろうし。

「……」

桂木くんはこちらをじいっと見て、わずかに首をかしげた。

「新見が？　相談？」

「うん」

「……ペン、あるか」

「え？」

きょとんとしつつ、カバンの外ポケットから取り出したペンを渡すと、桂木くんは小さなノートを取り出して何やら書きはじめた。

「困ったことがあれば、連絡してくれ」

そう言って彼が差し出したのは、どう見ても自宅の電話番号。

家への電話は、ハードルが高いんだけどなあ。おうちの人が出たりするじゃない……とはいえ、相談していいと言ってもらえたのはありがたい。

桂木くんはその後、何度も振り返りながら反対ホームへと歩いていった。

「ありがとね。それじゃあ、また！」

手をひらひら振って、私は駅を出る。

桂木くんは最後まで、何か言いたげな視線をこちらに向けていた。

マリア嬢の住所は、以前、彼女に会ったことのあるスーパーから五分もしない場所だった。和兄のアパートとは、目と鼻の先である。よく考えたら、これって個人情報だよね。担任教師の職権乱用だと思うが、気づかないふりをしておこう。

約束なので和兄にメールをしてから、私はマリア嬢の自宅へと向かった。

すぐさま戻ってきた返信によると、和兄は先まわりして自宅アパートに戻っているようだ。車っていいねえ。

目的地であるマリア嬢のマンション前には、パトカーが数台停まっていた。

「何かあったのかな？」

パトカーは一台でもどきりとするが、それが数台となれば穏やかじゃない。夏休み、マリア嬢のイベント絡みで警察にお世話になってからというもの、正直なところさらに苦手となった。

パトカーの様子をうかがいながら、マンションのエントランスを覗《のぞ》きこむ。

マリア嬢は、一人暮らしだと聞いている。それなりにセキュリティがしっかりした家だろうと予測していたが、やはりオートロックマンションのようで、建物もかなり新しい。女子高校生が一人で住むにはちょっと立派すぎるイメージだ。

とはいえ私がマリア嬢の親御さんでも、年頃の娘をボロアパートに住まわせることなんてできない。危険じゃないか。

　さてさて、やってきてしまったが、何しろこの建物はオートロック。エントランスのインターフォンを押し、そこで拒絶されたら終わりなわけだ。落とし物を届けに来ただけなので、なんとか入りこみたいところなんだけど。

　そう思いながら様子をうかがっていた私の肩を、ポンと叩く人物がいた。

　石の存在を忘れたわけではない。背後にまわりこむとは何ヤツ！　とばかりに警戒《けいかい》して振り向いた先には、なんと和兄の姿があった。学園からそのまま来たのかと思わせるようなスーツ姿だ。ネクタイを緩めている様子もない。

「どうしてここに……」

「事情が変わった。詩織は入るな」

「え？」

　和兄は表情を曇《くも》らせて、説明してくれた。

「愛川の家に、不審者が侵入したらしい。身内の保護者がいないからな、担任である俺に連絡が入った」

「ええ⁉」

「……女の一人暮らしで、そんな部屋にいるのは気づまりなはずだ。場合によっては、どこかに一時避難させることになる。一応、祭に連絡するつもりでいるが……」

「まさか、和兄が引き取るなんて言わないでしょうね？」

「冗談でもやめてくれ。男の一人暮らしの家で預かれなんて、警察が言うわけないだろう？」

それもそうだ。

「だが……、祭に連絡がつかなかったら、詩織、おまえの家で預かってくれ。さすがにその場合、俺の素性《すじょう》を隠すことはもう無理だな」

私は胸の中に湧き上がった不安を隠せないまま、口を開く。

「でも、不審者って……」

「……詳しいことを聞き出せるかどうかは分からない」

和兄は、険《けわ》しい表情で言った。

「ただ犯人は、愛川の部屋にある何かを狙っていた、という可能性もあるよな？」

□■□

渋谷祝は、学級委員長を務めている。

これは、彼が前世で制作した乙女ゲームの設定でもあった。ゲームにおける入学式当日の選択肢で、愛川マリアが学級委員になることを選択した場合にのみ、『委員長』として登場するのだ。その場合、愛川マリアは副委員長を務めることとなる。

実は、渋谷は最初から隠し攻略対象として存在していた。

乙女ゲームの攻略キャラクターが七名というのは、決して少なくはない。ただ友情エンドの用意されている祭京子が『祭日』なのだから、隠し攻略対象として『祝日』がいてもいいだろうと生まれたキャラクターなのだ。

だが、ゲームで渋谷をオトしたことのあるプレイヤーはほとんどいない。あらゆる攻略本、あるいは攻略サイトで、その存在は語られることがなかった。また、攻略条件が厳しかったことも理由の一つである。

渋谷をオトすためには、クラスの副委員長となり、他攻略対象のイベントを一切起こしてはならないのだ。ちなみに、各キャラとの出会いイベントだけは自動的に発生するので免除される。

ランダム要素の強いイベントもある中で、一つもそれらを起こさずにゲーム終了を迎えるのは至難の業《わざ》だ。

制作スタッフは、『本当はオトせるのにオトせない、そんなキャラがいてもいいだろう』と考えていた。

渋谷は自分がゲーム世界に転生したことに気づいた時、まずは攻略対象全員の現在地を確認した。彼の前世の記憶の中には、主要キャラクターすべての設定がつまっている。

キャラクターたちについて調べるのは、造作《ぞうさ》もないことだった。

やがて渋谷は、彼らが持つ『石』の存在に気がつく。

土屋陽介が幼馴染《おさななじみ》に見せた石、火村稜《りょう》や桂木鏡矢が身につけている石。それらが同じ形をしていることを知り、違和感を覚えた。

石を所持しているか明らかでない人物たちについても、情報を集めるうちに気になる点が見つかった。インディーズバンドのボーカルだった日比谷和翔は、ステージに上がる際、いつも同じペンダントをつけていた。水崎誉と金城篤史は、単独行動をほとんど取らない。月島優希はヴァイオリンケースを常に近くに置き、手元に置けない時にはひどく神経質な様子を見せる。

渋谷の記憶する彼らの情報との差異は、そのまま『石』の根拠となった。

攻略対象である彼らは皆、『何か』を隠している。渋谷は、『石』はこの世界における攻略の証《あかし》だろうと見当をつけた。同時に疑問が浮かぶ。

なぜ、自分はそれを持っていないのか。

さりげなく親に確認してみたが、他の攻略対象たちとは異なり、生まれながらにして石を持っていたということはない。どうやら自分は、この世界で攻略できない存在らしい……。その時、彼はそう結論づけた。

聖火マリア高等学園の入学式の朝。学園内の教会に足を運び、燭台《しょくだい》のくぼみの数を確認したところで、やはり自分は攻略対象ではないのだと確信した。しかし――

入学式の後の教室、ゲームの設定では死んでいる、存在しないはずの新見詩織の名を聞いた瞬間、何かが違うと気づいた。

それまで、この世界は渋谷が知っているとおりの世界だった。実際の乙女ゲーム設定より自分の成績が多少良く、様々なゲームに詳しく、運動はまるでダメだったが、それは誤差の範囲だと思っていたのだ。

渋谷は学園の敷地内にある教会に立っていた。

来るつもりはなかった。敵地と言えるこの場所に、武器なしでやってくるほど無謀ではない。

だが、どうしたわけか自分の足は自然とここへ向かっていた。あげく、途中で水崎と金城に捕まってしまったのだ。

目の焦点が合っていない上級生たちは、渋谷を待っていたと言わんばかりに微笑《ほほえ》んだ。

そして今、渋谷は祭壇《さいだん》の前にいる。その上に置かれた燭台《しょくだい》は、くぼみの数が変化していた。

奇妙なことに、左から二つめのくぼみが消え、右端に二つのくぼみが増えている。消えた分も合わせると、くぼみは九つあることになる。

さらに、そこにはいくつかの石がはめられていた。

淡いオレンジ色、青色、金色、黄色、銀色。それぞれ左から一つめ、三つめ、五つめ、六つめ、九つめのくぼみに埋まっている。これで、空いているくぼみの数は三つ。

「位置からすると、日比谷先生、桂木くん、……僕ってことか」

三人の共通点に確信は持てないが、愛川マリアとの間にあまりイベントを発生させていないところが挙げられるかもしれない。

渋谷の石は、どうしようもないほど脈打っている。夜毎暴《あば》れるそれを抑えこむのに必死で、渋谷はもう何日もまともに睡眠がとれていなかった。

教会の中には、甘ったるい匂いが充満している。

むせ返るようなその香りを、渋谷は上手く表現できない。だが、頭の奥がしびれていく感覚がともない、良くないものであることは分かる。

「あなたがいらしてくださったので、残り二つです」

祭壇の横には、ミシェル神父が立っていた。それだけではない。彼は祭京子を連れている。

京子の瞳は、ぼうっとしていて焦点が合っていなかった。

渋谷のカバンの中には、スタンガンが入っている。それを取り出すことができれば、京子を正気に戻せるかもしれない。だが、可能だろうか？　身体能力の劣《おと》る渋谷は、水崎と金城に囲まれた時、武器を取り出すことさえできなかった。

「罠《わな》と知りながら、のこのこいらしたことに敬意を表するべきでしょうか？　それとも、神ならざる身で私を創ってくださったことに、感謝を申し上げるべきか」

ミシェルの言葉は、渋谷の素性《すじょう》を言い当てている。渋谷は眉根を寄せて尋ねた。

「あなたは最初から、すべてを見透《みす》かしていたような気がする。前世の記憶があるとか、そういう類《たぐい》なのかな？」

転生者。渋谷は自分をそう呼んでいる。愛川マリアしかり、日比谷和翔しかり。三人もいるのだから、他にいてもおかしくはない。

「それがどのような記憶かは知りませんが、おそらくは違いますよ」

ミシェルは否定し、口元に笑みを浮かべた。

「自分が『この世界の一個人として創られた存在』であること、かつ、一介の女子生徒の恋人役としての役割を与えられていること。ある日、私は神《ゲームシステム》によってそれらを知ったのです」

恨《うら》みや憎《にく》しみのこもった視線を向けられて、渋谷の背筋が凍りつく。

「神父という職がどのようなものであるか、ぜひとも制作スタッフの方々にはお伝えしたかった。俗世を離れ、神のために生涯を捧《ささ》げると決めた人間にとって、それを捨てることがどれほどの苦渋《くじゅう》であるか。命と引き換えることさえできる信仰を、一人の女性のお遊びめいた恋愛のために捨てなければならない。それがどれほど理不尽なことか、この私がお伝えしたかったのですよ」

しかし、とミシェルは続ける。

「人間である以上、私には選択肢がありました」

くぼみに埋められた銀色の石。それを見やって、ミシェルは微笑《ほほえ》む。

「女性の手に触れさせず、自らここに石をはめれば、少なくとも私の心は神によって守られる。本当はマリアさんの石を取り上げることができれば、それで良しとしようと思ったのですが……さすがこの世界のヒロイン。どうやら彼女の石は抜き出せないようです。他の方々の石は、私が抜き出すと具現化し、すぐ香りに変じて見えなくなるというのに」

「石を、抜く？　僕の石が具現化したのはそのせいか」

「そうですね、おそらく。他に石が具現化したままな方が一名いました。あの方は女性なので、マリアさんの恋愛相手ではないと思います。おそらく、香りに変じるまで少し時間のかかるタイプなのでしょうね。鈍《にぶ》いとでも言いましょうか。また、マリアさんの行動の妨《さまた》げになっているようでした。あの方も、制作スタッフの記憶とやらをお持ちなのかもしれませんね」

「……」

渋谷はもはや返答する余裕がなかった。

石が熱い。彼の石の色は乳白色だが、今、それがマグマのような色合いになっていたとしても、驚かない。火傷《やけど》をしそうなほどだ。

「まだ時間がかかります？　仕方がありませんね」

ミシェルは、渋谷の様子をうかがいながら続けた。

「あの石は、数が増えるほど香りの効力が増すのです。一つで、教会一ヶ所。二つで、この学園全体。今は五つはめられていますから、おそらく街中がすでに香りの影響下ですね。マリアさんの恋愛相手であるあなたも、この香りの中で、本当はすでに陥落《かんらく》寸前のはずですよ。マリアさん、あるいは別の誰かさんのことが、愛《いと》しくて欲しくてたまらないのではありませんか？」

「……は、ははっ、まるで悪魔信仰みたいだな」

顔が引きつる。運動能力の劣《おと》る渋谷では、ここから逃げ出すことは難しいだろう。

渋谷の言葉に、ミシェルはわずかに眉をひそめた。

「残り二つをはめれば、さらに香りは広がるでしょう。火曜日さんの石は手に入りませんでしたが、まぁ構いません。……できることなら、この香りが地球全体に広がれば良いのに。そして皆が『心』を神に捧《ささ》げれば、争いもなく平和な世の中になります。世界でただ一人、『心』を捧げることのできないマリアさんも、一人では戦いを起こせないでしょうし」

「それが……キミの目的なのか、ミシェル神父」

ミシェルは目を細めた。

「神への献身こそ、私の望む道。あなた方の『心』を神に捧げることで、一時でも道に迷った罪を贖《あがな》う必要があるのです」

「……一時でも道に迷った？　そうか、彼女はキミの信仰心に揺らぎが生まれるほどの存在だったのか」

「……少女が私を惑わせる可能性があると知りながら、この教区への派遣を断れなかった。どんな少女なのか、逢ってみたいという誘惑に抗《あらが》えなかった」

「……逢ってみた、感想は？」

「愛らしい少女です。やっていることは残酷《ざんこく》なのに、無邪気で朗《ほが》らかで、好意を全身で表してくる。まるで花のようだと思います。彼女が私の『心』を手に入れようとしなければ、私は彼女を気に入ったでしょう。彼女を祝福し、先々の幸せを祈り、運命の伴侶《はんりょ》との出逢いを導いて――」

渋谷は黙りこんでいた。香りを吸いこみすぎて、立っていることもままならない。

ずしゃりと冷たい床に崩れこんだ渋谷の首元から、細いペンダントチェーンが飛び出す。

「……僕自身の手で、くぼみにはめさせてくれないか」

近寄ってくる京子の姿を見て、渋谷は顔を歪《ゆが》めた。

よりにもよってこのタイミングで、京子に恋情《れんじょう》を抱けということか。道具にされた京子もさぞかし無念であろうに。

「おや、京子さんではご不満ですか？　彼女も、あなたが制作した登場人物の一人なのでしょう？」

「……ははは。そりゃね、僕は自分が作ったキャラクターには愛着があるよ。それはミシェル神父、あなたも同様だ。登場人物の全員が、僕の可愛い息子であって、娘であって……ぜひとも幸せになってほしいと思っている。ただ、それと僕個人の好みとはイコールじゃない。女性の好みって意味なら、僕にも気になる人がいるんでね」

新見さん、新見さん、新見さん！

渋谷は胸のうちで叫んだ。

ゴメン。……僕は今世でもキミを苦しめる一人でしかないらしい。

「ここでリタイアか。……あっけないな」

渋谷祝は気を失った。

濃密な花の香りに包まれたまま、あっけなく。

十一月②　反逆ののろしを上げたいと思います

マリア嬢とは会えたが、事態はあまりよくなかった。

彼女の家に不審者が入ったらしく、警察の人間が慌ただしく現場検証をしている。

マリア嬢は近くに保護者がいないため、担任教師である和兄のもとに連絡があった。

和兄は先ほどからずっと、警察官と話しこんでいる。

不審者が侵入した家で過ごすのは無用心だということで、しばらくの間、マリア嬢はどこかに仮住まいすることとなった。候補として挙がったのは、京子嬢と私の家である。

京子嬢とマリア嬢は、普段から仲が良い。私は、たまたま近くをウロウロしていたクラスメイトなんだけどね。

「……ダメみたい」

先ほどから電話をかけていたマリア嬢は、残念そうに呟《つぶや》いた。

「メールも電話も反応なしってことは、報道部の仕事をしてるのかもね」

私がそう言うと、マリア嬢は携帯電話をしばらく見つめてため息をついた。その携帯電話には、私が返したばかりのストラップが揺れている。やがて彼女は、諦めたように携帯電話をカバンにしまいこんだ。

「……大変だね。その、私の家に来る?」

しかし、返ってきたのは同意ではなかった。

「ううん、それなら……、お祖母《ばあ》ちゃんの病院近くのホテルに泊まるよ。最近、いよいよって感じになってて……、学園も休ませてもらおうと思ってる」

く。フラれた……。なんだろう、この敗北感は。いや、いいんだよ? 自宅にマリア嬢を連れていけば、和兄と親戚だってバレる可能性が高まるし。

そしてマリア嬢、お金持ちなんだね。そこで迷わずホテルって……私には泊まれないですよ。

そんな彼女は、先ほどからやたらとカバンを気にしている。

「休むつもりなら、別に学園のカバンを持ち歩かなくていいんじゃないの? あ、自宅に置いておくのは不安?」

「……実はね、家からなくなってるものがあったの。……困ったなあ……」

それって、盗難じゃないか! 不審者じゃなくて泥棒《どろぼう》だったってこと?

そういえば、さっき和兄が言っていた。

『ただ犯人は、愛川の部屋にある何かを狙っていた、という可能性もあるよな?』

私はさりげなく、何がなくなっているのか尋ねてみた。

「……ちょっとした、アクセサリーなんだけど」

あまり答えたくなさそうなマリア嬢だったが、ぽつりと呟《つぶや》いた次の言葉に、私は顔を引きつらせる。

「優希くんにもらったのに」

……それはつまり、月島優希の石が誰かに盗まれたということだろうか。

素知《そし》らぬふりを通そうと思っていた私だが、もはやこうなっては一刻の猶予《ゆうよ》もない。

私は大きくかぶりを振って、マリア嬢を見据《みす》えた。ガシッと肩を掴んで、逃がすまいとする。

「愛川さん。もう、隠しごとはやめよう」

「……え？」

「状況、分かってる？　真・逆ハーレムに必要な石を、愛川さん以外に狙ってる人間がいるんだよ。しかも、泥棒なんて乱暴な手段まで使って。愛川さんが攻略を終えてないのに、水崎先輩と金城先輩が態度を変えた理由も、それなんじゃない？　学園内での盗難騒ぎも、犯人は同じだと思う」

「ちょっ……、待っ……」

マリア嬢は慌てた。他の人がたくさんいる中で、突然乙女ゲームの話をはじめた私にぎょっとしたんだと思う。

だけど私は彼女をじっと見つめて、問いつめる。

「あなた以外で、石について知ってる人はいる？」

マリア嬢はショックを受けたように目を見開いた。

「神父さま……」

やはり、ミシェル神父！

フツフツと怒りが沸《わ》き上がってくる。あの男、美形だと思って甘く見て——はいなかったけど、聖職者のくせに盗みだと⁉ 神様に怒られてしまえ！

「神父さまの目的は？」

「し、知らない。ただ神父さまは、くぼみに石がはまるごとに『心』が手に入る……わたしの望みどおりになるって言ってたけど。約束の証《あかし》に、まずは神父さまの石をわたしにって……、くぼみにはめてくれたのよ。だけど、なんで新見さんはそんなことまで知ってるの⁉」

「ミシェル神父の石に、触ったの？」

「さ、触って、ない、けど」

その言葉に、私はガンと殴《なぐ》りつけられたような衝撃を受けた。

「こんちくしょう、そんな手があったのか！」

私は思わず叫んだ。

教会のくぼみに石をはめこんだら、二度と動かせない。これは委員長から聞いた情報である。

そして自ら石をはめこめば、そこは安全地帯だったのだ。

とはいえ、いまや教会はミシェル神父の根城《ねじろ》みたいな場所。本当に安全かどうかは微妙なところだけど。

「……そうだ、委員長。委員長にメール……」

味方を増やさなくてはいけない。情報不足の私たちだけじゃ、ピースが足りない。

てか、委員長も出し惜《お》しみせずに情報を明かしてくれたらよかったのだ。そうしたら、こんなにまわりくどいことにはならなかったはず！

「二人とも、来い！」

携帯電話を取り出そうとした私は、横からかけられた声にぎょっとした。

フェラーリに乗った和兄である。

彼は車を幅寄せして身を乗り出し、助手席の扉を開けると、そのまま私とマリア嬢の腕を強引に引いた。

「ここから出る！」

「へ⁉」

和兄の視線は警察官たちへと向けられていた。無理やり私と一緒に助手席に押しこめられたマリア嬢は、シートに押しつけられて顔が上げられない。

てか、狭いわ!!

「な、何、あれ……!」

ふんわりと漂《ただよ》う甘い香り。

こちらを向いている警察官たちの目は、どこかぼんやりと澱《よど》んでいた。

焦点の合わない瞳がこちらをとらえる。ゆっくりとした動きだが、確実に私たちに向かって歩いてくる。ザ、ザ、ザ……と。その緩慢《かんまん》な動きは、操《あやつ》り人形みたいで気味が悪い。

……こ、こ……怖いいいい! 怖すぎる! やめて! ゾンビか、あんたらは!

いやでも、生身《なまみ》であってください。ゾンビとか嫌すぎるんで。

「話してたら、突然ああなった……、とにかくここから離れるぞ。市街に出ればマシだろう!」

そう言ってアクセルを踏みこもうとした和兄にぎょっとする。

シートベルトをつけられない状態で、急発進なんかしたらどうなるんだ!?

「ちょっ、待っ……」

がっくん、と私とマリア嬢はシートに頭をぶつけた。

「日比谷センセ、行くってどこにですか!」

「これから考える！」

マリア嬢の質問に、力強く言い放った和兄。

マリア嬢は困惑しているようだったが、和兄の言葉を聞いておとなしくなった。

いいのか、それで？

否《いな》！

冷静になれ。私の中で誰かが叫ぶ。

石が脈打ち、ヒンヤリとしていった。その急激な冷えに眉を寄せる。

残念なことに道路は混んでいて、なかなか大通りまで出られないらしい。

てか、二座の車に三人乗ってる時点で警察に捕まるんじゃない？　どこかで降りて、別の手段で逃げたほうがいいと思う。

「……愛川さん、ゲームを強制的に終わらせる方法ってないの？」

「え……⁉」

目を丸くしたマリア嬢をじっと見据《みす》えて、私は言う。

「十二月末までの期限を待たずに、今すぐエンディングを迎える方法はないの？」

「……‼」

マリア嬢は絶句した。

「ある」

苦々しい声で答えたのは、和兄だった。

「月島や他の攻略対象については詳しくないが、日比谷イベントなら一つ、十二月末まで待たずに、確実にゲームを終わらせることができる」

「どんなの？」

「……駆け落ちイベント。日比谷のバッドエンディングの一つだ。学園内で悪評が立って、日比谷が教師を辞めることになるエンディング。よほど狙ってプレイしなければできないはずだが……。最後に選択肢が出て、『一緒に行く』を選べばそこで駆け落ちエンディングを迎える。『行かない』にすると、日比谷だけがその後の攻略対象から外れて、ゲームに登場しなくなるんだ」

「他には、ないの？」

「あるかもしれないが、知らん」

和兄は憤《いきどお》りを隠さなかった。鋭《するど》い眼差《まなざ》しが怖い。

マリア嬢は何も言えず、ただパクパクと口を開くのみだ。

まったく、あなたは複数攻略プレイには向いてない。全員を自分のものにしたいなら、もっと開き直ってほしいものだ。

……私は最初から、マリア嬢を嫌いになれなかった。嬉々《きき》として複数攻略を進める悪女なら、間違いなく敵視できたのに。

「日比谷センセも、に、新見さんも……、なんで、そんなにいろいろ知ってるの!?」

核心に迫る質問に、私は唾《つば》を呑みこんだ。

隠しごとはやめよう――そう言ったのは私のほうだ。

「私と和兄は、従兄妹《いとこ》同士なんだよ」

窓の外を睨《にら》みながら、私はチラッとマリア嬢へ視線を向けた。

「この世界が乙女ゲームだってことを知ったのは、それがきっかけ」

私はバックミラーに目を向ける。見たところ、パトカーは追ってきていない。

「和兄、どこでもいいから、駅で私を降ろして。タクシーで学園に向かうよ」

「なっ……」

「このまま二人で車に乗ってたら、駆け落ちエンドの条件に合致する可能性もあるんじゃない？　学園内で悪評が立つとなると、理事長に密告されたりするのかな。あ、そうだ。和兄、本当に職を失ったら、その時は『キャンドル』に入れてもらいなよ」

『キャンドル』とは、メジャーデビューしているバンドのことである。和兄はこのバンドがインディーズで活動していたころ、ボーカルを務めていた。

「ふざけんな。ってかマサキだって、生徒と問題起こしてクビになった教師を入れるわけないだろ」

和兄は本気で苛立《いらだ》った声を返してきた。驚いたマリア嬢がビクつくのが分かる。

「冗談だよ。……それより、一つ思いついたの。石をはめたにもかかわらず、攻略対象は誰一人マリア嬢の思いどおりになってない。ってことはね、彼らはまだ攻略されてないんじゃないかな」

「どういう意味だ？」

「とにかく、鍵は教会にある。はめた石が取り出せなくても、燭台《しょくだい》なら壊せるかもしれない。そうすれば、何かが変わるんじゃないかな」

強制的にエンディングを迎えさせて、ゲーム期間を終了させられたら……そんな思いが湧き上がる。だけど、そのための方法が和兄の解雇では意味がない。

ましてや駆け落ちなんてバカな真似をさせるわけにはいかない。それは和兄とマリア嬢の未来にも、親類である私にも影響のあるバッドエンドだ。

「一人で行くつもりなら降ろさない」

和兄は信号とバックミラーを確認しながら、そう言った。

「おまえが危険な目に遭《あ》うたびに、死んだほうがマシな気分になるんだ。少しは俺に守らせろ。たまにはか弱い女なんだってことを思い出せ。……本当は家に閉じこめておきたいくらいだ」

和兄が神妙《しんみょう》な顔で続けようとした時——

マリア嬢がショックを受けたみたいな顔で尋ねてきた。

「新見さんて、日比谷センセのこと、愛称で呼んでるの？」

「……それが、何？」

「何っていうか、その……。もしかして……恋人同士だったり、する？」

「はぁっ⁉」

　頭の中ピンク色なのか、あんたは⁉

　なんかもう思わず噛《か》みつきそうな勢いで睨《にら》みつけると、マリア嬢はビクリと身を震わせて「そのっ」と続けた。

「ご、ごめんなさいっ‼　わたし、知らなくて……無遠慮に、人の恋人にちょっかいかけようとしてただなんて。本当にごめんなさい！　攻略対象だから、当然フリーだとばっかり思って……、そうだよね！　現実なんだから、本当は恋人がいたりとか、そういうことだって、あるよね！」

　マリア嬢は必死だった。何が彼女の心にそこまでの衝撃を与えたのかは知らない。けど、マリア嬢は心の底から謝っている様子に見えた。

「こ、この間、新見さんが私の行動を妨害してたって聞いた時、もしかして新見さんも攻略が目的なのかな、なんて思ったりして……。うわぁ、本当に、わたし、なんてことしてたんだろ！　こ、恋人さんがいるのに、私がうろちょろしてたら迷惑なのに。そんなこと、全然思いつかなくて！　うわぁあん、本当にゴメンなさい！　ゴメンなさい‼」

……………くう。どうしてくれよう。緊迫感が霧散《むさん》してしまった！

私と和兄は疲れたように目を見合わせた。

四月からずっと、私たちは彼女に対して、ある種の緊張感を持って接してきた。複数攻略を進める乙女ゲーム世界のヒロインに対し、どうやったらその魔の手から逃れられるか考えてきたのだ。

だけど、いまや彼女は敵ではなかった。

和兄も同じ結論に達したらしい。適当な駐車場に入り、急いで駐車する。

「新見さん、わたしも行く。ミシェル神父に対抗するなら、わたしだって聞きたいことがあるの」

ひしっと私の腕を掴んで、マリア嬢は言った。

「ミシェル神父は、わたしのためって言い方をしたけど……それがウソなら、ミシェル神父には別の目的があるんでしょう？　わたしに好かれるのが迷惑で、でもハッキリと拒絶するかわりにああいう言い方をしたってことだよね？」

ああ、もう。ズルイと思う。

マリア嬢って美少女なんだよね。さらに告白すると、私がすごく好きな顔なのよ。芸能人になってポスターとか売られたら、買って部屋に貼っちゃうかもってくらい。

それが、必死になってしがみついてくるとか、かなり胸にキュンとくるというか。

なんか私、攻略されそうな気分なんだけど。いかんいかん、さすがに石は渡さないからね？　でも、同性相手に渡すと効果がないんだっけ。実は安全地帯？

「……和兄！」

「了解。……ここは駅の裏手だ。そのまま行くぞ」

「和兄は来なくてもいいよ？」

「だから、おまえらだけで行かせられるわけないだろ」

和兄が言い切ると、マリア嬢の目にぽわわんとハートが浮かんだ気がした。

私たちが今いるのは、マリア嬢の自宅の最寄り駅付近だ。

困ったことに、もう時間が遅い。

学園帰りにマリア嬢の家に寄ったので、今から学園に戻ると午後六時をまわるだろう。

そうなると、一時間ほどで最終下校時刻になってしまう。

ざっと見る限り、駅周辺を歩く人間の様子におかしなところはない。たまに目がぼんやりしている人がまじっている程度だ。彼らと目を合わせなければ平気なはず。

和兄も言っていたが、ふと気づけば街中にあの甘い香りが漂《ただよ》っている。

思い切り水をぶっかけたら全員正気に戻るんじゃないかと思い当たり、私は和兄とマリア嬢に断って、駅構内のコンビニに立ち寄ることにした。

和兄とマリア嬢の二人には、改札口付近での見張りをお願いする。警察が追ってきたら、悠長《ゆうちょう》に買い物をしている余裕はないからだ。

そうして私は、水のペットボトルを六本購入した。一本五百ミリリットルだから、六本だと三リットル。一人で抱えるにはちょっと重い。まあ、一人分じゃないからいいだろう。

これは武器である。スタンガンなんてものが今すぐ手に入るはずがないので、いざとなったらこの水をぶっかけて相手を正気に戻すのだ。一人二本なら持てるでしょ。

ふふふ、妙案《みょうあん》だ。そう思い、ほくほく顔でコンビニを出た時である。

突然、横合いから腕が伸びてきた。

「っ⁉」

大きな手のひらで、むぐっと口をふさがれる。

「シッ……」

しびれるような低音でささやかれ、耳が熱くなるのが分かった。

ゴトンゴトンと続けざまにペットボトルが落下する。あぐうう、今、一本足の上に落ちたんだけど⁉

「驚かせて、悪い。……声、上げないでくれ」

どうしてここで、この声を聞くのだ。

おそるおそる背後を見やる。案の定、そこにいたのは桂木くんだ。……正直なところかなりの恐怖だったけど、瞳の色はいつもどおりだった。

ホッ。これで焦点が合わない目をしてたら、何があっても逃げ出すところだ。

桂木くんの手が口元から離れていく。

「か、か、桂木くん？」

家に帰ったはずじゃあ、と言おうとすると、桂木くんが落下したペットボトルを拾ってくれる。私は慌てて頭を下げた。

「あ、ゴ、ゴメン！」

「重いだろ。持つ」

いや、別にそこまで気を使っていただくほどじゃないけども。

じぃぃっと見つめられて、私は気まずくて目を逸《そ》らした。なんでそんなに見るのよ？

「あ、ありがと……」

桂木くんは六本もあるペットボトルを軽々と抱えこむ。

「そ、それより、なんでここに？」

帰ったはずだよねえ、と私がおそるおそる尋ねると、桂木くんは目を細めてこちらを見下ろした。

「……様子が変だったから、胸騒ぎがして。用事が終われば、駅に戻るかと思って……

待ってた」

どういう意味だ？

しかも待ってたって……ずっと⁉

私が訝《いぶか》しんでいると、桂木くんは少し迷うような表情で続けた。

「……新見には以前、話したことがあっただろう。生まれた時から持ってた石の話」

もちろん、覚えている。というか、最近はそのことばかり考えているよ。私がうなずけば、桂木くんは再び口を開いた。

「十一月のはじめに、家に泥棒《どろぼう》が入りそうになったことがあって。うちは道場だし門下生もいるから、よほどの手だれでなければ、塀を越えた時点で追い払われる。けどそれ以来、なんだか不安になって石を持ち歩いてた」

へー、知らなかった。

じゃあ桂木くんが保健室で寝こんでた時、きっと石を持ってたんだろうな。

「あの石が、なんというか……」

桂木くんはわずかに目を逸《そ》らして、ごにょごにょと告げる。

「新見が、危険だって……言ってる気がして」

いや、言わないと思うよ、石は。

もしかしたら石同士のつながりとかあるんだろうか。石を持ってると、お互いの危機が分かるとか？　そんな機能については誰も言及してなかったはずだけど……

「心配してくれたの？」

私がきょとんとしていると、桂木くんは複雑そうな顔をして黙りこんだ。

「……当然だろう」

あ、なんか嬉しいなあ、友達に心配されるのって悪くない。思わず顔がほころんでしまう。

「ありがとう」

桂木くんは、なぜかひゅっと息を呑んだ。

「何をしようとしてるのか知らないが、一枚噛《か》ませてくれてもいいだろう？　足手まといにはならない」

足手まといどころではない。香りにやられない限り、桂木くんほど頼もしい人間はいない。

とその時――

「そこで、何してる……」

和兄が苦虫を噛みつぶしたような顔でこちらを見ているのに気づいた。私の戻りが遅かったので、様子を見にきたのだろう。私は桂木くんを見上げて答える。

「助《すけ》っ人《と》になってくれるみたい」

彼は力強くうなずいた。

ミシェル神父は石を集めている。そう推測できる以上、残りの攻略対象デザイナーくんを味方につけることが急務だが、時間も時間である。上手くつかまらないかもしれない。

ただ、この時間であれば校内にいる人間は少ないだろう。

謎の香りと、それに操《あやつ》られた生徒たちを相手にしながらミシェル神父に挑《いど》むのは気が進まない。何より人質をとられるのが嫌だった。

私の場合、裕美ちゃんである。万が一、彼女があの香りにやられちゃっていたとしても、私は絶対に彼女を傷つけることはできない。

私は携帯電話を取り出し、裕美ちゃんにメールを送った。

『今、おうち？』

『うん、そうだよ。どうしたの詩織ちゃん？』

すぐに返ってきたメールを見て、私はホッと息を吐いた。

『次の週末さ、ちょっと話したいことがあるんだけど、付き合ってもらってもいい？』

『はっはーん？　初恋の人の話だね？』

おおっと。裕美ちゃん、まだ誤解したままだったか。……まあ、それでもいいかな？

『うん』

あはは、自分で打って思わず笑っちゃうな。

初恋の人の話だって。何を話そうか、悩ましいね。

「おまえなあ」

和兄は、裕美ちゃんへのメールを覗《のぞ》きこみながら、苦々しい顔で言う。

「そういうの、死亡フラグって言うんだ。……勘弁してくれ」

それから私たちは、電車で学園に向かうことにした。

電車の中で、私は何度か委員長にメールを送ったが、返信はなかった。

□■□

学園に着いた私たちは、ひっそりと裏門にまわりこんだ。そして職員用の通用口から敷地内に入る。

ふふふん、狙いどおり、グラウンドで活動しているのは一つの部活のみ。考えてみれば、今は二年生が修学旅行中。水崎先輩と金城先輩を除く全員が京都に行っているはずである。

全生徒の三分の一が不在の中、この時間まで残っている生徒はさらに少なかろう。

マリア嬢は先ほどから、私、和兄、桂木くんを順番に見て、何やら合点《がてん》のいかない顔をしている。なんだ、一体。

「に、新見さん、あの……」

「どうしたの？　急ぎの用事じゃなかったら、後まわしにしてほしいんだけど」

「あ、うん。そうよね。ゴメンなさい。後でゆっくり聞かせてね？」

チラチラと和兄と桂木くんを見ながら、彼女はうなずいた。本当に、なんだって言うんだ。

それはさておき、肝心なのは攻め方だ。

私たちの目的は、教会の燭台《しょくだい》――すなわち『愛のキャンドル』だ。

だが単純に教会にたどり着いたところで、目的が果たせるとは思えない。ミシェル神父が待ち構えていると予想できる以上、無駄なく行動するにはどうしたらいいか。

「用務員さんのところに、工具箱とかあるでしょう？　金槌《かなづち》とか木槌《きづち》とか。そのあたりのものなら、燭台を壊せるんじゃないかな」

私が言うと、桂木くんはわずかに顔をしかめた。

ここまでやってくる間に、桂木くんにはものすごく簡単に説明を行っておいた。『桂木くんと同じような石を持っている人は他にもいて、神父さまはそれを悪用しようとしている。彼から石を取り返すべく、教会の燭台を壊しにいく』と。

桂木くんは、『自分も石を持っているんだから、他にあってもおかしくない』とあっさりと納得していた。いいのか、それで。

「せめて木刀《ぼくとう》か模造刀《もぞうとう》を持ってくればよかったな」

桂木くんは、どうやら私以上に物騒なことを考えていたらしい。

「殺しちゃマズイとなると間合いが変わるし……、まあ、仕方ないか」

どう仕方ないのか、聞きたいんだけど怖いなあ。聞かないでおこう。

私たちは裏門からまっすぐ用務員室へと向かう。

入り口で作業している用務員さんの姿を見つけて、マリア嬢はぱっと顔を明るくした。

『ネオ・キャンドル』の合宿の時にお世話になった、若い男性の用務員さんである。

「工具箱を借りればいいんだよね？」

私に確認してから、マリア嬢は用務員さんに話しかけた。

「こんにちは、用務員さん。すみません、遅くに。ちょっとお願いがあって……」

マリア嬢が、花壇の近くで彼と話しているところを何度か見たことがある。観察している私からすると、彼はマリア嬢に気があるんじゃないかと思う。

「あ、ああ。どうしました？」

用務員さんは、マリア嬢の後ろに立つ私たちを見て、戸惑っているみたいだ。和兄は、教師らしい表情で軽く一礼する。

「実は工具箱を貸してほしいんです。こちらにありませんか？」

マリア嬢が尋ねると、用務員さんは彼女と和兄を交互に見て首をかしげる。

「工具箱ですか。ありますけど、何に使うんです？」

「ナイショ、なんです。すみません……」

マリア嬢は両手を合わせ、用務員さんに潤《うる》んだ目を向けた。

……え、あれ。これ、素《す》だよね？　演技じゃないよね？　もしかして長年こういうことをしてる間に、美少女対応が習慣になってるのかな？

用務員さんの反応は分かりやすかった。

マリア嬢のしぐさに胸を打ちぬかれたのか、「うっ」と黙りこむ。いやー、スゴイわ、さすがだよマリア嬢。

これ、私が男でも、やっぱり何も言えなくなっちゃうね。こんな美少女に協力しないなんてウソだろ、みたいな。

用務員さんは、耳まで真っ赤にしながら目を逸《そ》らした。

「あ、ま、まあ、工具箱くらい構いませんよ。使い終わったら返してくださいね」

これ以上この場にいては、身が持たないと思ったのだろう。慌ててマリア嬢から離れると、工具箱を取りに奥へと向かう。

「ありがとうございます！」

嬉しそうに顔をほころばせるマリア嬢には、脱帽《だつぼう》だ。

「いやあ、スゴイ。さすがだわ。見習いたい」

私が感想を述べると、和兄が嫌そうな声で言った。

「おまえはこれ以上何も覚えないでくれ」

しばらくして戻ってきた用務員さんの様子がおかしいと気づいたのは、工具箱を受け取ろうとしたマリア嬢だった。彼は工具箱を手にしたまま動きを止め、マリア嬢の顔をじっと見つめている。

「こちら、ですよね。どこまで運ぶんですか？　よければ手伝いますよ」

言葉は何もおかしくない。だが、瞳がおかしい。ぼんやりとした、焦点の合わない目。

「え、えっと……。だ、大丈夫ですよ？　ほら、こんなに手伝ってくれる人、いますし」

マリア嬢は戸惑った様子で和兄や桂木くんを示して言うが、それがまずかった。

用務員さんの目に悲しみの色が浮かぶ。

「僕では頼りになりませんか」

彼は工具箱を片手に抱え、空いている手でマリア嬢の手を握りしめた。

「えっ⁉」

マリア嬢の頬に赤みがさす。

「あなたが、どのような苦しみを抱えているのかは分かりません。ですが、僕にもそれを一緒に抱えさせてくれませんか」

　そう言って、用務員さんは愛《いと》おしそうに握りしめたマリア嬢の手を胸元へと引き寄せ……

　ドボドボドボ、と彼の頭にペットボトルの水をぶっかけた私は、用務員さんの様子をうかがいながら首を横に振った。

「今、そんなことしてる場合じゃないんですよ。悪いですが、また後日」

　てか、怖いわー。焦点合わない目のまま口説《くど》き文句言うとか、ないわー。

　ちなみに他人に水をかけるのって、暴行罪になるんだそうだ。用務員さんが我に返って訴えてこないことを祈りたい。あと、自分でやっといてなんだけど、風邪引かないように気をつけてね。

「あ、あれ？　僕は何を？」

　目をぱちくりさせながら正気に戻った用務員さんは、自分がマリア嬢の手を握りしめていることに気づいたらしい。

「す、すみませんっ⁉」

　慌てて手を離し、数歩下がろうとして、足を滑《すべ》らせる。とっさに身体を受け止めた桂木くんのナイスフォローによって、用務員さんは無事だった。

「借りるぞ」

桂木くんはひょいと工具箱を取り上げると、中を漁《あさ》りはじめた。

中には金槌《かなづち》や木槌《きづち》、ペンチ、釘……まあご家庭レベルで考えられる工具の類《たぐい》が一通り入っている。

私が金槌を手に取ると、和兄によって取り上げられた。

「おまえはペットボトルを持っておけ」

いや、確かに金槌はちょっと重かったけど、ペットボトルだって変わらないのに。

なんだかんだで、私とマリア嬢はペットボトル係になってしまった。ここは役割分担ということらしい。仕方がないのでペットボトルを両手で持って素振《すぶ》りなどしていると、桂木くんが複雑そうな顔をした。

「後ろにいてくれ」

どういう意味？

工具箱を用意してくれた用務員さんは、事情が分からず目を白黒させているが、和兄が「後で返しにきますので」と言うと、それ以上聞いてこなかった。

私たちは用務員室を後にして、教会へと向かう。

「び、びっくりしたー。用務員さんたら、突然。あれも、石とか香りとかのせいなの？」

頬のあたりを赤く染めながら、マリア嬢はチラチラと用務員室を振り返り、尋ねてきた。

私としても説明がしづらくてなんとも言えない。

「たぶん」

「そっかあ……」

ちょっと残念そうなマリア嬢は、ハッと我に返ってペットボトルを持ち直した。

「いけない、いけない。まずは神父さまだよね。うん、素敵な人探しは、それが終わってから。大丈夫、高校生活はまだ長い！」

あ、懲《こ》りてない――一瞬そう思ったものの、マリア嬢はそのくらい前向きでいいのかもしれない。

私は、それより、と皆に向かって言う。

「まずは、教会だよ。時間が遅いからね……、できれば誰にも見つからないように行きたいんだけど」

もちろん、そんなに都合よくはいかなかった。


ミシェル神父が悪人かどうかは分からない。

だが、今の私たちにとって敵対する存在であることは間違いないだろう。

石の抜き出し方だの、香りの正体だの、分からないこともたくさんある。

だが、そのすべての謎を解き明かそうなどとは、考えていなかった。

優先順位としては、ミシェル神父に石を使わせないこと。すべての石が、持ち主のもとに戻ること。さらに言えば、私の石をミシェル神父に奪われないようにすることだ。

制服の胸元をぐっと握りしめて、石がそこにあるのを確認する。オレンジ色をしているはずの石は、ドクドクと脈打って、私の緊張を伝えているみたいだった。

「新見さん？」

緊張で身体が強張《こわば》っている私に、マリア嬢が声をかけてくる。

「大丈夫だよ、きっと。うまく行くから」

マリア嬢のその言葉には少しも根拠がなかったけど、青ざめた顔をしながら微笑《ほほえ》んでくれた彼女に、優しさを感じた。

「今はまだ、わたしが世界のヒロインでしょ？」

ああ、そのとおりだ。

「悲劇のヒロインにならないよう、頑張るとしましょう」

私がそう言うと、マリア嬢は口を尖《とが》らせた。むくれたらしい。

大丈夫。どちらかといえば、あなたは喜劇のヒロインだ。バッドエンドなんて遠慮したいね！

教会へ向かう道順は、何度も辿《たど》ったから覚えている。用務員室から直接向かうには、木陰をぬって行けば良かった。

だが敵もさるもの。

私たちの目の前に広がっていたのは、木の陰に紛《まぎ》れるように集まっている人、人、人。

前方をびっしりと埋め尽くした生徒たちだ。私は顔を引きつらせ、和兄は身構え、桂木くんは一瞬迷いを見せた。

ずらりと並んだ人影の中には、水崎先輩の護衛まで い る。ウロウロと歩きまわっている人もいれば、微動《びどう》だにしない人もいた。

共通点は、その瞳の色だ。全員、ぼんやりした目で焦点が合っていないのが暗がりでも分かる。

ひぃいいいいいい。

まるでおかしな世界に迷いこんだみたいだった。見なかったことにしたい。

「――っっ!!」

マリア嬢が悲鳴を上げようとした時、私は彼女の口を両手でふさいだ。まだ見つかっていないのに、悲鳴を上げたら注目されてしまう。

「かずに、……日比谷センセー、桂木くん、迂回《うかい》できそう?」

見つからないように小声で尋ねながら、私はマリア嬢の口に手をあてたまま後退した。

そして手を離すと、マリア嬢が「はふっ」と息を吐き出す。ゴメン、手に力を入れすぎたらしい。

「できなくはないが……ここを突っ切ったほうが早くないか？」

「ダ、ダメだよ。女の子相手に、鏡矢くんは攻撃できないもん」

マリア嬢がもごもごとフォローを入れる。私は、そんな事実を知らなかった。桂木くんも突然そんなことを言われて戸惑った表情を浮かべている。

おそらくはゲーム知識なんだろうけど。桂木くんは女の子に手をあげられないのか……っていやいやいや、それ、ふつーでしょ。むしろ女子供に平気で暴力振るうほうが問題だよ。

「大きくまわっていこう。これだけの人数をここに配置してるってことは、他はもっと手薄だと思う」

私はそう言って、返事を待たずに移動をはじめた。

「……あるいは、二手に分かれるか」

和兄が呟《つぶや》く。

「燭台《しょくだい》の台座を壊すという目的さえ達成できれば、暗示も解けるかもしれないしな」

「囮《おとり》役を作るってこと？」

「……まあ、そうなるか。こいつがあれば、神父も放っておかないだろう」

和兄はそう言うと、胸元からペンダントチェーンを引っ張り、シャツの上に石を出した。

マリア嬢が驚いた顔をする。「綺麗……」と小さな声が漏《も》れるのが聞こえた。いや、そういう場合じゃないからね？

「囮《おとり》は俺が引き受ける。……桂木、二人を頼めるか」

「いや」

桂木くんは短く断って、首を横に振った。

「それなら、こちらがやろう。囲まれた時、先生では対処できないだろう」

ぐっと拳《こぶし》を握りしめてから、桂木くんは私を見た。

「新見」

「え？」

「ペットボトルを一本くれ。自分がおかしいと思ったら、かぶればいいんだろ？」

「え、ええと。たぶんね。でも、自分で分かるものなの？」

「自己のコントロールも、鍛錬《たんれん》のうちだ」

桂木くんはそう答えて、受け取ったペットボトルを制服のベルトに押しこんだ。うっかり落としそうだけど、他に両手を使える方法がないんだから仕方ない。

「それと」

桂木くんは私の耳元に顔を近づけて、ささやく。

「……全部終わったら、名前で呼んでいいか」

……は？

きょとんと目を丸くした私を、マリア嬢が顔を真っ赤にして見ている。和兄は苦々しい表情をしていた。

……えっと。

ちょっ、待っ……、ど、どういう、意味……

「……友人だろ？」

桂木くんは苦笑して、そう付け加えた。

……あ、うん。そうだよね、うん。あ、なんかホッとしたような、がっかりしたような。深い意味はなかったのね。

「ああ、うん。大丈夫。デザ、っと、火村くんとかも名前で呼ぶしね。好きに呼んで」

あははは、と笑って誤魔化《ごまか》すと、桂木くんはますます苦笑した。

「それじゃあ、また後で」

桂木くんはそう言って、単身、ぼんやりした目の生徒たちであふれる道に向かって歩き出す。

「行こう、二人とも」

私も和兄とマリア嬢に声をかけて、迂回《うかい》ルートへ足を進めた。

教会へ向かうのに、ルートは大きく分けて四つある。

そのうちの一つが、裏門からまっすぐ進む、桂木くんが向かったルート。もう一つは、反対側の校舎までぐるーっとまわっていくルート。三つめは、校舎の非常階段を通っていくルート。最後は学園の外にまわりこみ、教会に続く出入り口を使うルートだ。

私たちが選んだのは三番めだった。

入学式の日、たまたま知ったルートである。もしかしたら、今日この時に役立てるために導かれたのかもしれない……なんてね。

注意深く人の気配をうかがう。

教会を囲んでいる人々は、外をうろついている。こんな寒い中、何時間もほっつき歩いていたら、明日には全員風邪を引くに違いない。

私は和兄とマリア嬢を誘導《ゆうどう》して、校舎の中へ入りこんだ。

放課後、それも最終下校時刻が近い校舎の中は人気《ひとけ》がない。あるいは全員が香りにやられていて、教会周囲にいるのだろうか。

私は上の階へ上がり、外から見えないようにしながら非常階段のほうへ向かう。

「よく知ってたな、こんな非常階段」

和兄が感心したみたいに呟《つぶや》く。マリア嬢も驚いた顔をしていた。

「ここを下りると、教会まではすぐだよ」

そして非常階段を注意深く下りた先で……まるで待ちぶせしていたような人影を見つ

けた。土屋少年である。

瞳の色はやっぱりおかしかったけど、人形っぽく歩いていた他の生徒たちとは様子が違った。

こちらをじっと見つめてくる瞳には、悲しい色が宿っている。

彼の視界には私も和兄も入っているはずなのに、マリア嬢しか見ていない。

「愛川。……まだ、帰ってなかったのか」

土屋少年はそう言って、苛立《いらだ》たしそうに近づいてくる。

「つっくんまで……！」

ぼんやりとした瞳の彼を見て、マリア嬢はショックを受けたみたいに叫んだ。

「放課後になると同時に、学園内の様子がおかしくなったんだよ。……おまえはいなかったから、安心してたんだけどな。先に帰ったんじゃなかったのか？」

「な、何を、言ってるの？　わたし、今日は学園に来てないよ？」

土屋少年はぼんやりと顔を上げる。

「……ああ、そうか。そうだな。なら、ここにいるはず、ないな」

彼は大きくかぶりを振った後、再びマリア嬢を見つめた。

「愛川。おまえさ……、入学式以来、おれによそよそしいのは、どうしてだ？」

「……！」

「あだ名だけは、昔どおりだけど。話してても、すっげえ、距離を感じるんだよな。ニコニコしながら、冷めた目して。親しげなのによそよそしくてさ。……そういうの、イライラすんだけど」

一歩、二歩。土屋少年の歩調は、彼の気持ちを表しているかのように荒々しい。

「でも、突然昔の話を持ち出してきたりして。……ワケ分かんねえよ、おまえ」

正直に言えば、そのまま憤《いきどお》りをぶつけてくるのかと思った。

怒り出したり、殴《なぐ》ろうとしたり、そういった行動に出るなら止めに入ろうと思った。

だけど土屋少年は、その場でうずくまっただけだ。

もしかしたら、目の前にマリア嬢がいることに気づいてないんじゃないかな。彼の言葉は、まるで独白のようだった。

「……おまえが引っ越した後、連絡が取れなくなった。おまえの家は金持ちだったから、おれみたいな貧乏人と仲良くしてて、いい顔されないの知ってたしな。だけどおふくろさんが再婚した後、いろいろあったんだよな……おまえが一番キツイ時、おれはなんの役にも立てなかったから、それをずっと恨《うら》んでるのかと、思ってた」

土屋少年は顔を上げない。彼は、マリア嬢に話してるわけじゃなかった。言うなれば、夢の中でマリア嬢に謝罪をしてるだけ。

マリア嬢は唇を噛《か》んでいた。怒っているのか、悲しんでいるのかは分からない。ただ、こみ上げる何かの感情を抑えつけるみたいに、じっと土屋少年を見下ろしていた。

「……行こう、新見さん」

「水、かけてないけどいいの？」

ぼんやりした目は、彼もまた暗示の中にいることの表れだと思う。

「新見さん。わたしは何も聞いてないよ」

マリア嬢はまっすぐ私を見た。

「わたしは今、つっくんに会ってない。……だから、何もしない」

確かに、一方的な吐露《とろ》を聞いただけではマリア嬢も動けない。それで土屋少年が楽になっても、今度はマリア嬢が楽になれない。

ああ、もう、本当に。この二人はどこかで仲直りの方法を間違えてる。

彼らの仲直りは、水なんかじゃなくて、もっとしっかり正面から向き合ってやらなくちゃダメなんだろう。とりあえずは石を取り返してから。だってあの石は、この二人にとっては再会の約束の証《あかし》だったたんだから。

私たちは土屋少年の横を素通りして、教会へと向かった。

「愛川さん。一個聞いていい？」

「何？」

「乙女ゲームの話。文化祭の劇で、本当はどうなる予定だったの？　京子ちゃんが出るんじゃなくて、本当は違うストーリーがあったんでしょ？」

文化祭の時、私たちのクラスでは映画も上演した。ヒロインはもちろんマリア嬢で、ヒーローはなんと土屋少年だ。しかし映像編集の締め切りギリギリまで、土屋少年はぐだぐだと悩んで演技ができなかった。結果、シナリオを変更して京子嬢が騎士役で登場したのである。

私の問いかけに、マリア嬢はふっと笑った。

「ゲームどおりの展開なら、つっくんが言うのよ。『姫。もうキミを元の世界には帰せない。このままずっと私のそばに』……お祖母《ばあ》ちゃんしか身内のいない、お金持ちなだけの家を出て、オリンピックの金メダルって夢を、一緒に追いかけようって」

おかしいね、とマリア嬢は笑った。

「ゲームだし、わたしは今までつっくんの優勝を疑ったことはなかったけど。現実に置きかえると、夢物語なのかな？」

私は苦笑いする。

「他の人が夢物語だと笑い飛ばすようなことを、少しも疑わないで信じてくれる友人ってのは大事だと思うね」

恋人とか、幼馴染《おさななじみ》とか、そういう関係でなかったとしても。土屋少年とマリア嬢との間には、確かにつながりがあると思う。

「……そっか。そうだよね」

マリア嬢は呟《つぶや》いた。

「それでも、いいかな」

そして私はわずかに開いた扉をくぐり抜け、教会の中へ入りこんだ。

□■□

そこでは、おかしなことになっていた。

何度も来たことがあるから、教会の内部の構造くらい覚えている。

扉の真正面に祭壇《さいだん》があり、その後ろにはステンドグラス。祭壇には燭台《しょくだい》が載っていて、燭台の台座には複数のくぼみがあるのだ。

――そのはずだったのに。

足を踏み入れたとたん、むせ返るような香りに包まれて、前も見えなくなった。

言うなれば、スモークが焚《た》かれている感じ。白っぽい煙があたり一面に立ちこめている。

私はぐっと胸元を握りしめて、そこにある石の感触を確認する。オレンジ色の冷たい石は、ドクドクと私の緊張を伝えてきた。

やがて煙が薄らいできて、ぼんやりと人の気配があることが分かった。

祭壇《さいだん》の手前には、ミシェル神父が立っている。

祭壇に向かう通路の左右の長椅子には、たくさんの参列者たち。誰も彼もがスーツだのドレスだのを身にまとっていた。

……？　いや、おかしいだろう。制服ならばともかく、なぜ盛装《せいそう》？

私もおかしい。視界がぼんやりしていると思ったら、白い布きれのようなかぶりものをしているのだ。目の粗《あら》い白い布は、視界を遮《さえぎ》るほどじゃない。これって……ヴェール？

ミシェル神父の斜め前に、いつのまにか男が一人立っていた。

彼の服装は、白いスーツ。背が高い気がするけど、顔はよく分からない。こちらに向かって、ゆっくりと歩んでくる。

参列者たちが一斉に視線を向けてきたのが分かった。

白いスーツを着た男は私の手を取ると、そのまま自分の腕に絡ませる。気がつくと、私は白いグローブをはめていた。

空いたほうの手で、必死に胸元を握りしめる。そこに石の感触があることだけが頼もしい。

歩きづらくてもたつくと、男は速度を緩めてくれた。

その時、歩きづらい理由が分かった。私はやけに裾の長い、白いドレスを着ていたのだ。花模様のレースがふんだんに使われ、一目で高そうだと分かる。ヒールも高くて、うまく歩けない。

男に合わせて、私はゆっくりと進む。この世のものとは思えない美貌《びぼう》を誇る、ミシェル神父の目の前まで。

これって、これって、これって……。け、結婚式!?

すると、この男は、私の、だ、旦那さん……？

もしかして私の無意識下には、旦那役に当てはまる誰かがいるってことなんだろうか。

おそるおそる視線を上げて男の顔を見ようとするけど、やっぱり顔は分からない。……少しばかり残念だった。

参列者たちが口々に何かを言っている。歓声みたいだが、何を言っているのか分からない。

ミシェル神父の口から、開祭の宣言だの、祝福だのと言葉がつむがれていくけど、そんなことはどうでもよかった。

ヴェールから透《す》けて見える祭壇《さいだん》の上には、燭台《しょくだい》が載っている。

空いたくぼみの数は全部で二つ。それ以外は、すべて石が埋まっているようだった。

燭台には火が灯されていない。そのため、飾りとしては中途半端で、どこか間が抜けて見える。

結婚式の会場を飾るものとしては、物足りない。

『神の前で誓いの言葉を』

ミシェル神父が口を開いた。穏やかな優しい微笑《ほほえ》みを向けて、彼は私に誓いの言葉を促《うなが》す。

ああ、残念だね、ミシェル神父。

もし私に恋い焦《こ》がれる相手がいて、隣にいる男性がその人物であったなら、誓いの言葉を口にしてしまったかもしれない。

だけど、私の片手はいまだに石を握りしめていて、その冷たい感触が私に教えてくれるのだ。

私の手はグローブなんてはめてない。私はウェディングドレスなんて着ていない。私はヴェールなんてつけていない。

冷静に、冷静に、冷静に。

新見詩織は騙《だま》されない。戦いはまだ終わってない。

「ゴメンね、ミシェル神父」

私は笑った。

「神様がどう考えてるか知らないけど、私はまだ十五歳なんだ。日本の法律じゃ結婚できないよ。とりあえず今日の教訓として、結婚式を挙げる時にはちゃんと歩く練習をしておくことにするね。ヴァージンロードを歩くのに、蹴《け》つまずいたらカッコ悪いし！」

私は男の腕を振り払い、ミシェル神父の横から燭台《しょくだい》に飛びついた。

持っていたはずのペットボトルの感触が蘇《よみがえ》ってくる。それを力任《ちからまか》せに振りぬいて、祭壇《さいだん》の上に置かれた燭台にぶち当てた。

壊れはしなかったけど、ガタンと祭壇の上で倒れたのが分かる。

その瞬間、煙が晴れた。香りはまだ残っているけれど視界はクリアだ。

目の前のまやかしが、すべて消え去っていく。

暗示が解けた瞬間、私は教会の入り口に立っていた。

どうやら燭台まで辿《たど》り着いてペットボトルをぶち当てた、というのは実際にはなかった出来事らしい。ペットボトルを手にしたまま、私は動きを止めている。

ぼんやりした目をした人々は皆、こんなピンク色の世界にいるんだろうか。さすがに個人差はあるかな。

扉から進んで真正面に祭壇があり、その後ろにはステンドグラス。暗くなった今の時間、外からの明かりは入らないけど、真っ暗闇というわけでもない。祭壇横の扉が開いていて、その奥から明かりが漏《も》れているのだ。

教会内部にいた人影はわずかだった。

だが想定外の人物がいたことに、私は驚く。

月島美少年、水崎先輩、金城先輩、委員長、ミシェル神父、そして京子嬢だ。

ぼんやりとした瞳で人形のように立ちつくす姿は、皆、見目がいいだけに恐ろしい。

委員長がいたんじゃ、こちらの情報は筒抜《つつぬ》けだったに違いない。私はわざわざメールして、彼と連絡を取ろうとしたんだから。

残るペットボトルは四本。そのうち一本は私が持っている。マリア嬢が二本、和兄が一本。燭台を破壊するための武器は、和兄が持っている金槌《かなづち》と木槌《きづち》。やっぱり、武器は分担して持てば良かった。

「京子ちゃん⁉」

その時、マリア嬢の悲鳴が響いた。ふと横を見ると、和兄とマリア嬢が立っている。二人とも、私みたいに幻覚を見たりはしなかったのだろうか。

マリア嬢は、委員長の姿を認めた私以上に動揺している。

ミシェル神父と対峙《たいじ》するというミッションを忘れたわけじゃないだろうけど、彼女はもう京子嬢のもとに駆け寄ることしか考えていないようだった。

私はペットボトルのふたを緩め、手元と京子嬢を繰り返し見る。

「彼女も、石を……？」

私と同じパターンか。そう思いながら祭壇をうかがった。距離にして十メートルもなさそうな位置なのに、ずいぶんと遠い気がする。

ついでに言えば、祭壇《さいだん》の上に載っている燭台《しょくだい》の様子も以前と少し違う。

私の記憶では、くぼみは七つだったはずだ。それが、八つに増えている。石のはめられていない場所は、わずか二つ。おそらくは和兄と桂木くんの分だろう。私の場所はないらしい。

そもそも攻略対象が増えているのだから、穴の数だって増えてもおかしくはない。むしろ少ないくらいだ。

委員長の場所はないんだろうか。それとも足りないのはデザイナーくんの分?

「そちらから、いらっしゃるとは思っておりませんでした」

ミシェル神父は意外そうだった。彼の目はマリア嬢に向いている。

「石をすべて集めてから、精神的に追いつめてさしあげようと考えていただけに、アテが外れて残念です」

ミシェル神父の言葉を合図に、教会内にいた人たちが動き出した。

近づいてくる水崎先輩と金城先輩から私とマリア嬢を守るべく、和兄が前に出る。

彼は片手に武器を抱えこみ、水崎先輩と金城先輩を空いたほうの手で阻《はば》む。水崎先輩と金城先輩は喧嘩《けんか》慣れしてないせいか、はたまた和兄が首元に出している石が気になるのか、二人は大きく動こうとしない。

先輩方の視線は、ずっと和兄の石に注《そそ》がれていた。これはおそらく、石を狙ってるってことだな。

濃密な香りに、和兄は顔をしかめた。

やがて委員長と京子嬢が動き出す。それを見たマリア嬢は、京子嬢に向かって飛び出そうとした。

ぐわぁああ、やめて、男の喧嘩の中に飛びこまないで！

ミシェル神父は、燭台を壊すという私たちの狙いにまだ気づいてない。ならば、ここは私が動くしかない。和兄の反対側に移動し、長椅子を防壁にするようにしてミシェル神父に声をかけた。腕っ節の強くない私が取れる唯一の手段。それは、口喧嘩だ。

「石を全部、集められる気でいたんだ？」

私は挑戦的な目でミシェル神父を見据《みす》える。

「すごい自信だけど、どこからくるの？　ついでに教えてよ。石を集めてどうする気なのか、石は本来なんのためにあるのか、攻略対象をここに集めて何をするつもりなのか……自己正当化したあなたの考えをさ」

我ながらイラッとくる喋《しゃべ》り方だと思ったのに、ミシェル神父は眉ひとつ動かさない。

「必要ないでしょう。私の心は神だけがご存知です」

私はさらに挑発を続ける。

「せめて最後のヤツだけでも答えてほしいんだけどなー？　そろそろ最終下校時刻だもの。皆さんの親御さん、心配してるよねー。このまま続いたら、警察とか動きはじめちゃうかもね？　あなたがどれだけ偉い神父さまなのか知らないけど、宗教施設だからって治外法権じゃない。特に水崎先輩の親御さんは、護衛さんたちをズラッと用意できる。こんな小さな教会一つ、権力で握りつぶせそうな気がするけどね」

私が口を開くたびに、ミシェル神父の口元に笑みが浮かぶ。

負け犬の遠吠えとでも思っているのかもしれない。

だが、それならそれで構わない。私の目的は、こちらに意識を向けさせることだから。

「一介の人間に、どうにかできるものだと思いますか？」

なんという発言か。あなた、自分が人間じゃないと宣言したも同然だぞ。

「……ねえ、マリア嬢のこと、怖い？」

私はズバリ核心をつくように問いかけた。

視界の端では、月島美少年と委員長が和兄とやり合っている。

水崎先輩と金城先輩もいて和兄にとっては不利な状況だけど、長椅子を上手く利用して、一度に相手をするのは二人に絞《しぼ》っているみたいだ。狭いスペースでは、動きづらいからね。

そんな彼らの様子を、京子嬢は近くでじっと見つめている。

一方のマリア嬢は、オロオロしながらも京子嬢に近づくチャンスを狙っていた。

一本めのペットボトルは失敗したらしく、椅子の上に中身が入った状態で転がっている。残るは、あと一本だ。

その時、和兄の横合いから委員長の手が伸びた。その手が石に届き、和兄は笑う。

やがて彼の胸元のペンダントチェーンが切れた。チェーンが切れて石が落下していくのを、四人の視線が追う。全員の視線が床に向けられた瞬間、和兄は長椅子を踏み台にしてジャンプした。

四人は戸惑いを見せた。彼らの目的はあくまでも石を奪うこと。和兄を止めることじゃないのだろう。和兄はそれを確信し、あえて石を手放したんだと思う。

和兄がジャンプした時、ミシェル神父に気づかれないかヒヤリとしたものの、彼の視線は私に向いたままだった。先ほどの言葉が彼を動揺させたのかもしれない。

「……なんのことです？」

はじめてミシェル神父の顔に困惑が浮かぶ。

「マリア嬢のことを好きになったら、カトリックの教義から外れちゃうんでしょう？　それが怖い？　攻略対象にされて、もし万が一、本当に攻略されたらどうなるんだろうって、怖くて仕方がない？」

それに気づいたのは、ついこの間のことだ。

私は自分の石が具現化されて、それまではあくまで他人事だった攻略対象たちの気持ちが少し分かった。私の心なのに、私の気持ちなのに、自分の意思とは関係なく恋をするなんて嫌すぎる。

「和兄も、マリア嬢を怖がっているみたいだった。そうでなければ、気づかなかったと思う。人間の『心』って不安定だもの。自分では大丈夫だって思ってたって、本当は不安だよね。マリア嬢は可愛いよ。多少ぶりっ子かもしれないけど、彼女から慕われて悪い気はしないでしょ。しかも、この世界が彼女の味方をしてる。知らないうちに好感度が上がって、胸がときめいて、ハッと気づいたら手遅れかもしれないよね。しかもマリア嬢の名前って、聖母マリアと同じだし」

「一緒にしないでください！」

ミシェル神父は吼《ほ》えた。

「神父を肉欲に堕落《だらく》させる存在が、聖母マリアと同一であるわけがない！……カトリック教会には古来、聖母マリアは受胎の瞬間から原罪を免《まぬが》れていたとする教えがあります。これを『無原罪の御宿《おんやど》り』といいまして……」

「いや、ゴメンね。講義はまた来月に聞かせてください」

一気にまくしたてようとしたミシェル神父に苦笑して、私は言った。その時――

終わりを告げる金属音が鳴り響いた。

待ちかねた音に、私は思わず笑みを浮かべる。

「タイムアップだよ、ミシェル神父」

ガシャン、と燭台《しょくだい》が音を立てた。

それは、金槌《かなづち》を手にした和兄が燭台に打撃を与えた音だ。

破壊できたのは、ごく一部。だけど和兄は、ダメ押しのように石へペットボトルの水をぶちまけていく。

なるほど……。攻略対象以外の人間の場合、『心』は具現化していないから、水を身体にかけなければならない。けれど攻略対象たちの『心』は、石として具現化している。残り少ないペットボトルで、皆を一度に正気に戻すなら有効な方法なんじゃなかろうか。

『心』に水を差された攻略対象たちが硬直した。

やがて燭台から石が転がり落ちていく。

淡いオレンジ色、青色、金色、黄色、乳白色、銀色……。カラフルな石は、宝石のように美しい。

和兄、ナイス。私が時間稼ぎをした意図をきちんと汲《く》み取ってくれたらしいね。

石に水をかけたからだろうか、攻略対象たちの瞳の色が戻りはじめた。

最初に正気に戻ったのは委員長である。

彼の『心』は、真珠みたいな光沢のある、乳白色の石だ。なんとなくイメージに合わないな。委員長が拾い上げた瞬間、それはサラサラと崩れ去り消えてしまった。

「な……⁉」

ミシェル神父が狼狽《ろうばい》したように叫び、燭台《しょくだい》に目を向ける。次に転がり落ちて散らばった石を見やり、慌てて銀色の石に手を伸ばした。しかし彼が拾うより早く、委員長がそれを拾い上げる。

「僕は、制作スタッフの一人として、あなたに詫《わ》びるべきなんだろうな。……なるほど、無信仰者には、あなたの信心深さが分からない。茶化《ちゃか》したことは素直に謝るよ。今世でもゲーム制作に携《たずさ》わることになったら、実在の宗教をフィクションに取り入れるのはやめておく」

委員長はそう言って、銀色の石をミシェル神父の手に落とす。

彼の手のひらにコロンと転がった石は、サラサラと崩れて消えた。

「……‼」

声にならない叫びを上げて、ミシェル神父は消えた石を見下ろす。

その後、委員長は転がっている他の石をすべて拾い上げた。そして、それぞれの持ち主に返していく。同性なら石に触れても問題ないからね。

委員長とミシェル神父の石はすぐに消え去ったけど、他のメンバーについてはそうもいかなかった。月島美少年、水崎先輩、金城先輩の石は消えなかったのだ。ぼんやりとした瞳はゆっくりと元に戻りつつあるので、時間をかければ大丈夫だと思いたい。

「燭台が壊れた影響かな。僕らの石は内側に戻ったのかもしれないけど、どう思う？」

委員長はミシェル神父に尋ねた。

「分かりませんね。……ですが、……こういった手段もあったんですね」

壊れた燭台を見つめて、ミシェル神父は憑《つ》きものが落ちたような顔をしていた。

「教会の備品を壊そうなんて、あなたには思いつかなかっただろうから仕方がないよ。何しろ僕にも思いつかなかったくらいだ」

委員長はそう言って笑ったけど、こんな方法があるなら四月のうちに知りたかった、というのが私の感想である。

ミシェル神父のやらかしたことは、警察に突き出されるレベルだと思う。だけど、私としてはもういいや。上手く説明もできないし。あと、警察は苦手だからあまり関わりたくなかった。

それに彼は実行犯じゃない。操《あやつ》られていた生徒たちを突き出さなくちゃいけないのも、嫌だしね。マリア嬢の自宅で起きた盗難事件については、迷宮入りってことで。

ちなみにマリア嬢は京子嬢の前に立ち、水を含ませたハンカチで彼女を拭《ふ》いている。直接水を引っかけるのは、さすがに抵抗があったのだろう。……汗でもぬぐうんかいって感じだが、効果はあるのかな。まぁ、京子嬢は石がないから仕方がないけど。

「ね、ねえ。京子ちゃんはどうなるの？」

マリア嬢は、不安そうな表情で委員長に尋ねる。

「僕に聞かないでほしいね。これはもう、ゲームシステムの枠を超えてるんだから」

とその時、京子嬢の瞳に変化が見られた。

「愛川さん、見て。京子ちゃんの目、ちゃんと戻ってきてるよ」

ゆっくりではあるけど、ぼんやりした瞳の色に光が宿りはじめる。

そんな中、次に正気に戻ったのは月島美少年だった。

「……、あ、あれ？　どこだ、ここ」

霞《かすみ》がかったような色をしていた瞳は、綺麗な輝きを取り戻している。

あー、こうやって見ると、やっぱり彼は美少年だ。聖火マリア高等学園一の美少年、という呼び名は伊達《だて》じゃない。思えば、彼をはじめて見たのも教会だった。この背景がすごく似合う。

「屋上にいたはず……、ええと、あれ？」

月島美少年の言葉は、聞き捨てならなかった。

「ナマイキ女に、ムカツキ女？　それに……、なんだこのメンバー？」

いや、確かに変なメンバーだよね。私はマリア嬢の攻略対象だと知っているから、おかしく感じないけど。水崎先輩と金城先輩あたりなんか、なんで教会にいるのか謎すぎるな。

「優希くん、元に戻ったんだね?」

マリア嬢が尋ねると、月島美少年は驚いたように目をぱちくりさせて、それから首をかしげた。

「あんたと喋《しゃべ》ってたとこまでは覚えてるんだけど……、あれ?」

「え?　どういうこと?」

マリア嬢も驚いて目をぱちくりさせた。二人で並んでいると、美少女ユニットみたいだ。

その後、どうやら彼は文化祭の後夜祭あたりから記憶が飛んでいることが分かった。

「マジかい」

私は思わずツッコむ。もしかして正気をなくしていた生徒たち全員、記憶喪失状態なのか?

「その間の、授業の内容とかも覚えてないのか?」

和兄が教師らしい質問をして、月島美少年はうなずいた。和兄は呻《うめ》く。

「目の色がおかしいヤツが出てきたのは、文化祭あたりからだったよな……、その全員がこうなってたら、かなりマズイぞ。冬休みに補習をするよう提案しといたほうがいいか……」

うひぃいい。やめてくれ。年末年始に補習とか、ありえん！

「……べ、勉強か。……ホントは嫌だけど、兄貴を頼るかなあ」

月島美少年が驚くべきことにそう呟《つぶや》いたので、私とマリア嬢は二人で目を丸くした。

どういう心境の変化だ？　あんなに仲が悪そうだったのに……

続いて正気を取り戻したのは、先輩方だ。

それにしても、委員長はどうして彼らの石の色が分かったのだろう。見たことなんて、なかったはずなのに。

「ねぇ、なんで石の色が分かるの？　それも前世の記憶？」

「簡単だよ。燭台《しょくだい》のくぼみが、それぞれの曜日に対応してたからね」

なーんだ。

水崎先輩と金城先輩はほぼ同時に正気に戻り、二人して瞬《まばた》きした。

「……篤史？　どこだ、ここ？」

「教会ですよ。それくらい見て分かってください、誉」

そんなやり取りをして、彼らは首をかしげた。

どうやら二人は、教会に足を運んだこともなかったようだ。そもそも関係者以外立ち入り禁止の場所なので、礼拝以外の用事で来たことがあるほうがおかしいか。

「事情がよく分かりませんが……、新見さんと日比谷先生がいるということは、石絡みですね」

そう言って、金城先輩は手渡された石を見下ろした。

「お尋ねしますが、触りました？」

ぶんぶんぶんと首を横に振る私。

「そうですか」

金城先輩は少しだけ楽しそうに笑った。

「名誉会員。事情の説明はできるか」

水崎先輩はマリア嬢に尋ねたけど、彼女は頼りない様子で首をかしげたのみである。

「先輩方は、ええと……」

迷うような表情を浮かべ、言葉に詰まる。なんとなく言いたいことは分かったので、私は横から口を挟んだ。

「今って修学旅行期間中なんですけど。そのあたりは覚えてらっしゃいますか？」

「はあ⁉」

水崎先輩は絶句して、金城先輩は腕時計を確認した。彼の腕時計は、日付が表示されるタイプらしい。

「……事情は相変わらず分かりませんが、誉。どうやら僕らは、修学旅行に行き損ねたらしいですよ」

金城先輩の言葉に、水崎先輩は苦虫を噛《か》みつぶしたような表情を浮かべた。

「残り、何日だ？」

「三日ですかね。帰りの日を入れると四日……会長に頼めば、新幹線のチケット代と現地のホテル代くらいは融通してもらえると思いますけど。学園側にも連絡して……。どちらにせよ、護衛を引き連れていくしかありませんが、どうします？」

「うるさい。せっかくの高校生活、修学旅行にも参加できないなんて話があるか」

「迷惑ですよ？　護衛。田中さんが怒ると思いますけどね」

「あいつは、いつも怒ってるじゃないか」

性格も、しっかり元に戻った様子だ。

委員長の石、ミシェル神父の石、月島美少年の石、水崎先輩の石、金城先輩の石……それらが持ち主の手に戻ってしばらくすると、教会内を覆《おお》っていたむせ返るような香りが引いていった。

「終わったな」

和兄が言う。

「火村くんの石はないんだね？」

私が聞くと、委員長は笑った。

「僕がここに来た時点で、すでにくぼみがなかった。彼、自力で内側に戻したんじゃないかな」

　委員長はどこか誇らしげに言う。

「ゲームの制約に一番縛られなかったのが火村くんというのは、意外な気もするけど……親としては嬉しいばかりだよ」

「委員長が親とか言うと、違和感ありすぎなんだけど」

　プルルルル、と電話が鳴ったのはその時である。

　それは和兄の携帯電話だった。

「つと？　なんだ、この番号……」

　訝《いぶか》しげな表情で携帯電話に出た和兄は、すぐに態度を変えて何やら喋《しゃべ》りはじめる。

　やがて顔をしかめてマリア嬢を見た。

「愛川、警察だ。家に戻るぞ」

「え⁉」

「向こうも正気に戻ったんだろう。事情を聞いていた人間がいきなりいなくなったんで、電話してきたらしい。おまえの家の状態も気になるしな……、車を駅に置いてきたのは失敗だったか」

　和兄は苦々しく言った。これから電車に乗るとなると、マリア嬢の自宅に着くのに時間がかかる。それに、事件の犯人を突き出せない以上、どう誤魔化《ごまか》したらいいか悩ましい。

「ちょぉっと、待ってください、センセー⁉　どういう意味です、それ⁉」

猛々《たけだけ》しく割りこんだのは京子嬢である。どうやら完全に正気に戻ったようで、目の色がはっきりしている。

うーむ、友情だな。濡《ぬ》れたハンカチよりマリア嬢の危機のほうが、京子嬢には効果があったらしい。

「マ、マリアに向かって『家に戻る』⁉　その言い方だと、まるで」

「ス、ストップ、京子ちゃん！　誤解しないで！　実は家に不審者が入って、それで……」

マリア嬢が慌てて口を挟んだ。濡れたハンカチを握りしめながら口早に事情を説明するマリア嬢。すると今度は、京子嬢は別の意味で怒り出した。

「なんてこと！　マリアの家に泥棒《どろぼう》するなんてありえん！　このあたしの鉄槌《てっつい》が必要と見えるわね。よし、行くわよ、マリア。警察が何を言おうと好き勝手な真似はさせないから任《まか》せなさい！」

実に頼もしいのだが、マリア嬢の家に入った犯人は、おそらく暗示にかかった学園の生徒。もしかしたら京子嬢かもしれないんだけど、そこらへんはどうしよう。

「……？　それにしても変ね。なんか髪が濡れてるし。コンビニでタオルでも買っていこうかしら」

「あ、えっと……」

マリア嬢が説明しようとしたのを、京子嬢は止めた。

「まあ、ともかく。不審者が入った家で寝るのは嫌でしょう。今夜はうちに来なさいよ」

京子嬢のお誘いに、マリア嬢は嬉しそうに顔をほころばせた。くっ、私の誘いは断ったのにぃ。

「ほら、センセー！　急ぎますよ！」

なぜかリーダーシップをとる京子嬢に従って、三人は教会を出ていく。

「やれやれだねえ」

委員長は慌ただしく教会を出ていった三人を見やりながら、最後に残った石を手のひらの上で転がした。おそらくは土屋少年の黄色い石だ。土屋少年が小さいころにマリア嬢に渡した石。

「それ、返さないとダメなのかな？」

マリア嬢に渡したものが、他人の手から戻るのってどうなのかね。

「正気に戻らなくてもいいって言うなら、構わないけどね。これ以上、事態をややこしくすることはやめようよ。土屋くんが本当に彼女に気持ちを寄せてるなら、この程度のすれ違いで諦めたりはしないだろうしさ」

そう言って委員長は、教会の外に出た。

外は暗かった。空には星が輝いていたけど、茂《しげ》みの中までは届かない。

私の道案内で土屋少年のところへ向かうと、彼は疲れたようにうずくまったまま
だった。

「てか、気の毒だね、土屋くん。京子ちゃんはまだ心配してもらえるのに、彼だけ外に
放置したままって……」

「そうかもね」

委員長は苦笑した。

「それにしても、石を盗られたにもかかわらず教会の外にいたんだ。中にいた人間より、
意識が残ってたんだろうな。あるいは石を手放したのが早かったから、石への依存が少
なかったのかもね」

委員長はそう言いながら土屋少年に近づくと、彼の手に石を置いた。

「……？　なんだよ、渋谷？」

ぼんやりした瞳が、少しだけ元に戻る。そこに、戸惑いの色はほとんどなかった。

「なんでもないよ。たぶん、夢でも見てるのさ」

やがて、サラサラと石が砕けて消えていく。

「……あれ、これって……」

何もなくなった手のひらを見下ろして、土屋少年はどこか遠い目をした。

「そういや、知ってる？　愛川さんの家に不審者が入ったんだって」

「な⁉」

委員長の言葉に、ガバッと立ち上がる土屋少年。

「それ、マジか？　あいつ無事なのか？」

「さあどうなんだろうね？　女の一人暮らしで家に不審者が入るなんて、さぞかし怖い思いをしたんじゃないかな。家にしまっておいた大事なものとか、盗られたりしたかもしれないし」

「なんでのんきにしてんだよ！　ああ、くそっ、何やってんだ、おれ⁉　携帯……、って、あいつの番号知らねえよ！」

土屋少年は、すぐさま駆け出した。先ほどまで自分が何をしていたのか、疑問を抱いている様子もない。

これからマリア嬢のもとに向かうんだろうな。

「……石の影響は、なかったのかな？」

少なくとも石を自分で渡しちゃうくらい、もともと好感度が高かったってことだよね。幼馴染《おさななじみ》なわけだし。すると委員長は、勢いよく振り返った。

「いや、影響はあったはずだよ。だけど今の彼は、そのことに思い至らないんじゃないかな。僕が上手く情報を使ったからね」

見直した？　と委員長は誇らしげだけど、私は呆《あき》れるばかりだ。

「口先で誤魔化《ごまか》すのが得意っていうのは、伝わってきたよ」

彼はちっとも残念そうじゃない顔で「残念」と言った。

「さて、新見さんも、もう用はないだろ？　遅いし、駅まで送るよ」

「委員長はどうするの？」

「僕も帰るよ。今回の件で、学園にどのくらい影響が出ていたのか早く調べたいしね。たぶん、暗示にかかっていた人間は学園外にもいるだろう。ネットでもいろいろ調査してみるよ」

「委員長って機械に強いんだ？」

「まあね。僕がメガネなのは、キャラ付けじゃない。ゲームやネットのしすぎで、本当に目が悪いんだ。実際のゲームでは、伊達《だて》メガネ説が流れるくらい視力が良かったんだけど」

「いや、自慢になんないよ」

そんなこんなで、時間も遅いし委員長に送ってもらおうかと思った矢先である。

桂木くんが教会に向かって駆けてくるのが見えた。

別行動で囮《おとり》役を引き受けてくれていた彼は、困惑した様子で背後を気にしながら走ってくる。

手を大きく振って声をかけると、彼は行き先を変えてこちらに来た。

「桂木くん！　怪我《けが》はない？」

静かにうなずいた桂木くんは、そのままザクザクと枯《か》れた下草《したくさ》を踏みしめて近づいてくる。

「状況を教えてくれないか。外の連中、バタバタと倒れたんだが」

「燭台《しょくだい》は無事に壊せたよ。石を盗られた人たちも、だいたい正気に戻ったみたい。何人かの石は、砕けて消えちゃったんだけど……桂木くんはどう？」

私が聞くと、桂木くんは懐《ふところ》に手を入れた。どうやら内ポケットに石の入った袋を入れていたらしい。袋を取り出して中を覗《のぞ》き、感慨《かんがい》深そうに呟《つぶや》いた。

「特に変わりはない」

「そっか。どうなってるんだろね？」

私が首をかしげると、委員長が答えた。

「個人差があるんじゃないかな。推測で言うなら、石はそのうちなくなると思うよ。燭台が壊れた以上、自分の内側に取りこむ以外に置き場所はないからね。それが明日になるか十年後になるかは、分からないけど」

そっか。じゃあ攻略対象の皆さん相手に、これ以上できることはなさそうだな。

「暗示にかかってた人たち、倒れたって言ってたよね。救急車を呼ぶ事態になってないといいんだけど……保健室には運んだほうがいいかなあ。鈴木おばちゃん先生、いなかったらどうしよう……ちょっと見てくる」

私が駆け出そうとするのを、桂木くんが止めた。

ぐっと腕を掴まれて、あやうくつんのめるところだ。

「何？　桂木くん」

私が尋ねると、桂木くんはムッとした表情を浮かべる。

「……名前」

ん？　名前？

ぽかんとする私を見て、彼は首を横に振った。

「まあ、いいけどな。そのうちで」

さて、教会の外で徘徊《はいかい》していた人たちは、徐々《じょじょ》に元に戻っていった。ぼんやりとしていた間のことはよく覚えておらず、なぜ学園に居残っていたのかも分かっていなかった。

彼らの目を引きつける役をやっていた桂木くん。迂闊《うかつ》に殴《なぐ》ることもできなくて面倒だったそうだけど、喧嘩《けんか》にはならなかったから大丈夫だと言っていた。水崎先輩の護衛らしき黒服が何人か倒れていたような気がするんだけど、それは見なかったことにしておく。

後日、京子嬢をはじめとする数名に確認して……、私と和兄、そして委員長は研究結果を報告しあった。

「攻略対象は、石が手元を離れた後の記憶がすべてない。土屋くんは、神父に石が渡る寸前までは大丈夫だったみたい。その他の人間については、目の焦点が合っていなかった間のみ、記憶喪失ってところかな。いつもぼんやりしていたわけじゃなくて、正気に戻るタイミングもあったみたいだね」

私が言うと、委員長がうなずく。

「考えてみれば、他の人たちの石は香りとして周囲に漂《ただよ》ってたんだから、完全に石を盗られた場合とは違うんだね」

「すべて記憶がなくなってるわけじゃなくて助かったが、……どちらにせよ休み前に復習テストをしたほうがいいだろうな。あれこれ漏《も》れがありそうだ。このまま受験されると、特に三年生がマズイ」

「いやぁ、大変だね。私、受験生でなくて良かった」

「おまえは期末試験、大丈夫なんだろうな？　赤点取ったら、冬休み中に補習だからな」

うがぁあああああん。冬休みにまで数学するなんて嫌だぁあああ。

ちなみに余談だが、マリア嬢と京子嬢になぜか和兄の自宅アパートの場所がばれたらしい。生徒たちが面白半分に押しかけてくるのも時間の問題だと懸念《けねん》した和兄は、それから早々とアパートの解約手続きをはじめたのだった。

□■□

ここからは、誰にも話さなかった私の話だ。

ミシェル神父と対決してから一晩。朝、目が覚めて、自室に置いたスタンドミラーに映った自分の姿を見る。

何かが足りない、というのが私の感想だった。

攻略対象全員の石が元の位置に戻ったはず。だけど、エンディングを迎えた気がしない。

『心』を失ったようにぼんやりした目で歩く人たちは、皆、元に戻ったんだろうか。

私の手元に残っているのは、使わなかったペットボトルが一本とペンダントチェーンから下がる石が一つ。

鏡の中の私はどこかぼんやりとした瞳をしていて、ああ、なるほどと思った。

足りないのはこれだ。戻っていないのはここだ。

昨日、教会にいた人たちの中で、私の胸に下がる石について知っていたのは和兄だけ。

マリア嬢も委員長も桂木くんも、それを知らなかった。

だから、彼らはすべてが終わったと思ったはず。

「詩織」

私は鏡の中の自分に告げた。

「あなたの瞳が、まだだね」

何度となく香りを吸って、夢か幻《まぼろし》か分からない世界での決戦を終えた。

このまま石の存在に気づかれず過ごせば、クリスマスにゲーム期間は終わるだろう。

ミシエル神父の石は消えたから、もうマリア嬢の存在に怯《おび》えなくていい。和兄はしばらく戦々恐々《せんせんきょうきょう》としてるかもしれないけど、今のマリア嬢は、私と彼との仲を誤解しているからちょっかいをかけたりはしないと思う。

「月島美少年も、水崎先輩も、金城先輩も、少なくとも不自然な態度は元に戻った……。イベントはまだ起こるのかな？　どちらにしろ三人とも攻略まであと少しだったみたいだし、マリア嬢にその気があれば、攻略できるのかもしれないけど」

昨日、あんなに戸惑っていたマリア嬢がそうするかどうかは分からない。

それよりも、彼女は土屋少年と仲直りをしなければいけない。そっちはゲーム期間内に終わるほど、単純なものではなさそうだ。

私はペットボトルのふたを空けた。

ほんの少し、好奇心がうずかないわけではない。

恋をするのって、どんな気分だろう。この石を誰かに渡したら、その気持ちが分かるだろうか？

……いや、誰かに心を奪われて、攻略されてしまうのは怖い。そうじゃなくて、もっと素直に誰かを好きになる日は、私に来るのかな。

「まあ、焦る気はないんだけどね」

私は苦笑いして、ペンダントチェーンを首から外した。そして、手のひらに載せた石に水を注《そそ》いでいく。

おかしな香りによるものじゃなくて、世界のシステムによるものじゃなくて……ちゃんと私自身の気持ちがなければ意味がない。

石として存在していたそれは、水に溶けるように、あるいは崩れて香りになっていくように、だんだん小さくなっていく。

やがてあとかたもなくなった瞬間に、ようやくすべてが終わった。

十二月①　クリスマスエンディングの行方です

十二月に入った。ハッキリ言おう。解放感バンザイ！　である。
石がないって、なんて素晴らしいんだろうか！　この安心感はすごい。
マリア嬢とも和解できたし、あとは期末試験さえ終われば……、終われば……。うう
う。ウソだ、私はまだ解放されてない。
十一月のドタバタで、頭の中が真っ白になっておりましてだね。
「詩織ちゃん、週末はおうちで勉強会にする？」
今週末は、裕美ちゃんと遊ぶ約束をしていた。だけど、裕美ちゃんに心配をかけるほ
ど授業についていけてない。具体的には数学が。
よってお昼休みの今、教室で教科書を開き、うんうん唸《うな》っているありさまなのだ。
数学なんて、なくなってしまえばいいのに。水をかけたら消えてくれないだろうか。
「たぶん、勉強会しても、どうにもならない……」
がくりと机に突っ伏す私。これでも、和兄に個別指導を頼んだりしているのだ。ア
パートを解約した和兄は、祖父の家に完全なる居候《いそうろう》になった。そのため、我が家にも

しょっちゅう顔を見せる。でも、ダメだ。いくら教えてもらったって、ちっとも頭に入ってこないの。

「二年生の修学旅行が終わったあたりから、ずっとじゃない？」

裕美ちゃんが尋ねてくる。

「……そうだなあ、そうかも」

どうにも決戦を終えたことで気が抜けたらしく、私は燃えカスみたいになっていた。

「この間はさあ。せっかく詩織ちゃんと恋バナできると思って楽しみにしてたのに、『気のせいだった』とか言い出すし！　それならそれで、お勉強に集中してだね」

決戦の後、ニヤニヤする裕美ちゃんに『恋かと思ったけど、気のせいだった』と告げたところ、『詩織ちゃんにはときめきが足りない』とお説教されたのである。

「いや、ごもっともで。でも裕美ちゃんもいろいろソワソワしてたよね？　週末に会えるのだって久しぶりじゃない？」

「イベントの準備で忙しかったからね」

裕美ちゃんはうなずく。どうやら彼女には、学園行事以外にもイベントがあるらしい。無論《むろん》、乙女ゲームのイベントではない。詳しく聞いたことはないけど、アニメとか漫画系のイベントなのだとか。そのうち教えてくれるかな。

「でも衣装は準備できたし。ふふふふふ、詩織ちゃん、いつまでも他人面《たにんづら》はさせないよ」

「え？」

「ハロウィン喫茶で詩織ちゃんのサイズを調べた私に、ぬかりはないね」

「……え？」

裕美ちゃんはニヤニヤするばかりで、それ以上は何も言わなかった。

ときめきという点で言えば、彼女のときめきポイントも色恋《いろこい》とはズレてる気がする。

教科書との戦いに疲れて、お弁当を広げ直した私に声をかけてきた人物がいた。マリア嬢である。

「ねえ、新見さん」

マリア嬢は周囲をキョロキョロ見まわしてから近づいてきた。そして私の隣の席――土屋少年の席に腰を下ろし、私と裕美ちゃんに顔を寄せてくる。

「どうしたの？　愛川さんも一緒に食べる？」

裕美ちゃんが尋ねた。マリア嬢は、いつもなら京子嬢と一緒に食事をしている。

「ううん。京子ちゃんと一緒に食べたから平気。それでね？」

うん、構わないのだけど。私はこれから食べるところなのだ。食べながらでもいい？

私が箸《はし》を手に取ろうとすると、マリア嬢は真剣な表情で尋ねてきた。

「新見さんの本命は、どっち⁉」

……は？

私は思わずきょとんとしてしまった。一方、裕美ちゃんが合点《がてん》のいった顔をする。

「あー、あー、分かる、分かるよ、愛川さん。それについては私から説明するよ」

え？　あれ？

裕美ちゃんは訳知り顔でうなずくと、ポンとマリア嬢の肩を叩いた。

「それどころか二択ですらないんだよ。でもね、詩織ちゃん、まだ分かってないから。焦らせないであげてね」

「え、でも。ほら」

「うん。分かる。そう思うでしょ？　でもね、違うの。許してあげて。詩織ちゃんはお子チャマなの。もう少し時間がかかりそうなの、でもこういうのって時間かかったほうが楽しいよね？」

裕美ちゃん、それはフォローなのか？　フォローになってるのか？

「じゃあ、誤解なんだ……。残念……」

私がなんだか納得のいかない顔をするのに対し、マリア嬢はすごく残念そうに言った。

「でも誤解なら京子ちゃんに言わなくて良かったかも。噂《うわさ》になるかもしれなかったし」

ちょっと待てぇえええ。何を広めるところだったんだ、あんたは⁉

「エライ、愛川さん！　よく堪《こら》えてくれた！　そこはグッと！　グッと耐えつつ、ニヤニヤ顔で見守るのが女の友情だよ！　今、私はシンパシーを感じたよ！　ねえ、メルアド交換しない⁉」

「えっ。い、いいの？　喜んで」

どうやら二人の間には友情が芽生《めば》えたらしいんだけど、私は取り残された気分である。

ちぇ。いいよ、いいよ。一人寂《さび》しくお弁当つつくよ……

だけどその後、私も連絡先を交換してもらいました。マリア嬢のメルアドだー、ひゃっほう。


さて。全校挙げてのクリスマスパーティなんてものが、この学園にはある。

生徒会役員と学級委員が駆り出されて、準備やら何やらを行う。このパーティの実行委員がいないのは、体育祭や文化祭に比べると、やることが少ないからかな。

放課後になり、私と委員長は会議室に向かって歩いていた。これから、クリスマスパーティの会議があるのだ。

「新見さん、お疲れだね？」

委員長に尋ねられ、私はうなずく。

「まあね……」

「朗報《ろうほう》があるよ。月島くんの石が、なくなったらしい」

「……ホントに？」

「疑り深いね。でも、本当。盗まれたわけでもなく、壊れたわけでもない。聞いてみたら、『いつの間にかなかった』って言ってたよ。月島くんは石をヴァイオリンケースに入れてたから、毎日見てただろうし」

「そんなとこに入れてたの？」

「彼にとって、一番安心できる場所だろ？」

まあ、そうなのかもしれない。彼はカバンより、ヴァイオリンケースを常に持ち歩いていそうだし。

「興味があったら聞いてみるといい。たぶん、何か心境の変化があったんだろうからね」

無事に自分の内側に戻せたなら、それに越したことはない。

というか、月島美少年といつ話すようになったんだろう。ほとんど接点なさそうだったのにな。

「水崎先輩と金城先輩も、修学旅行から帰ったころには、もうなかったみたいだしね。どうなってんだろうなあ」

私は首をかしげた。修学旅行で何かあったのかな。個人的には気になるんだけど、さすがに聞いてはいない。

ただ帰ってきた後、金城先輩から少しだけ話を聞いた。十一月の決戦の後、二人は交換してた石を元に戻したらしい。水崎先輩に本人の石を持たせることに不安はあったけど、そのおかげで消えたんだろうと言っていた。

「あとは、日比谷先生と桂木くんかな」

委員長はそう言って、チラリと私を見やる。

「個人的に、そっちは長引きそうだと思うんだけどね」

「どうしてよ？」

「問題が解決しないと、無理そうだからさ」

委員長は意味深に笑う。

「ところでね、委員長。決戦があんなに面倒なことになった理由って、分かってる？」

私がジト目を向けると、委員長はわずかに怯《ひる》んだ。

「委員長の秘密主義が原因の一つだと思うんだよね。一人で動いた委員長は、向こうに取りこまれちゃうし」

私は、そのことに腹を立てていた。

覚えてるかな？　委員長はね、私も一緒に行くと言ったのを断ったんだよ。『邪魔だから』なんて言ってたくせに、自分は罠《わな》にはまったのだ。まったく許しがたい。

「……だから、その後はちゃんとなんでも話してるだろ？」

委員長は渋々といった調子で言った。確かに、あれからは私と和兄に情報を流してくれている。それは確かなんだけど。

「その割に、かず、……」

和兄なしでは、という言葉を呑みこみ、私は言い直した。

「その割に、私と二人きりの時に話そうとしないのはなんで？」

このごろ、委員長と二人で話すのは、こういう移動中とかばかりなんだよねえ。最近は放課後に喫茶店に誘っても、なんか避けられてるし。

委員長は目を逸《そ》らした。「あー」とか「うー」とか言って天井を見上げながら、ため息を漏《も》らす。

「……ボロが出そうで怖いんだよ」

ぼそりと委員長は言って、廊下を進む足を速めた。

「ああ、もう、急がないと遅刻するよ？」

まったく説明になってない。納得いかなかったのだが、遅刻は問題なので私も続く。ムッとした私の顔を、委員長は見ようともしなかった。

会議を終えた私は、自宅に帰るとすぐ勉強をはじめた。

リビングで教科書を開き、うんうんと唸《うな》る。

なんかもう、唸ってるだけで何もしてない気がしてきた。和兄が帰ってきたら教えてもらおうと思っているのだが、まだ帰ってこないし。

そして気分転換に紅茶でも淹《い》れようかと、立ち上がりかけた時――

プルルル、と電話がかかってきた。

「えーと？　誰……。……桂木くん？」

意外すぎる。彼は携帯電話を持っていないから、これは自宅の番号だ。教えてもらった後、登録はしておいたんだよね。

「ハイ、もしもし」

『……新見？』

通話ボタンを押すと、桂木くんの低い声が聞こえてきた。

……しまった。電話って危険じゃない？　桂木くんの低く響く声を耳元で聞くのは、ちょっと心臓に悪いんだけどなあ。

『新見？　今、邪魔だったか？』

確認するように尋ねられた。私は苦笑いしつつ、答える。

「ああ、ゴメンね。ちょっと勉強中だったの。どうしたの、突然？」

『……石の件で』

桂木くんは言った。

「……何かあったの？」

私が、神妙《しんみょう》な声を出したからかな。桂木くんは迷ったような沈黙の後に、こう続けた。

『今朝、少し欠けたんで、もしかしたらと思って』

「……？　どういう意味？　欠けたって。なんか問題が起きたってこと？　大丈夫なの？」

『いや、説明が悪かった。そうでなくて……、消し方が、分かった気がしたんで』

「ええ⁉」

一体、どんな方法だというのか。私の石は水をかけたら消えたけど、それがなぜなのかは結局分からなかった。

『それで、……頼みがあるんだけど』

「うん？　私にできることなら、いいけど」

『名前』

……はい？

ぽかんとして黙りこむと、なんとなく、桂木くんが電話の向こうで苦笑いする気配がした。

「呼べばいいの？」

『ああ。たぶん、それで消える』

どういうわけだ、そりゃ。意味が分からなくて首をかしげたけど、まあ、そう言うんだったら協力するか。

「鏡矢くん」

私はあっさり口にした。しばらくの間、沈黙が続く。

「どう？」

『ああ。……消えたよ。思ったとおりだけど……、厄介だな、これ』

「え？」

『電話にしといて、正解だった。それじゃ、また』

プツリと電話は切れて、私は肩をすくめる。

「誰だ、今の」

ふっと影がかかったので見上げると、そこにはいつの間に帰ってきたのか、和兄の姿があった。

怒りをたたえた般若《はんにゃ》のような顔をしている。その表情、久しぶりな気がするなあ。機嫌が悪そうだ。

「桂木くんだよ」

私はそう言って、折り畳み式の携帯電話をぱたんと閉じた。

「あ、そうだ！　月島美少年の石が消えたって、委員長が言ってた。あと本当かどうか分かんないけど、桂木くんも」

　今日一日で得た情報を和兄に伝える。これで残るは和兄の石だけだ。

「……桂木もか？」

　和兄はネクタイを緩めながら、リビングの床にそのまま座りこんだ。ソファの背にかかっていた彼のジャケットをハンガーにかけて、私はうなずく。

「……おまえ、何かしたか」

「頼まれて、名前を呼んだけど。なんか、急に消し方が分かっちゃったんだって」

「あの野郎……」

　和兄がギリと奥歯を噛《か》み、それから大きく息を吐いた。

「それより、数学教えてよ。ちっともダメなんだよ。頭に入らないうちに授業が進むと、手がつけられない」

　私の訴えに、和兄は少し表情をやわらげた。気が抜けたというか、呆《あき》れたというか、そんな顔だ。

「おまえ、今日の授業でも頭抱えてたもんな。……糖分取りながらやれよ？　太るとか言ってないで」

「ハイハイ、そうでしょうよー。どうせ体重増えましたよ。去年の冬服が入らなかったショックを、和兄に言ったってわかんないんだろうけどさ」

「……気づいてないのか？　どこが増えてるか」

「え？　体重」

「なんでもない」

その後、数学を教えてもらっていたんだけどね。

……あー、もう。ダメだわ。ちっとも頭に入ってこない。

別に、和兄の教え方が悪いってわけじゃないんだよね。分かってる。

「で、ここの数式が……」

和兄の長い指が教科書の文字を辿《たど》る。私は必死にそれを追いかけながら、ノートと教科書を交互に見つめた。和兄の甘い声は心地よくて、なんだか安心するような、落ち着かないような、そんな感じ。

「え、と。こ、ここで使うのが、こっちの数式？　……あ、あああ！　分かった。意味が分かった！」

「よし。じゃあ、まずこの問題やってみろ」

「うん」

こっくりうなずいて、初歩の問題からやっていく。

数学は理屈が分からないとどうしようもないし、一足飛びに次の問題を解こうとしてもできない。足し算、引き算が分かるだけじゃ、割り算の問題は解けないしね。

ふと、私は胸の奥がざわつくのを感じた。和兄がさ、たまにこっちを見るんだよね。本人は気づいてないんだと思う。だけどね。なんか、熱いんだ。視線が熱い。教師モードが解かれる瞬間に覗《のぞ》く瞳の色は、すごく……

落ち着かなくて集中できない。その熱い視線の理由を知りたくて、でも知りたくない。ただ一＋一の答えが分かるように、彼が私を大事にしてくれてることは分かるんだ。

「……うー……」

まぶたが重くなってきた。ノートに突っ伏した私に、和兄がため息をついた。

「限界か？　仕方ないな。……休憩しよう。飲み物を持ってきてやる」

ぽふぽふと頭を撫《な》でてくれる優しい手のひら。

彼は、私の髪が猫みたいで気持ちがいいと言う。本当は、私だって気持ちがいいんだ。和兄は知らないんだろう、自分の手のひらがどんなに大きくて、あったかくて、安心するかなんて。

「紅茶にしてー……、砂糖いっぱい入れて」

私がへろへろした声で言うと、和兄は笑った。

「帰りにプリン買ってきたから、紅茶はストレートにしとけ」

「どこのやつ？」

「銀座のプレミアムスタースイーツ」

そりゃまた、高そうなのを。

「和兄のプリン好きは異常」

苦笑いをして、和兄は立ち上がった。

たぶん、台所に向かったんだと思う。帰りに買ってきたというプリンも、きっと持ってきてくれるに違いない。

「──詩織？」

いつの間にか、うとうとしていたみたいだ。頭を使いすぎたらしい。

プリンの美味《おい》しそうな香りと、紅茶の優しい香り、ついでに甘い声が聞こえる。

「こんなところで寝るな。風邪引くぞ」

うん、分かってる。まだ寝ないよ。数学のほうもケリがついてないし。そもそも銀座のプレミアムスタースイーツのプリン、食べたいし。

返事をしようとしたら、和兄が近づいてくる気配がする。

「ったく、いつまで子供なんだ、おまえは。……いや、それに安心してる俺も、問題か」

和兄はそう言って、私の向かい側に座った。カチャッとカップが置かれる音が聞こえる。一人でプリンを食べる気かもしれない。起こせよ、こらー。

まぁ自分で起きればいいんだけど、まぶたが重くって仕方ない。

「子供じゃないもん……」ぼそっと私は文句を言う。

まぶたは重いものの、口は動く。この調子で起きてプリンを食べよう。数学は後まわしだ。ぐっと起き上がろうとして……やっぱり無理だった。ダメだ、顔洗ってこよう。

「どこがだ。……てか、子供じゃなかったら、悪女だからな、おまえ」

「しっつれーな……」

ぐぐぐっと、今度こそ顔を上げ、……眠気がいっぺんに覚めた。

愛《いと》おしそうにこちらへ向けられた、和兄の瞳。熱すぎる眼差《まなざ》しとは違う、ペットを愛《め》でるみたいなものとも違う、満たされたような視線。

和兄は静かに立ち上がって、私の隣に座った。そして、ふわりと私の頬を撫《な》でる。

抵抗しなかったせいかな？　手はそのまま私の耳元に下りてきて、いつの間にか近づいていた彼の顔が、鼻先にあった。

コツンと額《ひたい》が当たりそうになる。彼の口元には、どこか悪戯《いたずら》めいた笑みが浮かんでいた。

やがて優しかった視線が、少しばかり色を変える。戸惑うような、期待するような、そんな色。

「……詩織？」

抵抗しないと、……するぞ？　みたいな、唇の動きが目に入って……

～～～～～～～～っっっ⁉

ガタン、と私はよろめく。

両手を使って、目の前のイケメン顔を思い切り押し返した。

「ああ、ハイハイ。何もしないよ、分かってるだろうが」

あっさりと言った和兄は教科書をテーブルの端に寄せ、プリンを並べた。その作業のために横に来たのか。

さすがは銀座のプレミアムスタースイーツ。一個いくらか知らないが、カップまでオシャレである。

「か、か、和兄っ‼」

私は叫んだ。だけどすぐに、プリンを凝視《ぎょうし》する。プリンだ、プリンを見るのだ。私の前にはプリンしかない。

「紅茶に砂糖が欲しいから取ってきて！　角砂糖三つくらい！」

「は？　プリンと一緒に食べるのに砂糖入れるのか、おまえは」

「頭使いすぎて糖分が欲しいの！　糖分取れって言ったの、和兄でしょうがっ！」

「分かったよ。ちょっと待て」

広い背中がリビングを出て行くのをチラリと見送って、私は必死に頬を叩く。

「〜〜〜〜〜〜〜〜っっっっ」

顔が、熱い。鼓動が速い。泣きそうだ、どうしよう。

私、石の戻し方を間違えたんじゃない？　おかしいよね？　誰にも触らせてないのに、こんなの絶対に変なのに。

勝手に意識して、勝手にドキマギして、……それで、勝手に何を考えてる⁉

ああ、もう、分かってるよ。何もないってことくらい。何をされると思ったんだ、私のアホ！

当たり前だけど、和兄はそんなやましいことを言おうとしたわけじゃない。

なんとなく、唇の動きに合わせて、私が勝手にアテレコしただけだ。

「か、和兄がロリコンなのがいけないんだ。ロリコンだから、その、……おのれ、ロリコン教師め」

うわぁああん！　頭がおかしいのは私のほうだ。

「誰がロリコンだ」

聞こえていたらしい。チラリと目を向けると、和兄が苦い顔をして見下ろしてくる。

私はすぐにうつむき、「やーい、ロリコン」と言うことで抵抗する。子供か、私は。

「ああ、そういや。おまえ心配してただろう、俺の石の件」

「え？」

最後に残ったのは和兄の石。攻略対象中、ただ一つ残っていると思われる。

チャリッと彼のペンダントチェーンが机の上に転がり、私は驚いた。

先端の石が、ない。

「決戦の後、家に帰ったころにはなかった。囮《おとり》のために自分で手放したってのが良かったのかもしれないな」

それならそうと、早く言ってよ！

その後、私は紅茶に角砂糖を七つも入れて今度こそ半べそをかいた。

銀座のプレミアムスタースイーツのプリンは上品な甘さで美味《おい》しかったのに。

焦りや照れを隠す時には、もう少し違う方法を考えたい。

□■□

聖火マリア高等学園で開催される、全校挙げてのクリスマスパーティ。

せっかく教会があるんだからそこを使うのかと思いきや、そうではない。教会はあくまで宗教施設なので、お遊び半分の行事には使わせてもらえないのだ。クリスマス礼拝はやっているんだけどね。

今日は十二月二十四日。クリスマスパーティ当日だ。

この学園には校舎が三つある。

西校舎、東校舎、中央校舎がコの字を描くように建てられていて、その真ん中には桜の木が植えられている。この木がデコレーションされてクリスマスツリー代わりとなる。電飾なんか使って木が傷《いた》まないのか心配だが、どうなんだろね。

講堂では理事長先生のありがたいお言葉が聞けるらしいが、誰も聞く人なんかはいない。桜の木の周辺に集まって、好き勝手に飲んだり食べたり踊ったり……愛を語ったりするわけだ。

ゲームどおりにシナリオが進めば、この日はそのままクリスマスデートになるのだとか。

デートの最後に教会に立ち寄り、そこで『愛のキャンドル』を灯せばエンディングを迎える。

デートをした相手がお相手になるのかと思いきや、「最後にどんでん返しがある可能性も否《いな》めない」と委員長が言っていた。まったく気の抜けないゲームである。

クリスマス仕様になった桜の木を見上げ、私はホッと一息をつく。

「詩織ちゃん、お疲れだねえ」

裕美ちゃんが言った。クリスマスパーティと言っても、学園のイベントだから皆制服姿だ。サンタの帽子くらいは許可されているので、裕美ちゃんと私はおそろいの赤い三角帽子をかぶっていた。

「クリスマスパーティにまで駆り出されるなんて。学級委員ってつくづく雑用だね」

飲食スペースの準備や桜の木のデコレーションをしたのは、生徒会と学級委員である。この調子で年度が終わるまで働かされるのは間違いない。

「相変わらず冷《さ》めた感想だね。まあ、私も人のこと言えないんだけど……クリスマスくらいは、なんかないの？　こう、ときめいてみたい！　って気持ちは」

「……ないわけじゃないんだけど」

私がごにょごにょ言うと、裕美ちゃんはぱあっと顔を明るくした。

「ほほう！　それは良い傾向。具体的には誰と？　誰と？」

「いや、具体的なビジョンはないというか」

そうなんだよね。誰と、ではなく、漠然《ばくぜん》とそういうのもありかなーというレベルだ。

「あれ、立候補してもいいのかな、それは？」

ひょいと顔を覗《のぞ》かせて、シャンパングラスを手渡してきたのはデザイナーくんだった。彼はサンタ帽子じゃなくて、トナカイ帽子をかぶっている。なんというか、似合う。

「ハイ、詩織ちゃん、裕美ちゃん」

「これ、……炭酸？　アルコールじゃないよね？」

私が尋ねると、デザイナーくんは笑った。

「ジュースだよー。学園でやるパーティでアルコールが出るわけないでしょ。とはいえ先生方は、今日は賑《にぎ》やかなんじゃないかな？」

「え。センセーたち飲んでるの？　ワインとか？」

裕美ちゃんが両手でグラスを受け取って首をかしげる。ワインかー。クリスマスにはそちらのほうが似合うけど、なんとなくビールを飲んでるような気がする。

どっちにしろ泥酔《でいすい》した和兄は酒臭いので、飲むんだったら我が家には顔を出さないでほしい。

「そういえば、クリスマスパーティって会場が二つあるの知ってた？」

デザイナーくんはそう尋ねてきたが、会場準備した私に聞くとは愚問《ぐもん》である。

「講堂と前庭でしょ？」

私が答えると、デザイナーくんは悪戯《いたずら》めいた表情でちっちっちっと指を横に振る。

「体育館がダンスフロアになってるんだよ。毎年恒例らしいって言ってたけど、詩織ちゃんは知らない？」

知らないなあ。私は首をかしげて答える。

「恒例だとしても、生徒会主催じゃないね、それ。だったら知ってるはずだし」

「ダンスパーティかぁ！　楽しそう。詩織ちゃん、行ってみようよ」

ぐいっと私の腕を引いて裕美ちゃんが言った。

「え、でも、裕美ちゃんダンス苦手じゃあ……」

「いーのいーの、こういうのは場の雰囲気を楽しむもんでしょ。私は踊らないよ。ほら、火村くんも来る！」

え、デザイナーくんもなの？

私が首をかしげたままでいると、当然のような顔でデザイナーくんはついてくる。

「わざわざ女の子にこの話題して、オレが行かないと思う？」

「……まあ、そうかな？」

つまり、これはお誘いだったわけか。

「火村くんも、女の子たちから誘われたんじゃないの？」

「誘われたけどねえ。踊りたい子がいないのに行くのも、ちょっと残念じゃない？」

「うん？」

つまり、私と裕美ちゃんは踊りたい相手だと？

目をぱちくりさせながらデザイナーくんを見やると、彼は意味深に口の端を上げた。

「その子が運命の女の子かどうかは、まだ分からないけどね」

私の腕を引く裕美ちゃんの手をひょいっと取って、デザイナーくんは笑う。

「ああ、ほらほら、急ぐと転ぶよー。裕美ちゃん、走るの得意じゃないでしょ」

石につまずきそうな裕美ちゃんを支えて、デザイナーくんは少し真面目な顔をした。

「そういや裕美ちゃんてさ、オレのアクセサリー、ずっとしてくれてるよね」

「え？　あ、ああ……カバンの？　だってほら、……高かったしね？」

不思議そうに答えた裕美ちゃんに、デザイナーくんは「ちぇっ」と小さく舌打ちしてから続けた。

「気に入ってくれたんだったら……これもどうかなって思ったんだけどな」

デザイナーくんの指がするりと伸びた。

裕美ちゃんがきょとんとしている間に、彼女の片耳にはイヤリングがついていた。

「同じデザインのやつだよ」

くすりと笑って、デザイナーくんは手をひらひらさせつつその場を離れる。

「それじゃ、また後で。ダンスフロアで会おうよ。その時にもう片方をあげるから」

「……あれ？」

何度も瞬《まばた》きして、それを見送る裕美ちゃん。やがて耳元に手をやり、そこに何かがついているのを確認する。

「あのデザインって、イヤリング向きじゃないと思うんだけどな……？」

……ち、違うよ⁉　裕美ちゃん⁉　この反応は、ときめきが足りてないよ⁉

「まあ、いっか」

私はドキドキしながら様子をうかがっていたのに、裕美ちゃんは再び私の腕を引いて歩きはじめた。

「さーあ、行くよ、詩織ちゃん！　せめて一人くらい、男の子と踊らないと許さないからね！」

うわぁあん、ズルイ。自分はすでにデザイナーくんを確保してるからって！　知り合いがいなかったらどうすりゃいいんだよ！

デザイナーくんでもいいんだったら、いいけどさあ⁉

辿《たど》り着いた体育館は、確かにダンスフロアになっていた。

いつの間に装飾したんだろうなあ。前庭の桜の木とは違って電飾はほとんどないが、キラキラのオーナメントが至るところに飾られていて、いかにもクリスマスって感じだ。

しばらくしてデザイナーくんにつかまった裕美ちゃんが、へっぴり腰ながらダンスを踊るのを見守る。

二人きりだったらドキマギしそうなものだが、そこはそれ。デザイナーくんの周りには女の子たちがたくさんいる。輪になって踊ろうといった具合だ。大変楽しそうではあるんだけど、ハタから見ていてときめかない。

会場に流れているのは、ヴァイオリンの演奏だった。

弾いているのはなんと月島美少年だ。さらに月島先輩がピアノ伴奏をしていることに驚愕《きょうがく》し、私は言葉が出なかった。

ピアノ！　ピアノを弾く人だったのか！

兄弟による演奏が実現したってことは、彼らの間の確執《かくしつ》はもうないと思っていいんだろうか。

ちなみに月島美少年には、ミシェル神父との決戦後も、たまにマリア嬢が声をかけている。

イベントを起こすためではなく、ごく自然にお友達付き合いをしているようだ。

ダンスフロアには月島兄弟とダンスを踊りたい女の子たちがたくさんいるみたいだけど、演奏に集中している彼らは相手をしていない。

「あらまあ、ズルイわね、月島先輩」

くすくすと笑う声が聞こえて顔を向けると、そこには田中先輩がいた。

「え、ズルイってどういう意味です？」

楽しそうに笑う田中先輩は、ほんのり頬が上気していてご機嫌だ。

「あら、そのブローチしてくれてるの？」

田中先輩が私の胸元を指して言った。

そうなのだよ。田中先輩、修学旅行のお土産《みやげ》を買ってきてくれたのだ。和柄の生地《きじ》を使ったブローチで、モチーフは猫である。小さいけど上品で可愛らしい。ちょっと高いんじゃないかとヒヤヒヤしたのだが、嬉しかったのでありがたく受け取り、制服の胸元につけている。

「あ、ハイ。その、可愛いので」

思わず熱くなった頬に手をあててると、田中先輩は目を細めて笑った。

「それは良かった。あ、そうそう、月島先輩の話よね。先輩って、実はかなり女性にモテるでしょう？　当然こういう時にはダンス希望の子が群《むら》がってくるから、毎年クリスマスは演奏係なのよ。ピアノを弾いていれば、誰も邪魔できないものね」

「え、……と。月島先輩、ダンス嫌いなんですか？」

「というよりも、女性に言い寄られるのが苦手なんでしょうね。前に、好みのタイプは奥ゆかしい女性だって言ってた気がするもの」

「今年で卒業だから……、心配事が一つなくなって良かったわ」

残念よね、とどこか微笑《ほほえ》ましそうに田中先輩は言った。

田中先輩は、月島兄弟を見つめて言う。

もしかしたら彼女も、二人の確執《かくしつ》について胸を痛めていたのかもしれない。

「そうそう、新見さん。今年の冬休みは何か用事はある？」

「え？　えーと。特にないです」

年明けに、初詣《はつもうで》に行くくらいかな。裕美ちゃんを誘ってみるつもりだ。ふふふ。

「なら、また短期バイトしない？　私は冬休みに入ると同時に行く予定なのよね」

おおっと、ウェイトレス再びか。ふむ。

「あ、じゃあ、予定を確認してからのご返答でもいいですか？　ちょっと即答は難しいので」

念のため、親に正月の予定を確認してからにしよう。

母方の祖父母は隣の家に住んでいるので帰省の必要がない。

父方の祖父母のところに顔出しする予定はあるんだけど、こっちは例年日帰りなのだ。

とはいえ、確認はしなくちゃね。問題なければバイトを入れて、今度こそ貯金なぞもしてみようではないか。お金の上手なやりくりを覚えるのも、大事なことだ。

「ええ、もちろん。……あら、そういえば新見さんの連絡先って知らないわ。教えてもらってもいい？」

もっちろんでございますよ。というわけで、田中先輩と連絡先を交換した。ふふふ。

これは嬉しい。やっほう。

「貧乏人はまたバイトか」

高揚《こうよう》する気分を台無しにする声をかけられ、私は思わず非難の目を向けた。

水崎先輩と五味部長率いるファンクラブ。それに金城先輩だ。なんという集団。ファンクラブの女性陣がメイクアップしているので、とても華やかである。

「あら、堅実に働くことに文句でもあるの？」

呆《あき》れたような口調で田中先輩が言う。

「あなたは連日、挨拶《あいさつ》まわりをしなくちゃいけないのよね？　年始早々、失礼のないように注意したほうがいいわよ」

田中先輩の指摘に、水崎先輩はうっと言葉を詰まらせた。

なるほど、水崎先輩はセレブである。しかも財閥の一人息子。お正月なんて言ったら、あちこちの要人に挨拶したりなんだりと、忙しいだろうな。

「田中さん、それくらいにしてあげてください」

金城先輩が笑みを浮かべる。

「このごろ忙しくて、ファンクラブの方々にサービスもできず、誉はけっこう参ってましてね。社交ダンスなら得意だからと、ここに来たんです。よろしければ田中さんもいかがですか？」

「わたしはファンじゃないから遠慮するわ」

ばっさりと断って、田中先輩は五味部長を見やった。

「五味さんも、クリスマスパーティを楽しんでいってね」

「ええ、ありがとう。水崎様がご用意なさったパーティだもの。参加できるだけで幸せよ」

にっこりと微笑《ほほえ》んで、五味部長はファンクラブ一同を引き連れていく。

この一団が来たことで、会場の雰囲気は一変してしまった。

水崎先輩が華麗な社交ダンスを披露《ひろう》し、ファンクラブの子たちが一緒に踊るべく順番待ちをしている。なんだ、これ。

得意というだけあって、水崎先輩のダンスは様《さま》になっている。ただの制服なのに、燕尾服《えんびふく》でも着ているみたいだ。相手の女の子たちは、社交ダンスの経験なんてないだろう。だけど、水崎先輩は見事なリードで彼女たちと踊り続けている。

思わず感心していると、金城先輩がやってきた。

彼はダンスをするつもりはないらしい。隠れファンの生徒たちから熱い視線を注《そそ》がれているものの、スルーしている。

「田中さんと新見さんは、ダンスはお得意で？」

おいおい、いきなりなんて質問だよ。それって体育の授業でやる創作ダンスとかのことじゃないよね、社交ダンスについてだよね。

「さっぱり経験がありませんし、興味もないです」

私が答えると、彼は笑みを深くした。

「ハッキリしてますね。『あまり得意じゃなくて』くらいのやんわりした返答を期待したのですが」

「フォークダンスと違うってことは、分かるんですけどね」

あと、水崎先輩のダンスが見事だってことくらいなら分かる。ダンス大会に出られそうだと思ったが、考えてみたら見たことがないので比較できない。

「ダンスねえ……」

田中先輩は少し首をかしげた。

「水崎くんも気の毒ね。リードするばかりじゃ、練習にならないでしょうに」

「……え？」

私と金城先輩は、同時に声を上げた。

「わたしは、どちらかというと男性パートのほうが得意なのよ。ねえ、良かったら新見さん、わたしと踊らない？」

相手が水崎先輩や金城先輩なら断るところだが、これが田中先輩なら話は違う。反射的に「ハイ！」と答えて、私はダンスフロアへ繰り出した。

社交ダンスなんて、踊ったことはない。ひとまず基本のステップを簡単に教えてもらって、さっそくダンスをはじめる。

すると、田中先輩のリードが上手すぎて、自分が踊れないというのが嘘みたいに楽しかった。

これはスゴイ。生徒会総選挙ではわずかな得票差で敗北したが、こちらなら水崎先輩にも勝てそうだ。

二曲分まるまる踊った後、私は息が切れてしまい解放された。社交ダンスって、体力を使うらしい。

戻ってきた私と田中先輩を出迎えた金城先輩は、なぜか思いつめたような目をしていた。

「ふふ、ね？　男性パートのほうが得意でしょ。もしどうしても練習にならないようなら、お手本見せてあげるわって伝えておいて」

田中先輩がそう言うと、金城先輩は微笑《ほほえ》んだ。

「ええ、必ず伝えましょう」

それにしても、田中先輩は息一つ切らしていない。体力あるなー。

「ちなみに、先輩はどうして社交ダンスができるんです……？」

不思議に思って尋ねると、田中先輩はにこにこしながら言った。

「ジャズダンスも、社交ダンスも、ベリーダンスだってできるわよ。叔母《おば》がダンス教室をしていてね。彼女が上手く教えられるように、練習に付き合ってたから」

田中先輩の知り合いは、謎の人間が多い気がする。

さて、男の子とは踊らなかったが、男性パートを担当してくれた田中先輩とは踊った。裕美ちゃんの出した条件はクリアだろう。

そう思いつつ、デザイナーくんからようやく解放された裕美ちゃんのもとへ向かった。

彼女は少ない体力をダンスで根こそぎ奪われたらしく、もはや息も絶え絶《ただ》えである。

「どこかに休憩しにいく？」

飲み物があるとこがいいかな。そう思って尋ねると、裕美ちゃんはぜえはあと息を切らしつつうなずいた。

おおっと、両耳にイヤリングが。デザイナーくん、約束どおり、もう片方もくれたんだな。

「おのれ火村くん。私が運動苦手と知ってて、振りまわすなんて……」

恨《うら》めしそうな声を漏《も》らす裕美ちゃんを支え、私は体育館を後にした。

体育館から移動するなら、講堂が近いだろう。

外で待機するには寒い時期よねー、理事長先生のありがたいお言葉が終わってるといいなぁ。そんなことを考えながら歩いていると、困った光景にぶち当たった。

講堂の入り口で、対峙《たいじ》する男女。

マリア嬢と京子嬢、それに土屋少年である。

「だ、だからっ！　単に話があるってだけだろ」

「ふふん、マリアと話したかったら、まずあたしを倒していきなさい！」

「そういう問題じゃねえよ！」

「あたしの前で話せないような内容なら、マリアと話をさせるわけにはいかないわよ！」

「だっ、このっ……」

「あ、いや、あの、京子ちゃん、さすがにそれは……」

「愛川っ！」

京子嬢と口論するには分《ぶ》が悪いとばかりに、マリア嬢へ向き直った土屋少年。だが、肝心の彼女は土屋少年に視線を向けられるとプイッと顔を背けてしまう。

十一月の決戦を終えた後、この三人はいつもこんな感じである。

土屋少年としてはマリア嬢に言いたいことがあるのだろう。しかし二人きりで話すことに抵抗のあるマリア嬢がそっぽを向き、それを見た京子嬢が過剰《かじょう》に庇《かば》おうとするのだ。

どうやら仲直りはいまだ成立していないらしい。

マリア嬢は拗《す》ねている、というか……意地になってるに違いない。

「く。こんなところで痴話喧嘩《ちわげんか》とは、やるな……」

がくっとオーバーリアクションをしながら裕美ちゃんが言った。

私は三人の視界に入らないよう横を素通りし、裕美ちゃんを連れて講堂に入った。

理事長先生のありがたいお言葉は終わったみたいだ。舞台の上には誰もいない。

後ろのほうの席に裕美ちゃんを座らせて、ふうと息を吐いた。

外のベンチでもいいんだけどさ、もう年末だし寒いでしょ。

「あー、ゴメン、ちょっと寝させて……」

裕美ちゃんがそう言って、隣に座った私の肩に頭をのせてうたた寝をはじめる。精根《せいこん》を使い果たしたらしい。デザイナーくんめ。女の子に無理させるとか、どういう了見《りょうけん》か。

「いーよ、いーよ、寝てなって。保健室行く？」

「ヤダ。もう歩きたくない……」

裕美ちゃんは、すうすうと小さな寝息を立てはじめる。寝つきがいいんだなあ、と感心することしきりだ。なんだか信用されてるって感じで嬉しくなっちゃうね。

そんなことを考えていたら、ふっと影がさした。

うん？　とばかりに顔を上げると――

そこには桂木くんがいた。

「詩織」

……うひぃぃいいいいいい。

身体が強張《こわば》る。ミシェル神父との決戦の時、桂木くんに、すべて終わったら名前で呼んでいいかって聞かれた。確かに私、名前で呼んでもいいって答えたよ。和兄だってデザイナーくんだって名前で呼ぶんだし、何もおかしなことはない。

だけどさ、なんかこう、耳にびりびりするんだよね。彼の声。いまだに慣れない。

「あ、あれー、桂木くんも講堂に来たの？　珍しいね？」

桂木くんは、堅苦しいのが苦手らしい。それなのに理事長先生が話をしているような場に来るなんて。

引きつった笑みを浮かべながら言うと、桂木くんは少しばかり複雑そうな顔をする。

「……追われて」

ああ、なるほど。

「もしかしてダンスフロアに行った？」

「ああ……」

「で、女の子たちに囲まれて、上手く断れなかったから、逃げたと」

「……」

「講堂なら、理事長のありがたーいお話目当ての人しか来ないし、人気《ひとけ》がないもんね」

まあ、ここなら落ち着けるし。分からないでもない。

「……よく分かるよな、いつもながら」

「桂木くん、割と分かりやすいよ？」

「……そうか？」

「うん」

うんにゃ、と裕美ちゃんが小さな声を漏《も》らした。ふふふ、子供みたーい。

撫《な》でちゃおかな、とニコニコしていたら、ぽふり、と頭に何かが載った。

見上げると、桂木くんの手のひらが私の頭の上に置かれている。

ぽふぽふ。ぽふぽふ。ついでに、まっすぐこちらに向けられる視線。

えーと？　もしかして撫《な》でられてる？　それとも叩かれてる？　何してんだ、一体？

「……どうしたの？」

「……あ」

ハタ、と我に返ったような顔をして、桂木くんは気まずそうな表情を浮かべた。

「いや……」

桂木くんの手が離れる。彼はそのまま口元を手で覆《おお》ってそっぽを向き、しばらく固まった。そしてやがて、「……すまなかった」と言った。

もしかして、彼も裕美ちゃんの寝顔が可愛いと思ったのかな。

妹ちゃんに対するリアクションだったとか？　それにしては、撫でられたの私なんだけど。とりあえず、無意識の行動だったことは理解した。

私が疑惑の目を向けると、桂木くんは目を逸《そ》らしたまま、「な、なんでもない」と口ごもる。彼の目元がなんとなく赤い。

「……つい、手が出た」

ぼそりと呟《つぶや》いた言葉に、ますます首をかしげた。

「本当に大丈夫？　石の影響……残ってたりしない？」

桂木くんはかぶりを振る。確かに、瞳はぼんやりしてないけど。

何しろまだゲーム期間は終わってないのだ。

「平気だ。石があったことで……、分かったことも、分からなかったことも、あったし」

「分かったこと？」

「……自分がどうなるか、とか」

当分の間は自己のコントロールが必要だってのが、あの日分かったから……と、桂木くんはぼそりと呟いた。

あの日っていつだろう。決戦の日には、『自己のコントロールも、鍛錬《たんれん》のうち』とか言ってたわけで、克服《こくふく》している様子だったたんだけど。

「それは、……ともかく。これ」

彼が小さな箱を差し出してきたので、私は目を丸くした。長方形の箱に、リボンがついている。……うん、どこから見てもプレゼントだ。

「えーと？」

「あ、いや、詩織が飾り、つけるっていうから」

「……？　もらう理由がないんだけど……」

確かに、今日は私の誕生日である。だけど、桂木くんはそれを知らないはずだ。また、友達相手にクリスマスプレゼントを用意するようなタイプにも思えない。

桂木くんは困った表情をした。そんな顔をされても……

互いに顔を見合わせて困り果てるうちに、桂木くんが口を開く。

「……誕生日……」

「あ、ああ。知ってたの？」

こくり、と桂木くんはうなずいた。

なんだ。誕生日プレゼントだっていうなら、ありがたく受け取るよ。

「ありがと。よく知ってたねえ、私の誕生日。お礼するよ、桂木くんの誕生日はいつ？」

「……十二月三十一日」

そういえば、桂木くんの誕生日は今の親御さんに拾われたという日だ。普通に聞いちゃったけど、大丈夫だったかな？

「近かったんだね。ならプレゼント考えとくよ。さすがに年末じゃ迷惑だろうし、当日に渡すのは無理だよね……」

「……迷惑じゃないけど」

「うん？」

「いや、いい。いつでも」

大きくかぶりを振る桂木くんを横目に、私は頭の中で今月のお小遣いの残金を確認しはじめた。さすがにお年玉の前借りってわけにはいかないので、なかなか厳しい。和兄ならプリンで済むんだけど、そうもいかないしな。

そしてせっかくもらった、この箱。

「開けてもいいの？」

「……」

桂木くんは顔を赤らめて目を逸《そ》らした。

「悪い。後にしてくれるか……」

目の前で開けられたくないって、何が入っているんだ、これ。

桂木くんはそのまま去っていってしまったので、私はプレゼントをカバンにしまった。

「ちぃ」

小さな声が聞こえてきたのは、その時である。

私の肩に頭を置いたまま半目を開けた裕美ちゃんは、悔《くや》しそうに言った。

「桂木くんの根性なしめ、せっかく誕生日教えてあげたのに……！」

あのさ、裕美ちゃん。タヌキ寝入りだったのか、今の。


クリスマスパーティは、まだ続く。

文化祭で活躍した『ネオ・キャンドル』は、特別にクリスマスライブを行う予定だ。

ライブ会場はグラウンドの特設ステージ。

生徒会にライブを頼まれて伊藤くんが快諾《かいだく》したのだけど、いつの間にか彼女持ちになっていた佐藤《さとう》くんが渋ってイロイロあったらしい。そのため、ライブは三十分のみである。

ここからは、私もクラスの副委員長として給仕当番にまわる。当番の生徒は、サンタコスチュームに身を包んで、ドリンク提供なぞを担当するのだ。

デザイナーくんはミニスカサンタがいいと熱く語っていたが、寒いので女子も全員パンツルック。はっはっは。真冬のグラウンドでミニスカなんて冗談じゃない、と女子の反対意見が強かったんだよ。デザイナーくん、学級委員でもないのにわざわざ会議室まで意見しにきたのに残念だね。

「新見！」

今から本番！という格好で、『ネオ・キャンドル』たちが声をかけてきた。

「おつかれさまー。準備は大丈夫？」

「ああ。センセーがボーカルじゃないんで、文化祭の時と似たような感じになっちゃうけどな」

伊藤くんは、少し困っているらしき表情で言う。

「いやいや、ご謙遜《けんそん》を。文化祭では、大盛り上がりだったたって聞いたよ？　今度こそ見られるのを楽しみにしてるんだから」

文化祭では、彼らの雄姿《ゆうし》を見られなかったからねえ。

「あ、うん、それでさ……」

伊藤くんは、ポリポリと頭を掻《か》きながら続ける。

「ラ、ライブが終わった後に、ちょっと時間もらえないかな」

「え？」

うーん、どうだろ。私の給仕当番って、このままずっと続くんだけど。時間あるかな。

スケジュールを思い出していると、背後から声がかかった。

「悪いね。新見さんはこの後スケジュールいっぱいだから、無理だよ」

「あれ、委員長。委員長もこっちの担当だっけ？」

「こっちも、だよ。はじまってから、ずっとだしね。さすがに疲れた。新見さんはいいよね、今からで」

給仕係は、交代制で各会場をまわらなければならない。やることが多くて、意外と大変だ。

「裕美ちゃんと一緒にまわりたかったんだもん」

その分、私は事前準備をしっかりやった。正当な権利であるぞ。

さて、割りこんできた委員長のことはともかく、スケジュールだったよね。

「ちょっと待ってね、伊藤くん。えーっと」

「い、いや、いいや。また今度で……」

「え？　……そう？」

正直なところ、後日でいいならそのほうが助かる。

ははは、と乾いた笑いをこぼして立ち去る伊藤くんの背を、寺門くんがポンポンと叩いていた。

「僕も割とおとなげないね」

委員長がぽつりと呟《つぶや》く。どういう意味だろう。

彼もまた、サンタコスチュームである。相変わらず青白いけど、石のせいでまともに眠れなかったという期間よりマシな顔色をしている。

「佐々木さんとのデートはどうだった？　楽しかった？」

「まあね！」

ふっふん、と自慢げに笑って、私は田中先輩と踊ったことも報告しておいた。

「田中先輩、カッコイイよ。どうやったら、あんなふうに男性パート踊れるのかなあ」

「田中先輩は背が高いからいいけど、新見さんはパートナーを見つけるのが大変だと思うよ？」

「裕美ちゃんがいるじゃない。あとは、愛川さんとか」

私よりも背が低い女の子を候補に挙げると、委員長はわずかに苦笑いした。

「女の子同士のダンスも、可愛いだろうけどね。……新見さんはないわけ？　男と踊りたいって願望は」

「ないこともない」

私の返答に、委員長は意外そうな顔をした。

「どういう心境の変化？」

あなたは、私をどれだけ恋愛オンチだと思ってるんだ。

「女はいつだって乙女なんですよ、委員長くん」

挑戦的な笑みを浮かべて言うと、委員長はため息をつく。

「でも僕がダンス申しこんだら断るんだろ？」

「だって委員長、運動ダメじゃん」

私にリードしろってか。フォークダンスならともかく、社交ダンスはできないよ。

ライブを見にきた生徒たちでざわつく中、委員長と私がそんな話をしながらドリンクの準備をしていると、どこからともなく揉《も》めている男女の声がした。言い争いをしながら、こちらに向かって歩いてくる。ハッキリ言って迷惑である。

「ありえないでしょう！　つっくんの、バカっ！」

「バ、バカとはなんだよ！」

マリア嬢と土屋少年だ。京子嬢の姿はない。どこかで京子嬢とはぐれたのだろうか。

マリア嬢の首には、なぜかメダルが下がっている。リボンの先に金メダルのついた、意外にも立派なものだ。

「渡したいものがあるって言っといて、金メダルって何よ⁉　せめてそこはネックレスとか！　ブレスレットとか！　なのに、どうしてそこでメダルになっちゃうのよ！」

「だ、だから！　あの石の代わりっつったら、そうなるだろ⁉　それに、そのメダルはインターハイ優勝の証《あかし》なんだからな⁉」

「知ってるよ！　会場まで見にいったんだから！」

「ああ、そういやそうだったよな！　ご苦労さんだぜ、金持ちはちげえな！」

「ッッ！　嬉しがるならともかく、迷惑そうってどういうことよお！」

……そういやさあ、和兄が言ってたよね。最初はこの二人、口喧嘩《くちげんか》ばかりで恋愛が進展しないって。いつだったかな、四月ごろ。

まさか、そこからやり直しなのか、この二人の場合。

「せ、せめてアクセサリーとかっ！　……そうでなくてもクリスマスなのにっ！　つっくんの、バカバカバカバカバカ！」

「なっ……貧乏人に何をねだってやがるんだ！　おまえ、おれの小遣いの額知ってんのか⁉」

「そこをなんとかするのが男の子じゃない！　だから嫌なのよっ！　つっくん、ちっとも乙女心が分かんないんだからああああああ‼」

声を嗄《か》らして叫ぶ二人に、とりあえずドリンクを進呈だ。ウーロン茶でも飲んで喉を潤《うるお》すがいい。

二人はそろってくぴくぴと飲み干すと、ようやく落ち着いたらしく互いにそっぽを向いた。

まあ、確かにねえ。乙女ゲーム世界の甘い恋を望むマリア嬢にとって、土屋少年みたいなタイプは不満かもしれない。どう考えても、華麗にエスコートしたり、口説《くど》き文句を言ったり、星の輝きにカンパイしたりする展開にはなりそうにない。

「……わ、悪かったよ」

ぼそっと土屋少年は言った。

「メダルで怒るとは思わなかったから……」

マリア嬢がチラ、と土屋少年を見やる。

「もういいわよ、別に……。……これ、くれたってことは、もう一度約束してくれるんでしょ？」

インターハイ優勝の金メダルを手に、マリア嬢が呟《つぶや》いた。

「オリンピックの金メダル、見せてくれるって」

「……おう」

「あと、アクセサリーも買ってね」

「……あ？」

「ショッピングモールの安いのでいいから。一万円くらい」

「だからおれの月の小遣いがいくらだと思ってんだよ⁉」

「給料三ヶ月分とか言わないだけいいじゃないの。本当は、質の良いスーツを着て外国車で迎えにきてくれて……花束を小脇に抱えて素敵なレストランでってくらいの気合いが欲しいのに」

「ふざけんな！　無理だよ！　アクセサリーもな！」

「……じゃあ、お花」

「あああああ？　……まあ、それならいいか。花束とか言うなよ？　高《たけ》えからな」

「一輪でいいよ。赤いやつね」

「ああ」

土屋少年は気づかない。そっけないふりをして今の言葉を発した時、マリア嬢の目元が、見たことないくらい真っ赤だったことに。

ついでに、彼女がなんの花を要望してるのかも分かってないだろう。

ここは、アレだ。彼女の趣味なら絶対バラだ。私には分かる。

だが、しかし。しかしだよ、マリア嬢。花言葉が分かってない男から贈られたところで、その意図は絶対に含まれてないと思うんだ……！

ちなみに、赤いバラの花言葉は『あなたを愛しています』だ。私もそれくらいは知っている。

「朴念仁《ぼくねんじん》……！」

私が思わず呟《つぶや》くと、委員長が口を開いた。

「いやあ、ふつーの男なら、あんなもんじゃないかな。乙女ゲームの登場人物みたいに、女の子の機嫌取る方法ばっかり覚えてるわけないんだから」

彼も、マリア嬢と土屋少年のやりとりを傍観《ぼうかん》していたらしい。呆《あき》れ半分にそう言った。

「けど、逆ハーレムを目指すよりいいんじゃないかな。土屋くん一人を乙女ゲーム仕様に育てるほうが」

なんと。委員長から見て、今度のマリア嬢は育成ゲームをしているってこと？　さすがにそれはないと思う。

「ちなみに、委員長？」

私はチラッと上目遣いで尋ねる。

「な、何？」

彼は、なぜか狼狽《ろうばい》したようにどもった。

「この乙女ゲーム、期間が延長するシナリオとか続編はないよね？」

「……新見さんは、そういう人だよね。ああ、分かってたよ。僕が悪かった」

「は？」

「少なくとも、僕が生きてた間には作られなかったよ、続編はね。とはいえ今の状況を考えるに、誰とも結ばれなかったっていうエンディングになりそうだ。よって愛川さんが誰かを攻略するまで、ゲームは自動的に延長されると考えることもできる」

委員長の言葉に、私は眉をひそめた。まぁ、攻略対象の石もなくなったわけだし、きっとイベントが乱立することはないよね。少なくとも、今のマリア嬢が和兄にちょっかいをかける確率は低いだろうし。

ドリンクを配《くば》り終えて何も載っていないお盆《ぼん》を持ち直した時——

「それじゃ、これ」

委員長は、私のお盆の上にコトンと何かを置いた。

紙コップだが、他のドリンクと中身が違う。

「お誕生日おめでとう。確かホットティでよかったよね」

そういえば以前、体調が悪かった委員長とそんな会話をしたな。ミシェル神父が、はじめて神学の講義をした日だ。

「あれ、本気だったの？　別に良かったのに」

呆《あき》れたように言うと、委員長はため息をついた。

「新見さんは本当に……、冗談半分で用意したネタに走るしかない、男の悲哀《ひあい》も理解してもらいたいもんだ」

あーあ、と委員長はぼやき、新しいドリンクを用意しに向かう。

「タイミング外すと渡し損ねるんだよ。……リア充なんか爆発すればいいんだ」


ライブは無事に幕を下ろし、グラウンドの片づけも終わった。あとは、講堂と前庭の片づけだ。

聖火マリア高等学園は、明日から冬休みに入る。そのため、文化祭の時のように片づけを翌日にまわすことができない。

クリスマス、冬休み、お正月……年末年始はイベント満載で、とてもじゃないけど乙女ゲームのことなんか考えていられなかっただろう。ゲーム期間が無事に終了するのは大変ありがたい。

そんなことを思いながら、……私は教会へやってきた。

サンタコスチュームからは着替えて制服の上にコートを羽織《はお》り、マフラーを巻いている。吹きすさぶ風が冷たく、暗がりも怖いけど……どうしても足が向いてしまった。

なんとなく、ここに足を運んでしまった理由は分かっている。

今夜のクリスマス礼拝を最後に、ミシェル神父は別の教区に行くそうなのだ。しかもフランスらしい。彼は神父ではなく、もっと下の位になるのだと聞いた。

ハッキリとは分からないけど、教会内でお咎《とが》めがあったんだと思う。もしくは、自分で希望したのかな。誰も覚えてないとは言っても、今回のことにミシェル神父が関わっていた形跡はあちこちにある。

学園内の浮ついたパーティとは違って、こちらでは厳《おごそ》かな礼拝が行われている。まだ終わってはいないようで、心が洗われるような聖歌が聞こえてくる。教義をよく知らない私でも、なんだか神妙《しんみょう》な気持ちになった。

薄く開いた扉から中をこっそり覗《のぞ》いてみると、やはりそこでは礼拝が行われていた。決して乙女ゲームのイベントではない。

……最後にミシェル神父に何か一言を、と思ったんだけど。ダメだなー、何を言っていいのか分かんないや。

決戦後、私は教会には行ってない。

デザイナーくんは日曜の礼拝に参加しているらしい。ミシェル神父の教義に過激だった一面は見られなくなり、いつも穏やかだと話していた。

その時、背後でカサリと枯れ草を踏む音が聞こえた。

「ここにいたのか」

聞き覚えのある声に、思わずため息が出る。私は振り返らずに答えた。

「なんで気づいたの、和兄。誰にも見られないで来たと思うんだけど？」

「……まあ、それは偶然だ。俺も、気になってな」

暗がりにたたずむ教会。この光景を見る機会は、もうないかもしれない。学園内にあるんだからいつでも来られるけど……

「最終下校時刻は過ぎましたよ、センセー」

「知ってるよ、新見」

首元に、ふわっと腕が巻きついた。マフラーごしに、和兄の体温を感じる。

「暑い」

「寒いんだから、ちょうどいいだろ」

「ここは学園内です。過度な接触は避けてください」

「……知ってる」

ああ言えばこう言う――和兄は苦笑いしながらぼやいて、私のマフラーをずらす。

そうして、首に何かをかけた。

「何……？」

細いペンダントチェーンだ。ペンダントトップのデザインが可愛い。そこにはめこまれているのは、琥珀色《こはくいろ》というか……トパーズやシトリンに似た……

「っ!?」

石⁉　なくなったはずじゃあ⁉

思わず悲鳴を上げそうになるが、和兄に口をふさがれた。

「待て待て待て、それはただの宝石だ。例のものじゃない！　大きさも若干《じゃっかん》違うだろう⁉」

和兄の手は、すぐに離れていく。私は振り向いて、ジロリと睨《にら》んだ。悪戯《いたずら》をするにも、内容を考えてほしい。

和兄は、私のジト目なんてどこ吹く風で笑った。

いつものスーツ姿に、ちょっとネクタイが緩められている。その上に着ているコートは、カシミア製だった気がする。肌触りがすごくいいんだ。

こういう格好をしていると、大人だなあと思う。高校生には出せない色気があるというか、さすがに社会人というか。ついでに言うといつにも増してホストっぽい雰囲気が漂《ただよ》う。

「誕生日おめでとう。これでおまえも十六歳か」

「ん。そうだねえ。クリスマスイヴに言われると、なんだか損した気分になるけど。……そういえば和兄、例年だったら朝イチにプレゼントくれるのに、どうしてこの時間なのよ？」

てっきり今年も、そうだと思ったのに。朝から忙しかったし、忘れてたのかな。

「……朝イチだと、仕事にならなかったんだよ」

意味が分からず、私は首をかしげた。

「正直なところ、日付けが変わるまで見張っていたいくらいだ。だから、酒盛りも抜けてきたんだが……。現実にはエンドロールが用意されてるわけじゃないし、本当にすべてが終わったかなんて分からないんだろうな」

確かにね。そもそもヒロインのマリア嬢がここにはいないんだから、仮にエンドロールが流れたとしても分からないか……

……って。おい。

「お酒飲んだの⁉　今日、車じゃなかった⁉」

「今日は置いてきた。あと、さほど飲んだわけじゃない。酒臭くないだろ」

和兄はそう言って、ぽんぽんと私の髪を撫《な》でた。

「相変わらず猫っ毛だな。……やわらかい」

突然何よ、と言い返そうかと思ったが気が変わった。

大きな手のひらは、あたたかくて優しい。気持ちよくて目を閉じると、ふいに動きが止まった。

やがて、ぐいっと引き寄せられる。和兄の胸元に押しつけられて抗議しようとした私は、そのまますっぽりと抱きしめられた。カシミアのコートは、とても肌触りが良い。

「……詩織」

耳元でささやかれ、ぞわりとした。

くう。吐息がかかる距離で喋《しゃべ》らないでほしい。いくら親戚だからって、許される距離というものがあってだね。自分が甘い声してるって自覚してよ。

……あれ、ちょっと、よく考えたら、なんで抱きしめられてんの。話をしたいだけなら、この体勢じゃなくていいよね？　そもそもここ、学園の敷地内なんだからね？　誰かが見てないとも限らないのに！

「か、和兄、離れ……」

「上を向くな。……今の俺の顔、見るなよ。見るに耐えない顔してるだろうからな」

……どんな顔だというのだ。

「……同世代のほうが有利だって分かってるし、おまえが今のところ俺を兄がわりにしか見てないってのは知ってるけどな」

押し殺したような声。そんな声を出す時の和兄は、般若《はんにゃ》みたいな顔をしていることが多い。だけど、今はきっとそういう顔じゃないんだろう。抑えているのは、もっと違う感情。

「…………」

ぼそっと、耳元でささやかれた。

その言葉は、妙に耳に残って——どういう意味なのかを考えるのに、かなり時間がかかった。

身体を強張《こわば》らせた私に、和兄が慌てて尋ねる。

「……？　お、おい……、何も固まらなくてもいいだろがっ。今日は車じゃないって言っただろ。気絶されても、家まで送れない……って、し、詩織。おいっ。ああ、もう、生徒会室……は、ダメだ。保健室だな、鈴木先生まだいたか？　無理ならタクシー呼ぶしかない……、詩織、しっかりしろって……」

耳が、熱い。

う、う、うわぁああああああ。なんだこれ、なんだこれ、なんだこれ！

顔を上げられない。身体が硬直して動けない。

オタオタする和兄の声は情けないが、もっと情けないのは私だ。

冷静に、冷静に、冷静に。新見詩織は強い女だ、そのはずだ。けど情けないことに、こういうのって、まるっきり耐性がないんだよ！

「か、……和、兄」

ようやく絞《しぼ》り出した声に、和兄は視線を落とす。私の肩を抱き寄せたまま、顔を覗《のぞ》きこもうとした。「大丈夫か」と心配そうに尋ねてくる、そのイケメン顔めがけて、私は——

「お酒臭いから近づくなぁあああああ‼」

正義のパンチを炸裂《さくれつ》させ、脱兎《だっと》のごとく駆け出した。

その後、片づけはどうしたのか、そもそもどうやって家に帰ってきたのかは覚えていない。

ただ、指先まですっかり冷《ひ》えきってしまった私は、翌日きっちり風邪を引いて高熱を出した。

そして首にかかっている石を見て、どうやら和兄の言葉は聞き間違いじゃなかったってことを再認識した。

高熱にうなされながら、私は涙目になって寝返りを打つ。

できれば、聞かなかったことにしたい。今でも心臓がバクバクいってるのは、風邪のせいだ。だけど昨夜の言葉が頭の中でずっとリフレインしている。

『卒業したら覚えとけ。おまえの攻略に期限はないんだからな。大人の本気を甘く見るなよ？』

こうして私のスパイの日々は終わった。

自分の生きている世界がゲームの世界だと聞かされて、およそ九ヶ月。ここから先は、イベントの情報が何もない日常がはじまる。マリア嬢や元攻略対象たちがいる、ちょっと普通よりも賑《にぎ》やかで、ごく平和な日常が……

今後のことは、誰も知らない。正直なところ不安もあるし、少しだけ怖くなったりもする。

だけど――先の見えない毎日は、きっと今までよりもっと楽しい。

裏話　それぞれの石の行方です

新見詩織は、石の顛末《てんまつ》のすべてを知っているわけではない。

語られなかった物語を、ここに記そう。

□　月島優希の前日譚《ぜんじつたん》　□

優希が石の存在を知ったのは、中学生になったある日のことだった。

「優希。この石をおまえにやる。だけど、絶対に誰にも渡すんじゃない」

そう言って兄が差し出したのは、淡いオレンジ色の石だ。

シンプルな土台に石がはめこまれた、質素なデザインのペンダントだった。兄からアクセサリーを贈られる覚えのなかった優希は、怪訝《けげん》そうに眉根を寄せる。

「なんだよ、急に？　クズ石を欲しがるようなガキだと思ってんじゃないだろな」

「真剣な話だ」

「……？　なんだよ、ホントに」

兄の言うことに従うのは癪《しゃく》だったが、腹いせに捨てるのも子供っぽくて嫌だった。結果、優希はその石をヴァイオリンケースに放りこんだ。予備の弦を入れておく場所に一緒に入れて、それから長いこと思い出しもしなかった。

天使のような外見をしながらも、ひねくれ者に育った優希。彼は、ヴァイオリンと相性が良かった。

ケースに入れてどこにでも持ち運べるので、一人で気ままに練習ができる。

兄にコンプレックスを感じはじめたのがいつだったか、優希には自覚がない。兄はいつだって出来のいい子供だった。成績、運動神経、性格、さらには外見も良い。大人の期待に応《こた》え、友人が多く、誰からも尊敬されている。何もかもが出来すぎた兄は、なぜだか優希を心配してばかりだ。それが重荷だった。

小学生のころ、あまり構わないでくれと癇癪《かんしゃく》を起こしたこともある。

親が喜ぶからとよくやっていた兄との合奏は、次第に避けるようになった。

祖父母に会いに行く時、なんだかんだと理由をつけて欠席した。とにかく兄と比べられるのが嫌だったのだ。

それなのに同じ高校に進学することにしたのは、石が原因だった。

高校受験を控えた中学三年生の時、兄が再び聞いてきたのだ。

「あの石はどうしてる?」

「どうしてるって……。あー、たぶん、ケースの中に入れっ放しだけど」

「そうか」

兄は、ホッとしたように息を吐いて続けた。

「あれは、誰にも渡すな」

「……前にも言ってたけど、なんでだよ? ただの石だろ?」

「ただの石じゃないんだ。優希は覚えてないだろうが……、おまえは小さいころ、家のお手伝いさんに誘拐《ゆうかい》されかけたことがある。普段はちっとも懐かないおまえが、あの石を手に持ってるとものすごく懐いてきて可愛かったから、衝動的に攫《さら》ったらしい」

「はぁっ? な、なんだよそりゃ……」

「だから、真剣な話なんだ」

兄の目はどこまでも真面目だったが、優希は取り合わなかった。

「そんなに心配なら自分で持ってればいいじゃないか」

「おまえがそれでもいいなら、そうするが」

兄の言葉を聞き、優希はイライラした。

優希が兄にコンプレックスを抱いていることに、彼は気づいているのだろう。だからこそ優希を気遣い、自分と距離を置けるよう石を渡したに違いない。

石を持ったままでは、なんだかんだと自分は優希に干渉してしまう。少なくとも、兄はそう思っているようだった。

「冗談じゃない」

優希は、その日はじめて石と向き合った。

淡いオレンジ色で、なんという名前の石なのかは分からない。

夕日に似ていると思った。キラキラしていて、どこか切なくて、落ち着かない気分にさせられる。

石の効果については、眉唾《まゆつば》ものだと思った。優希はお手伝いさんに懐いた記憶がない。それに兄が持っていた割に、彼に懐いたこともなかった。

「……やっぱり、ただの石じゃねーか」

優希が聖火マリア高等学園に進学を決めた時、兄は驚いていた。

自分と同じ学園を選んだことを喜ぶ一方、音楽をやりたいんじゃなかったのかと気遣ってもくれた。そのすべてが煩《わずら》わしく、優希は進学の理由を誰にも言わなかった。これ以上、兄から逃げるのが嫌だったのだ。

だが入学式で講堂の壇上に立った兄の姿を見て、優希は自分の選択を後悔した。

生徒会長として衆目《しゅうもく》を集める兄と、特技も取《と》り柄《え》もない自分。その差を思い知らされた気がした。人目を避け、迷いこんだ教会の中で一心不乱《いっしんふらん》にヴァイオリンを弾いていた時――マリアと出会った。

優希は自分の演奏を聴いて「感動した」などと言って泣く人物を、はじめて見たのだ。

夕日の差しこむ教会が、よく似合う少女だった。

少しずつ親しくなるうちに、優希は石をこの少女にあげようかと考えはじめた。自分は、どうせアクセサリーなどしないから。


十一月の下旬にさしかかるころ、優希は兄に勉強を見てくれないかと切り出した。

「受験で忙しいなら、別にいーけど」

拗《す》ねたように口を尖《とが》らせた優希に、兄は動揺しつつも答えた。

「い、いやっ、大丈夫だ。推薦で大方決まってるから。けど、勉強ってどうしてだ？もしかして大学受験することにしたのか？」

「あー、そういうんじゃなくて……。なんか文化祭くらいから、勉強した覚えがないんだよ」

「へ？」

兄がきょとんと目を丸くする様子は滑稽《こっけい》だった。滅多《めった》に見られない顔に、優希は思わず笑う。

「あははは、マヌケ面《づら》ー」

指をさして笑っていると、兄はますます困惑した。

教科書を引っ張り出してきて、受けた覚えのない授業の内容を兄に教わりながら、時々息抜きにヴァイオリンを弾く。しばらくの間、そんな日々を過ごした。熱が入ってくると、勉強が演奏の息抜きになってしまうのが難点だ。

本当は、もっと本格的にヴァイオリンを学んでみたいと思う。日本じゃなくて海外で、本場の音に触れてみたい。

「ッ……」

夢中で弾いていたのが悪かったのだろう。弦が切れた。

予備の弦を取り出そうとケースの中を漁《あさ》っていると、石が転がり落ちた。

夕日に似た石。あの少女に似合うと思った色だ。

文化祭の後夜祭でマリアに石を渡したような気がしたが、その記憶はどこか曖昧《あいまい》だ。夢だったのだろうか。そう思うと、気恥ずかしくて仕方がない。

「なあ、優希。今度のクリスマスパーティなんだけど」

淡いオレンジ色の石を眺めていたところ、兄が口を開いた。

「あれ、その石……」

「あー、そうだよ。兄貴が前に渡してきたヤツ。綺麗だけど、なんて石だか知ってる？」

「いや。種類は気にしたことがなかったな」

首をひねる兄の姿に、まあいいかと思い直した。

「で、クリスマスが何？」

「ああ……。十二月に、学園主催のパーティをやるだろう？　その時に、ダンスフロアの伴奏をやる予定なんだ。良かったら合奏しないか？」

「……ダンス、ねえ」

「踊りたい子がいるっていうなら、遠慮するが……」

はーあ、と優希はため息をついた。

兄の気遣いは、いつもどこかピントがズレている。仮に踊りたい子がいたとしても、優希が自分から誘えると思っているのだろうか、この兄は。

「これだから性格イケメンは嫌なんだ……」

おそらく兄ならできるのだ。スマートに女の子を誘って踊るに違いない。

気になる女の子がいても、自分からは誘いづらい。そんな繊細《せんさい》な男心ってものが分かってないのだ。

「いいよ、別に」

「っ、ホントか！」

喜色《きしょく》を浮かべた兄を横目で見やり、優希は呆《あき》れて「ウザイ」と毒づく。

ケースを閉じようとして、優希は首をひねった。

手のひらに載せていたはずの石が見当たらない。だが、ケースの中に落としたのかもしれないと考え、探そうとはしなかった。

後日、別のクラスの友人である渋谷に、石のことを尋ねられた。彼にその話をしたことがあっただろうかと不思議に思いつつ、家に帰って探してみたが、石はもう二度と見つからなかった。

□　水崎誉と金城篤史の裏話　□

修学旅行の期間中、新見詩織が『決戦』と呼ぶ戦いが終わった。

誉と篤史は、その時のことをまったく覚えていない。気がついたら教会にいて、誉の父親に取り上げられたはずの石を握りしめていたのだ。

新見詩織と日比谷教師がいたため、篤史は石絡みで何かあったのだろうと見当をつけた。

一方の誉は、今度こそ修学旅行の件を説得すると意気込み、父親のもとに駆けた。しかし父親もまた、ここ最近の記憶が定かではないらしい。数日分の書類をひっくり返して仕事に没頭している父親の隙をつき、誉は修学旅行への参加を承諾《しょうだく》させ、篤史と二人で新幹線に乗りこんだ。

「まったく、分からん。荷物は用意してあったのに、どうして記憶がないんだ」

誉のぼやきに、篤史は首をかしげる。

「分かりませんね。けれど……、本当に、石を元に戻すんですか？　護衛がつくとはいえ、ファンクラブの皆さんと一緒に自由行動するつもりなのでしょう？」

「構わん。そもそも、オレが首に下げているアクセサリーを無理やり奪うような女は、あのクラブにはいないだろう」

「まあ、絵梨香さんが頑張って教育していますからね」

そんな会話をしながら京都に到着すると、予想どおり副会長の田中に迷惑がられた。

だが、ため息をつきながらも日程表のコピーを準備し、翌日からのスケジュールを説明してくれる。そしててきぱきと自由行動時に加わる班を指示したあたり、彼らが途中参加する可能性を考慮していたのかもしれない。

「見抜かれてますねえ」

篤史が楽しそうに言うのを、誉は少しばかりふてくされた表情で聞いた。

修学旅行も残すところ一日。明日の夕方には新幹線で帰ることになっている。

消灯時間にさしかかったころ、ホテルの部屋を尋ねてきた誉の姿に篤史は驚いた。

昼間は楽しそうに笑っていたというのに、すっかり疲れ果てている。

今日、彼を最後に見た時はどうだったか。確か土産物屋《みやげものや》で、田中が選んだ品に文句をつけて怒られていた。篤史は、その時の光景を思い出す。

ファンクラブのメンバーに囲まれながら、誉は土産物屋をまわっていた。さすがに、父親へ何か買って帰る必要があると考えたそうだ。だが、一般観光客向けの土産物屋に、誉の眼鏡にかなう品などそうそうない。

仕方がないので、誉は菓子を買うことにしたらしい。そんな中、真剣な表情で小物を見つめる田中を見つけ、誉は気まぐれのように声をかけた。

「何を見ている？」

「あら、水崎くん。新見さんにお土産をね。どうせなら京都らしい、ちりめん細工の和柄がいいかと思って。彼女に贈るなら、やっぱり猫かしら。実用品ならあぶらとり紙が無難だと思うんだけど……」

「安物だな。生地《きじ》といい、接着方法といい」

「わたしのお財布の中身を、あなたの基準で考えないでちょうだい。それに、お土産は写真でいいと言っていた新見さんよ。高価な品を喜んでくれるわけがないでしょう？」

どうやら、誉の意見を求めているわけではないらしい。

再び小物を吟味《ぎんみ》しはじめた田中に不満そうな表情を向けると、誉は和柄のブローチが置かれていた隣のケースに目を留めた。京象嵌《きょうぞうがん》の細身の猫のブローチが飾られている。

「猫ならこっちのほうが良くないか？」

「あなた、それはゼロが多いわよ。京都らしいといえば、そうでしょうけど」

「むう……なら、何がいいんだ。女が喜ぶといったら、あとは宝飾品か？」

「新見さんが喜ぶものよ。贈り物をする時には、相手に喜ばれるものを選ぶのが基本でしょう」

「むっ。なら、これは？」

「西陣織《にしじんおり》のお財布？　そうね。……とっても素敵だけど、彼女にはおとなしすぎないかしら」

「おまえが使っている財布、ボロボロだろう」

誉の言葉に、田中はため息をついた。

「探しているのは自分用のお土産《みやげ》じゃないのよ。小学校のころから使ってるし、修繕しても限界が……って、なんでそんなこと言わなくちゃいけないのよ」

「買ってやろうか。このくらいなら、はした金だ」

「あなたね、そういうことを簡単に口にするのはやめなさい。ハイエナにたかられても知らないわよ？　だいたい、あなたのお小遣いはあなたが稼いだお金じゃないのよ。無駄遣いはもってのほかだわ」

呆《あき》れたように言う田中に、誉は黙りこんだ。

とはいえ西陣織の財布は、彼なりに良い選択だと思ったようだ。未練たらしく何度か振り返り、ファンクラブの子たちに袖を引かれて店を後にした。

田中は結局、ちりめん細工の猫のブローチを買ったという。

その後、西陣織の財布を買っておくよう頼まれた篤史は、ついでに誉が目をつけた猫のブローチとやらも見物しておいた。ツンケンしたクールな猫の顔は、少なくとも新見詩織には向いていない気がする。また、この財布を購入した理由は明白だったが、今はまだ言及しないほうがいいだろう。領収書を切りながら、篤史は心ひそかに笑った。まず間違いなく、受け取りを拒否されるに違いない。

昼の光景を思い出していた篤史は、ソファに横になった誉に声をかけた。

「どうしました？」

「ああ……」

誉は、天井を見上げながら呟《つぶや》く。

「篤史、石が消えたぞ」

「え？」

やがて誉が取り出したのは、ペンダントトップに何もついていないチェーンだった。

「何があったんです？」

「何も……。いや、あえて言えば、何人か女をフッたという程度なんだが」

篤史は目を見開く。誉は言い訳するように続けた。

「自由行動の時の話だ。ファンクラブの何人かが……、その、さすがにファンに手を出すわけにはいかないだろう？　今までだってそうしてきたんだし、別におかしなことをした覚えはない。ファンならいいが、恋人にしてほしいとなれば断るしかないんだからな」

「ええ、知ってますが。……何をそんなに動揺しているのです」

「……五味をフッた後に、田中と目が合って」

篤史は目を丸くした。それはまた、気まずい時に居合わせたものだ。さぞ田中は迷惑だったろう。

「確かに目が合ったんだぞ？　それなのに、まるっきり気づかなかったように目を逸《そ》らして」

どこか面白くなさそうに口を尖《とが》らせる誉に、篤史はむしろおかしくなって笑った。

「何がおかしい？」

「田中さんがあなたに興味を持っていないことが気に入らないんですか？　前からでしょう、そんなことは」

「…………そう、だな。そういや、そうだ」

なおも口を尖らせたまま、誉はペンダントチェーンを握りしめる。

「それに、本当に目が合ったのでしたら……たぶん、見なかったことにしたのだと思います。田中さんにしてみれば、絵梨香さんに遠慮したのでしょう。誰だって、自分が失恋するところを他の方に目撃されたいとは思いません」

「そういうものか？　五味は今後もファンを続けると言って、あまりこたえた風じゃなかったんだが」

「それはそれは、いい女になりましたね、絵梨香さんも。自分の気持ちに整理をつけてくださったんですよ。今の彼女なら、僕も五味さんと呼ぶ気になるかもしれません」

「おまえの女を判断する基準は、よく分からん」

疲れた様子の誉に、篤史は昼間に購入しておいた品を手渡した。果たしてこの財布の行く末がどうなるか、見物《みもの》である。

「あなたは成長しましたね。修学旅行では、ファンクラブの子たちと一定の距離を取っていたでしょう。昔のあなたなら、彼女たちのわがままをなんでも聞いたり、調子よく奢《おご》ってあげたりしていたでしょうに」

「……まあ、そうか？」

「会長へのお土産《みやげ》は買えたのですか？」

「宇治茶《うじちゃ》にした。夕食の際、コーヒーでなく緑茶で締めることが増えたような気がしたからな。多少舌に合わなくても一度くらいは飲むだろう」

篤史は正直なところ驚いた。会長の日々の様子を、いつの間に見るようになったのか。反《そ》りの合わない父親に、土産を買おうと言った時点で驚いたのに。

「……喜んでくださると思いますよ」

篤史は笑った。

いつからか、誉のことを自分よりも下に見ていたのかもしれない。仕えるべき相手を侮《あなど》り、頼りないと決めつけてはいなかったか。彼は、生まれながらにして自分の主《あるじ》だというのに。

「可能であれば、会長とお茶を飲む席に、僕も同席できればと思うくらいです」

水崎の会長が、息子の成長に気づく様子を早く見たい。

篤史は気がつかなかった。

誉に向けて目を細めた瞬間、己の石が砕けて消え去ったことに。

□　桂木鏡矢の事情　□

十一月、新見詩織が『決戦』と呼ぶ戦いが終わった。

鏡矢にしてみれば、何が目的なのかよく理解できない戦いだった。しかし、この戦いの結果、奪われてしまった石が持ち主のもとへ戻ったらしい。鏡矢以外にも、生まれながらに石を持つ人物はいたようだ。


異性の手に渡ると、相手を意識してしまうという奇妙な代物《しろもの》。

育ての親には、『女に渡すな』と言われてきた。

あまり意識したことがなかったが、ある時期を境《さかい》に、違和感を覚えるようになった。

時折ドクンドクンと生き物のように動く石。それは自身の感情によるものなのか、石によるものなのか、鏡矢にはよく分からなかった。


「……新見」

原因は一人の少女にある。

鏡矢がその少女を知ったのは、体育祭の時だ。B組の副委員長を務めている新見詩織。

それ以前に彼女を見かけたことがあったかどうかは、もう覚えていない。

体育祭で、体力を過信していた鏡矢は気分が悪くなってしまった。そんな彼を、平然とした顔で膝枕した少女。以来、彼女のことを目で追うようになったのは確かだった。

最初は、礼が言いたかった。

次は、名前を知りたくなった。

その次に、……転機を迎えた。

生徒会総選挙の日にサボっていたのは、何か理由があってのことではない。投票時間まで時間をつぶそうと武道場にいたら、そのまま時間を忘れて鍛錬《たんれん》を続けてしまっただけのこと。

たまたま武道場を訪れた少女との会話中、ふとしたことで彼女に石を渡した。

その瞬間、劇的な変化が鏡矢に訪れた。

静電気のようなものが身体を走り抜け、世界が変わってしまった。

目の前にいたその少女を、抱きしめたくてたまらなくなったのだ。

胸を焦《こ》がすほどの熱、湧き上がる欲。それらを止める術《すべ》はなかった。

本能のままに食らい尽くそうとする衝動に任《まか》せて、鏡矢はその少女を床に縫《ぬ》いつけた。

その衝動は、少女が石を手離した瞬間にどこかへ消え失せたが、鏡矢にとってこの経験は、痛恨《つうこん》の極みであった。

鏡矢がした行為を教師に報告されれば、退学になりかねない。嫌悪を向けられてしかるべきことをしてしまった。なのに、彼女はそれ以降も友人として振る舞ってくれた。

石の情報を育ての親に聞き、報告した時もそうだ。あんなことがあったのだから、二人きりになるのは嫌ではないかと思っていたのに……彼女はまったく気にするそぶりも見せない。

鏡矢は人よりも体格が良いため、特に女子には怖がられやすい。

もしくは妙に近寄ってくる女性もいるのだが、そんな時には上手く対応ができなかった。

しかし、その少女は居心地の良い距離感でいつも接してくれる。

口下手で物事を上手く伝えられない鏡矢の意図を汲《く》み取ってくれる。

時に鏡矢の失態を、人には言えないような卑怯《ひきょう》な自分を、厳しく叱《しか》り、あるいは親身になって助言をしてくれる。そんな少女は、他にいない。

やがて、鏡矢の中で彼女の存在は大きくなっていった。

鏡矢と自然に話してくれることを嬉しく思う一方、どこか物足りなさを感じはじめたのはいつのことだったか。

文化祭の時、従弟《いとこ》の恭介《きょうすけ》がわざわざ学園にやってきた。自分より腕が立つ者が気に入らない彼は、毎度毎度、鏡矢に突っかかる。文化祭でも、何かと騒動を起こしていた様子だった。

そして学園で恭介のことを見かけた新見詩織が、何気なく名前で呼んだ。

胸のうちに湧き上がった不快感を、鏡矢は嫉妬《しっと》だと思った。

自分だって名前で呼ばれたことがないのに、ほんの一度顔を合わせただけの恭介が名前で呼ばれるなんて。

自分が妬《や》いているのだと理解したとたん、鏡矢は落ち着かなくなった。

少女がアクセサリーをしているのを見るだけで、別の男からの贈り物ではないかと邪《じゃ》推《すい》している自分がいる。

頼まれてもいないのに、彼女を電車で送り、それどころか用事を済ませた彼女が駅に戻ってくるまで待っている自分に気づいた時は、ほとほと呆《あき》れるばかりだった。

ストーカーじゃないか、まるで。

だが、それでも。少女が自分の知らないところで危険なことに首を突っこんでいないか心配だったのだ。

新見詩織は、危なっかしい少女だった。腕っ節が強いわけではないのに、気がつくと騒動の中心にいる。

いつだって自分に守らせてほしい。

鏡矢には、この感情が石によるものなのか、自分自身の感情なのか分からなかった。

もし石によるものだとすると、いつか冷《さ》めるのかもしれない。そう考えてしまうと、動けない。

育ての親の言葉は正しかった。

『この女のためなら死ねる』と、そう思ってから渡すのが正しい代物《しろもの》だったのだ。

しかし、一瞬とはいえ鏡矢は少女に石を手渡してしまった。

十二月に入ったある日、夢を見た。

新見詩織が自分の横で笑っている夢だ。それがたまらなく幸福だと感じている自分を知り、鏡矢は恥を捨てることにした。

生まれてはじめて、自分から女性に電話をかけた。

『ハイ、もしもし』

彼女の声は、いつ聞いても冷静だ。

電話越しに聞く声は、普段よりも少し親密に感じられた。

学園が終わってからのほうがいいだろう。そう思ってかけた時、彼女は勉強中だったらしい。数学が苦手だと言っていたから、今も数学の教科書を広げているのかもしれない。自分でよければ、いつでも勉強に付き合うのに。

石の消し方が分かった気がする。

そう伝えた鏡矢に、彼女は驚きの声を上げた。

確かにそうだろう。実のところ、それは口から出まかせなのだ。

だが幸福な夢を見て、起きた時に石が欠けているのを見た瞬間、鏡矢には理解できた。

なぜ、この石がまだ外にあるのかを。

「それで、……頼みがあるんだけど」

『うん？　私にできることなら、いいけど』

「名前」

電話の向こうで彼女が首をかしげている気がして、鏡矢は思わず苦笑いした。

彼女にはおそらく分からないのだろう。それが、鏡矢にとってどれだけ大きな意味を持つかが。

『鏡矢くん』

どくん、と石が鼓動を打つのが分かった。

手のひらに載せたそれは、やがて砕け散るかのように消え失せて、今度は鏡矢の内側で高鳴りはじめる。

マズイ、と鏡矢は心の中で呟《つぶや》いた。頬が熱くて仕方ない。胸の中で、抑えがたい衝動が暴《あば》れている。

電話で良かった。目の前に彼女がいたら、おそらく抱きしめてしまっていた。突然そんなことをしたら、いくら彼女だって驚くだろうし、下手をすれば怯《おび》えさせてしまう。

鏡矢が声を出さなかったせいか、焦《じ》れたような声が返ってきた。

『どう？』

「ああ。……消えたよ。思ったとおりだけど……、厄介《やっかい》だな、これ」

電話を切り、鏡矢は自分の胸を押さえた。

石が外にあった間、こんな衝動とは無縁でいられた。愛想がないと言われるような男だった。

だが名前を呼ばれただけで、こんなに浮き足立っている自分がいる。

それどころか、脳裏には名前を呼ぶ新見詩織の、少し悪戯《いたずら》めいた笑顔が浮かんでくる。

「詩織」

彼女の名前を口にした。

全部終わったら、名前を呼んでいいかと尋ねた。困惑していたみたいだったが、いつもどおり、あまり動揺のない言葉が返ってきた。

「詩織。名前で呼んでくれ」

この落ち着かない気持ちは、石のせいなんかじゃない。紛《まぎ》れもなく、鏡矢自身の感情だ。だったらもう、気持ちを抑える必要なんかないだろう。

「悪い。迷惑かもしれないけど、もう止められそうにない」

極めて厄介な感情だ。だが、嫌ではない。

「おれは、おまえのことが好きだ」

それを認めることが、石を受け入れるということだったのだ。

十二月、新見詩織が『決戦』と呼ぶ戦いが終わり、ミシェルは自分を取り巻く糸のような拘束《こうそく》から解き放たれた。終わってしまえば、名残惜《なごりお》しささえ感じるほどのあっけなさだった。

□　ミシェルと神の声　□

ミシェルがその声に気づいたのは、もうずっと昔のことである。

神の道を選び、神父として迷える民を導く生き方をしたいと考えていたころ、彼は声を聴いた。

——運命が待っている。

幼いころから当然のように神に祈りを捧げる生活をしていた彼にとって、それは神の声以外の何物でもなく、自分の信仰が認められた証《あかし》だと思ったのは必然だった。

だが、神父としてフランスで活動を始めた彼に、声は幾度となく囁く。

——おまえの運命が待っている。

声は、夜毎ミシェルの夢の中に現れた。一人の少女の姿をとって。不思議なことに、映像は現実のものではなく、アニメーションのようだった。ヨーロッパの中でもアニメや漫画を受け入れる下地の整った母国だが、それにしても異常だ。

アニメーションの中にはミシェルも存在した。他人というには似すぎた男は、その可憐な少女によって神への道を捨てていく。

ひどく忌《い》まわしい、おそらくこの少女は悪魔なのだ。悪魔の化身であれば、この美しい容姿も花のような笑顔も、人間を欺《あざむ》くための偽装と納得ができる。

ミシェルは悪魔からの誘いを幾度となく退《しりぞ》けた。悪魔が夢を見せて人間を堕落《だらく》させることがあることは、よく知られている。

だが迷いも生じた。ミシェルが神と信じたあの声。それこそが悪魔だとしたら――？

己はどうしたら良いのだろう。

悪魔に導かれる者が人々を教え導くことなど許されるのだろうか。このままフランスにいて、運命から逃げ続けることもまた、神への反逆になりはすまいか。

やがてミシェルのもとに一通の通達がやってくる。

――日本教区へ。

ああ、ついにこの日が来てしまった。

ミシェルは行かなくてはならない。運命に出会い、それが悪魔であれば抗《あらが》わなければいけないのだ。そうでなければ、ミシェルはこの先に進めない。

だが、日本へ向かうため最後に神に祈りを捧げた祭壇《さいだん》で、――ミシェルは泣いた。
啓示のように目の前に現れた幻影。アニメーションのさらにその先。
神であったはずのものは告《つ》げる。
これらはすべてゲームである。
ただ一人の少女のための世界。ヒロインを愛する運命を背負った男たちが生きる世界。
ミシェルもまた、その少女を愛し、神を捨てるために生まれたのだ。
世界の秘密を知って、ミシェルは絶望と憎悪を抱えて日本へやってきた。
運命に抗《あらが》うために。ヒロインに出会うために。
愛川マリアを、――拒絶するために。

十二月②　大晦日《おおみそか》は誰と過ごしましょう

大晦日である。

仲良くなったクラスメイトたちと一緒に、二年参《にねんまい》りすることとなった。

予定メンバーは私、裕美ちゃん、京子嬢、マリア嬢、委員長。その他、京子嬢と委員長がクラスの皆に声をかけると言っていたので、他にもいろいろ集まるだろう。

男の子もいると知った和兄は、やけに複雑そうな顔をしていた。この場合、逆だと思うけど、どうよ？　真夜中に出かけるなら、男の子がいたほうが安心じゃない？

待ち合わせ場所についた私を出迎えたのは、準備万端でニヤニヤと笑みを浮かべた裕美ちゃんと『ネオ・キャンドル』の四人組である。

裕美ちゃんの今日の格好は、ダウンコートに帽子をかぶったモコモコ姿。可愛いしあたたかそうだ。どこか小動物を思わせる。

私は裕美ちゃんの要望に従って、髪をアップにしていた。髪紐は、桂木くんにもらった誕生日プレゼントだ。

クリスマスパーティの翌日、私は風邪を引いてしまった。熱が下がってあらためてプレゼントの箱を開けると、房《ふさ》のついた組み紐の髪飾りが入っていたのだ。制服に合わせるには和風すぎるけど、とても可愛らしかった。

それにしても……寒い。ねえ、これっておかしくない？ 寒すぎない？ 首元スカスカするんですけど。せめてもの抵抗にマフラーでフォローしている状態だ。

「他の子たちはまだ？」

「私たちも、今来たばかりだしね」

私が問いかけると、裕美ちゃんはそう言って駅の改札口を見やった。

『ネオ・キャンドル』の伊藤くんが口を開く。

「珍しいんだな、新見。体育でもないのに、髪上げてるのって」

「あ、似合わない？」

「い、いや、そういうんじゃないよ⁉ 気に障《さわ》ったんだったらごめん。そうじゃなくて、その」

伊藤くんはもごもご口ごもり、小さく続けた。

「か、……」

とその時、マリア嬢が現れた。お供のように京子嬢を連れているが、特筆すべきはその服装！ 着物だ！ 着物である！

「可愛い‼ うっわぁああ、似合うよ、愛川さん！」

私は思わず歓声を上げてしまった。

おそらく振袖というやつだろう。赤地に大振りの花が咲き誇っている、とても華やかなものだ。ところどころに、雲や扇《おうぎ》もデザインされている。

アップにした髪には、大きめの髪飾り。

黒髪だったら、さらに似合うと思うんだけど。彼女の髪は栗色なんだよね。でも美少女だから良し。

ふと伊藤くんを見ると、口をパクパクさせている。そういえば、何か言いかけていたよね。

じっと見ると、彼は「たはは」と笑って目を逸《そ》らした。なんだったんだろう。

いや、今はそれよりマリア嬢の着物姿である。

「そ、そう？　ありがとう」

頬を赤らめつつ、マリア嬢は答える。

横にいる京子嬢は、誇らしげにフフンと笑った。

「マリアったら着物なのに歩いてこようとするから。タクシーつかまえて迎えにいったのよ」

京子嬢、ぐっじょぶ。マリア嬢は運動神経が今ひとつなので、つまずいて転ぶ可能性もあっただろう。

「そういえば夏祭りの時も浴衣《ゆかた》だったよね。もしかして愛川さんって、着付けできるの？」

私の問いかけに、マリア嬢は小首をかしげて答えた。

「着付けはできないけど……、手入れは多少できるかな。お祖母《ばあ》ちゃんが誂《あつら》えてくれた着物がけっこうあって」

お金持ちだな、ホント。成人式用の振袖は、別にあるとか言わないだろうな？

これ以上華やかなのって想像できないが、マリア嬢の成人式を見届けるためにも、お祖母さんには長生きしてもらわねばなるまい。快復するといいね。

「今日は、二年参《にねんまい》りにしてくれて嬉しかった。この時間だと病院も面会を受けつけてくれないから……、元旦は、朝からお祖母ちゃんのところに顔を出すつもりでいたし」

「容体、少しは良くなったんでしょう？」

「そうなの。まだ安心はできないけど、ここ数日は持ち直してきたみたいで」

京子嬢に、はにかんで笑うマリア嬢。くはぁあ、可愛い。

そっか。初詣《はつもうで》じゃなくて二年参りになった理由が分かったよ。

ちなみに、最初は裕美ちゃんと二人で初詣に行く予定だった。だけど皆も誘ってみようかということで、まず委員長に声をかけたら、いつの間にか二年参りになっていたのだ。

「それは良かった」

自然と会話に加わってきたのは、委員長である。

「こんばんは。あとは、土屋くんかな？」

委員長がマリア嬢に向かって尋ねる。

「あ、ごめん。土屋くんは来られないのよ」

返答したのはマリア嬢ではなく京子嬢だ。

「大掃除が終わらなくて、抜け出せなくなったみたい。美容院にマリアを迎えにいく時、誘ってあげようと思ったんだけどね」

着物姿のマリア嬢を見られないとは、気の毒な男だ。考えてみれば土屋くんって、けっこうタイミング悪いよねえ、いろいろと。

写メでも撮《と》って送ってあげようかと思ったが、私は土屋少年のメルアドを知らない。そもそも携帯電話、持ってる？　たぶん、持ってるよね？　桂木くんじゃあるまいし。

「そうなの？　残念だね」

裕美ちゃんがそう言うと、京子嬢は得意そうな顔で答えた。

「マリアは着物よってメールで教えてあげたから、今ごろ悔《くや》しがって、ハンカチ噛《か》みながらギリギリしてるわよ」

いやあ、噛まないだろ。まぁ、心情としてはそれに近いかもしれないね。そして京子嬢、意地悪してメールに写真は添付しなかったんだな。着物という情報だけもらうとか、かなり拷問《ごうもん》だったに違いない。

土屋少年に同情していた私を見た委員長が、あれっと視線を上げた。

「新見さん。その髪飾り、和柄なんだ。お正月だから？」

「うん？　ああ……。解《ほど》けると台無しだから、触らないでよ？」

念のためそう言ってから、私は笑う。

「髪の毛アップにしてると、首元が寒いけどね。初詣《はつもうで》にはいいかなと思って」

「なるほど。それなら、髪の一部だけ結んだらどうかな。飾りであって、アップにしないといけないってわけじゃないんだろ？」

ふむ、それも一案かなあ。似合うかどうかは実際にやってみないと分からないから、家に帰ったら試してみよう。

「委員長って、女の子の髪型に詳しいの？」

「……詳しいわけじゃないけどね」

委員長は苦笑いした。

「各攻略対象たちの好みの髪型とか、そういう情報を持ってるだけだよ」

少し声をひそめた委員長に、私は尋ねる。

「ちなみに、その一部だけ結ぶってのは誰の趣味なの？」

「……、そういや松本《まつもと》遅いな。先に待ち合わせ場所に行ってろって言ってたくせに」

松本くんというのは、委員長と仲が良い野球部の男子だ。

話を逸《そ》らした委員長だが、妙に目元が赤い。もしかして、彼の趣味なんだろうか。

「そういや、新見さん。夏祭りの日、愛川さんが転んだかどうか覚えてる？」

「は？」

また唐突なことを聞くものだ。再び声をひそめた委員長に目を丸くした後、私は首を横に振った。

「私が見かけたのは、数分くらいだから分からない。少なくとも、その時は転んでないよ。浴衣《ゆかた》姿で、とっても可愛かった」

「そっか」

委員長は少し考えこんで、再度、着物姿のマリア嬢を見やった。

「どうしたの？」

「いや。……気のまわしすぎかもしれないんだけどね。彼女はたぶん、『下駄《げた》の鼻緒《はなお》が切れる』イベントをしてないんじゃないかと思って。ゲーム期間が終わった後、発生しなかったイベントがどうなるのか、判断がつかない。そういう意味では厄介《やっかい》だな」

私はマリア嬢の足元に視線を落とした。

「あれは、下駄じゃなくて草履《ぞうり》だと思うよ」

「……確かにそうだな。夏祭りの日も、草履だったから起きなかったのか」

「委員長の記憶があやふやなんじゃ、誰も判断できないでしょうに」

私は、少しばかり苦笑いしてから言った。

「一応、皆で気にしておこうか。せっかく綺麗な着物を着てるのに、そんなことが起きたらガッカリでしょ」

「新見さんはさ、こういう時に聞かないね。『誰とのイベントなの？』って」

「聞いてほしいの？」

私が首をかしげると、委員長は笑みを浮かべた。

「いいや。今日、ずっと一緒にいそうな祭さんにだけ念を押しておこう。愛川さんが運動苦手だってことは、承知してるだろうから」

攻略対象全員の石が消えた今、誰とイベントが起きたって良いと思う。自由に恋愛するのは、悪いことじゃないからね。それにイベントが発生したところで、強制的に好感度が上がったりはしないと思う。

それからしばらくしてやってきたのは松本くんと、……桂木くんである。

桂木くんは、和服を着ていた。それはさほど意外ではなかったけど、そもそも来ると思っていなかったので驚いた。

一方、裕美ちゃんや委員長は知っていたらしい。普通に挨拶《あいさつ》を交わしている。

私も桂木くんと松本くんに声をかけた。

「こんばんは、二人とも。それと桂木くん、お誕生日おめでとう。……今日、参加するって知ってたら、誕生日プレゼント持ってきたのに」

わずかに苦笑いを浮かべつつ、私は言った。当日に会えると思ってなかったから、家に置いてきちゃったよ。

「いや、……ありがとう」

桂木くんはじっと私の髪に視線を向け、少し顔を赤らめて目を逸《そ》らした。

「あ、これ？　似合う？」

ニコニコ笑って問うと、桂木くんはうなずいた。

「……あ、ああ。良かった」

今のは『贈り物が似合って良かった』というところかな。桂木くんは割と分かりやすいと思うんだけど、決して口数は多くない。

なるほど、裕美ちゃんは桂木くんが来ることを分かっていたから、この髪型にしてこいと指定したわけだな。

そう思って彼女を見ると、口元に笑みを浮かべてニヤニヤこちらを見ている。悪戯《いたずら》が成功したような顔をしているが、言ってくれれば自発的にやったと思うよ？　贈り物って、当人が使ってくれてるところを見るのが一番嬉しいと思うんだよね。あ、でも寒いから嫌だと渋った可能性も、確かにある。

これでメンバーが全員そろったみたいだ。私たちは、神社へ向かって歩き出す。

さて、本日の計画を発表しよう。

二年参《にねんまい》りとは初詣《はつもうで》の一種。大晦日《おおみそか》の深夜零時をまたいで神社にお参りすることを言う。

ってことはつまり、我々は深夜まで神社で過ごそうと思っているわけだ。各々《おのおの》ホットドリンクを購入したり、防寒具をきっちり着こんだりはしているが、冬の夜なのでやっぱり寒い。深夜過ぎまで外にいる点については、男子諸君が一緒なのでちょっと安心かな。

『拝殿《はいでん》でお参り』『社務所《しゃむしょ》でおみくじを引く』『希望者はお守りを買う』の三つが主な予定だ。

だが神社の鳥居までやってきた私は、思わず目を見開いた。鳥居から拝殿まで、参道に行列ができている。横四名のずらーっとした列だ。地元の神社だし、さほど有名なわけでもないのに……二年参りを甘く見ていた。こんなに人がいるとは。

ついでに言うと、予想以上に暗い。駅前は明るかったので気にならなかったが、境内《けいだい》には小さな篝火《かがりび》が左右に焚《た》かれているだけ。

「けっこう並ぶかもしれないね。どうする？　先におみくじでも引く？」

裕美ちゃんに尋ねると、彼女は少し考えこんで答えた。

「んー、でも、このくらいなら、お参りするのに一時間かからないだろうし、おとなしく並ぼうよ」

「まあ、友達と来てるんだし、喋《しゃべ》っていればあっという間だよね」

私はうなずいて、行列に並ぶことにした。

着物を着ているマリア嬢が一番危険だと思われたので、皆で彼女を囲む形を取る。いや、こんだけ暗いんだもん、マリア嬢のことだからコケるでしょ。

私たちは現在、女四名、男七名という大所帯。約三列を占領しているわけだ。

それにしても、本当に暗くて足元がちっとも見えない。

境内《けいだい》にある木々のせいで闇が深く、知り合いが周囲にいなければ不気味で嫌だったかもしれない。

……うん、大丈夫よ？　大丈夫だってば。ここは神社なんだから、ちょっと物騒で見えちゃいけないようなものは浄化されているに違いない。……幽霊なんていないよね？

裕美ちゃんの横を確保し、列の進行を確かめるべく背を伸ばす。ところがつま先立ちしても、ちーっとも見えない。私、そこまで背が低いわけじゃないんだけどな。反対隣の桂木くんは、おそらく背伸びもせずに拝殿《はいでん》が見えているに違いない。

「これ、おみくじとか引いても読めるのかな。暗すぎて厳しくない？」

私が呟《つぶや》くと、桂木くんが答えた。

「社務所の中には、明かりがあるみたいだ」

「あれ、そうなの？　見える？」

「ああ」

あれ、と桂木くんは指差してくれたが、人が多すぎて分からない。

彼は、私がよく見えていないのを察したらしい。すっと距離を縮めて私の手を取ると、ある方向に向けて腕を上げさせる。そして私の顔のすぐ横から、低い声でささやいた。

「……あっち」

っ……ぅく。桂木くんの声って、びりびり響くんだよね。急に間近で聞くと、なんか頭がおかしくなりそうなんだけど。

つ、ついでに、桂木くん。あの、手、手を握るのやめてもらえないかなっ⁉　やけに大きな手があたたかくて、どうにも落ち着かない。

「見えないか？」

不思議そうな桂木くんの声に、私は必死に首を横に振った。

「だ、大丈夫、だからその」

手を離してくれっっっ。あと、耳元でささやかないでぇえええ。

そんな私の気持ちは、欠片《かけら》も伝わらなかったようだ。

「詩織？」

ぐはぁあ。

このタイミングでの名前呼びは、ちょっとズルイ。まだ慣れてないってのに。もうしばらく苗字呼びを続けてくれるよう頼んだほうが良かっただろうか。

「な、なんでもないから。その、手を……」

離してくれないかなーとお願いするニュアンスで言うと、桂木くんはハタと自分の腕を見下ろした。

どうやら無意識にやっていた様子だ。まあ、天然男である桂木くんならそうだよね。

だが、その直後の反応は、なんだかちょっと彼らしくなかった。パッと手を離してから、ぎこちなく目を逸《そ》らしたのだ。気のせいか頬が赤いような？

「……わ、悪い……」

いや、まあ、大丈夫です。親切心であったことは分かってるから。

ふう、と大きく息を吐いて心を落ち着かせると、改めて周囲へと目を配《くば》る。

列は少しだけ進んだが、まだまだ拝殿《はいでん》までは長そうだ。

一時間という裕美ちゃんの予想は外れたが、二時間経つ前には順番がまわってきた。

お財布の中から百円玉を取り出して賽銭箱《さいせんばこ》に投げ、拍手《かしわで》を打って願いごとをする。

さて、肝心の願いごとだ。

……この神社に祀《まつ》られているのがなんの神様なのか、どういったご利益があるのか、まるで覚えていないという困ったありさまである。どうせなら、それにちなんだ願いごとをすべきなんだけど、予習が足りていなかった。そのため「数学の成績がもう少し上がりますように」と祈ることにした。学生だし、ちょうど良いだろう。いやホント、頼みますよ神様。来年は補習を受けたくないですよ。

「何をお祈りしたの？」

やけに真剣だったマリア嬢に尋ねると、彼女はポッと顔を赤らめた。

「え、ええと……内緒」

うむ、可愛らしい返答である。それ以上聞く気がなくなった。恋愛成就だね？　頑張れ。

その相手だと思われる土屋少年ときたら、大掃除が終わらずに来られないという体《てい》たらく。そりゃ、神様に頼んでおきたくなるってもんだ。

「私はもっと裁縫《さいほう》の腕が上がりますようにって祈ったよ」

裕美ちゃんは拳《こぶし》を握りしめて言う。その願いごとをするならたぶん、七夕《たなばた》がふさわしい。七夕の元となる儀式は、お針子《はりこ》さんたちが裁縫の上達を願うお祭りだったらしいから。次の七夕に教えてあげよう。

「あたしは、もっとスクープが狙えますようにって。将来的には記者になりたいけど、やっぱり普段からの活動のほうが重要だと思うもの」

なるほど、京子嬢らしい願いごとである。

「ちなみに詩織ちゃんは?」

裕美ちゃんに尋ねられ、私は正直に答えた。

「学業成就。数学がもう少しマシになりますようにって」

「一番色気がないの、詩織ちゃんだと思うよ」

えー、そうかなあ。

なお男子たちは内緒らしく、誰も教えてくれなかった。桂木くんなどは目を逸《そ》らしてたし。

でも伊藤くんは拍手《かしわで》を打ちながら口に出していたので、皆気づいていたはず。「ベースが上手くなりますように」だそうだ。ぜひとも叶うことを祈ろう。

『ネオ・キャンドル』の面々は、文化祭が終わった後も活動を続けている。クリスマスライブも大盛況だった。おそらく来年の文化祭でも、活躍するだろう。

このまま部活動として申請して、軽音部を作るという案もあるらしい。実は私にもお誘いが来てるんだよね、どうしようか。雑用係として参加する分には、構わない気もしている。

さて、行きはよいよい、帰りはこわいという歌を思い出したのは、参拝を終えた後だった。

おみくじを引きに行こうと思っていたのに、延々と続く後列の人たちに押され、私は他の子たちとはぐれてしまった。行きの行列はまっすぐだったから油断していたのだ。帰りのほうがごった返しているなんて。

その時である。

ビンッッ！　と髪を後ろに引かれて、思わず悲鳴を上げた。

「い、痛っ！　ちょっ、待っ……」

「あ、ゴメンっ！」

向こうも慌てて詫《わ》びを入れてきたが、とりあえず離して！　髪！　髪が！　痛いってば！　引っかかってるんだよ！

うひぃぃいいいいん。

涙目になりつつ、髪の毛をガードする。ぐっと結び目を押さえてそれ以上引っ張られないようにした。相手は、もたもたと絡んだ部分を解《ほど》こうとしているみたいだが、ボタンか何かに引っかかっちゃったらしい。暗くて手元が見えないだろうし、仕方ない。

「お願い、ちょっと動かないでね」

相手に声をかけて、私は髪を引っ張った。ぶちぶちと数本は切れたと思う。痛い。

近々、美容院に行って毛先を整えてもらおう。

ふう、とようやく息を吐いた私に、相手が頭を下げた。

「……ゴメン」

あらためて相手を見ると、それは委員長だった。痛みで、声を聞いても分からなかったよ。

バサバサと髪がほつれて落ちる。くそう、乱れたな。手ぐしじゃ直せないし、どこかで手鏡を覗《のぞ》きたいが……

「っっ！」

髪に手をやった私は青ざめた。

再度謝ろうとしていた委員長に向かって、短く叫ぶ。

「動かないで！」

髪の毛に結んであった、髪紐……朱房《しゅぼう》のついた髪飾りがない。おそらく、絡んだ時に解《ほど》けて落ちてしまったのだろう。あたりが暗すぎて、とてもじゃないが地面は見えない。しかも、前後左右を人が行きかい、しゃがんで物探しなんてできっこない。

「ど、どうした？」

「髪紐！　委員長のボタンについてない？　もしくは落ちたかな」

携帯電話を取り出して、わずかな光量を地面に向ける。だけど、ぼんやりと靴や足が見えるだけで、ついでに砂利《じゃり》が敷かれていると分かっただけだ。

マズイ。さすがに、これは気まずいなんてもんじゃない。人からの贈り物をもらってすぐになくすなんて。

「あ」

委員長もまた、携帯電話の明かりを左右に向けていた。キョロキョロしていた彼は、ハタと気づいて私に言った。

「新見さん、肩。……ちょっと、じっとしてて」

そう断ってから、委員長はそろそろと携帯電話を近づけながら私の肩に手を伸ばす。緊張感が伝わってきて、思わず息を呑む。

「マフラーの上？　解いたほうがいい？」

「いや、たぶん……もっと首元かな。巻いてるの、崩れても平気？」

「うん」

おそるおそる触れられて、なんだかすごく、くすぐったい。それを堪《こら》えていると、委員長の指先が私の首筋に触れた。

「ひゃぁんんっっ！」

驚いて声を上げてしまった。ビクンと身が跳ねる。

つ、冷たっ……

ううう、なんだその冷たい指は。氷かと思ったじゃないか。手袋しとけ、こんちくしょう。肝試《きもだめ》しは冬場にやるものじゃないぞ。夏にだってやりたくないけど。

私は思わず委員長にジト目を向けた。

すると彼は、複雑そうに目を逸《そ》らす。

「……？」

いや、どうしてその反応？　私は首をかしげながら尋ねた。

「髪紐は？」

「あ。ああ……うん、大丈夫だよ。下には落ちてなかった」

髪紐を手渡してくれた委員長は、視線を宙に泳がせて、大きく息を吐いた。

「……わざとじゃ、ないんだよな。分かってるんだよ、分かってるんだけどっ……」

口元を手で覆《おお》いながら、苦々しく呟《つぶや》く。

「新見さんて、つくづく、新見さんだね」

どういう意味だ、それは。

それから、なんとか人混みから抜け出して手鏡を取り出した。

携帯電話の明かりを委員長に向けてもらい、手早く手ぐしで髪を整える。残念だが、髪をアップにするのはもう無理だな。この暗がりの中じゃ、きちんと直せない。いつもどおりの髪型に戻して、髪紐はなくさないようカバンにしまっておくことにした。

「明かりを向けてくれてありがとう。……裕美ちゃんたち、見つかりそうかな？」

すると、委員長が首を横に振る。

裕美ちゃん、『ネオ・キャンドル』のメンバー、桂木くん、松本くん、マリア嬢に京子嬢という大人数なのだから、誰か一人くらいはあっさり見つかりそうなのに。暗いし人が多いしで厄介《やっかい》なことになっている。

どうしたものかと思っていた時、「きゃっ⁉」という小さな悲鳴が聞こえた。

どんなに人が多くたって、この声だけは間違えない。マリア嬢だ。

声のしたほうに目を向けると、そこにはマリア嬢がいた。人混みから離れて歩こうとしていたマリア嬢は、どうやら砂利《じゃり》に足をとられたらしい。あやういところだったけれど、桂木くんが腕を伸ばして支えたおかげで、転びはしなかった。

よく見ると、マリア嬢の近くには京子嬢と裕美ちゃんがいる。二人は、マリア嬢のほうに駆け寄った。

「大丈夫か？」

桂木くんの言葉に、マリア嬢が答える。

「だ、だいじょう、ぶ。ごめんなさい」

桂木くんの反射神経は、メンバーの中で一番である。

その時、ブチ、と小さな音がした。

「っあ！　鼻緒《はなお》が……」

マリア嬢が声を上げる。おそらく、委員長が懸念《けねん》していたアレだ。『下駄《げた》の鼻緒《はなお》が切れる』。草履《ぞうり》でも起こるんだね。

「大丈夫ー!?」

私と委員長は、人混みをかき分けて皆に合流した。

マリア嬢は桂木くんを見ながら、あわあわしている。「なんでっ、今ごろ?」と呟《つぶや》いたところからして、意図して起こしたイベントではなかったみたいだ。そもそもクリスマス過ぎてるしね。

桂木くんは首をかしげた。マリア嬢が何に驚いているのか分からなかったのだろう。

彼は彼女をきちんと立たせた後、腕を離して一歩離れた。

「大丈夫、マリア?」

京子嬢はマリア嬢の足元を確認し、顔をしかめる。

「鼻緒、切れちゃったのね。代わりの草履なんて、持ってないわよね?」

「さすがに、ちょっと」

それは、まずありえないよね。

「誰か紐とか持ってない? 細すぎないやつ」

「ああ、それなら」

私がカバンの中を漁《あさ》りはじめると、横にいた委員長がギョッとした表情になった。取り出したハンカチを容赦《ようしゃ》なくビリッと引き裂けば、さらに驚いた顔をする。

「何か問題でも？」

そう尋ねたところ、彼は黙って首を横に振った。

「ゴメン。……僕の杞憂《きゆう》だった。新見さんを少し侮《あなど》ってたみたいだ」

「は？」

意味が分からず眉根を寄せた私に、委員長は首を振ったまま黙りこむ。

もしかして、髪紐を渡すと思ってた？　さすがにそれはないでしょう。

「短いけど、これをつなげば代用にならない？」

「うーん……。裕美、針と糸は持ってる？」

「一応持ってるけど、さすがにこの暗がりじゃ針仕事は無理だよ」

裕美ちゃんが困ったように言う。

「見栄《みば》えの良さまで求めるのが間違いってものね。仕方ない、固結びしちゃおう。マリア、ちょっと草履貸して」

「あ、は、はい」

「京子ちゃん、私がやるよ。愛川さんを支えててくれる？　裕美ちゃん、悪いけど明かりお願い」

そうして手早く対処をはじめた私たち。ちなみに、委員長と桂木くんは黙って見ているだけだ。

そして、どうやら松本くんと『ネオ・キャンドル』とははぐれたままである。委員長、携帯電話で連絡をとりたまえ。

私は切り裂いたハンカチを数本つなげて、なんとか紐としての体裁《ていさい》を整えた。よくよく草履《ぞうり》を見れば、指を通すところの紐が切れたんだね。前緒《まえお》っていうんだっけ？　こんなに長くハンカチをつなげなくても大丈夫だったな。まあ、いいか。

なんとかできあがり、それを裕美ちゃんにチェックしてもらう。裕美ちゃんのＯＫが出たところで、京子嬢に肩を借りているマリア嬢の足元に置く。ささ、お嬢様。おみ足を拝借。

「どう？」

「大丈夫みたい……。ごめんね、面倒かけて」

いやいや、怪我《けが》もしてないみたいだし良かったよ。桂木くん、ナイス。

その時、その桂木くんから声をかけられた。

「手際いいんだな」

彼は感心したように言って、首をかしげる。

「ハンカチ。……いいのか、それ。もう使いものにならないだろう？」

「ああ」

私は笑った。

「そんなに高いものでもないし。役に立ったんだから、私としては満足かな」

それにしても、このイベントが夏祭りの時に起きなかった理由はなんなのかな。時間か？　夜じゃないとダメだったのかもしれないな。それとも、妹ちゃん探しのイベントが起きたからこっちは起きなかったとか？

私たちがマリア嬢を囲んでいる間、委員長がはぐれた男子にメールをしてくれた。桂木くんは携帯電話を持ってないからね。はぐれたのが桂木くんじゃなくて良かった。

やがて松本くんと『ネオ・キャンドル』のメンバーが駆け寄ってきて、なんとか全員合流できた。

「はぐれて焦ったよ。携帯電話に電話かけても、つながらないし」

伊藤くんがそう言って息を吐いた。そういえば年末の日付が変わる前後の時間帯って、年越し電話をかける人が多いせいか、つながらないことがあるよね。なるほど、それで連絡できなかったのか。

「さてさて。おみくじでも引きにいく？」

私が提案すると、皆、特に反論はないようだった。

全員で、社務所《しゃむしょ》へ移動する。マリア嬢は、念のため京子嬢に肩を借りつつ歩いていた。

社務所の窓口には、ずらっと並んだ巫女《みこ》さん姿の女の子たち。皆、可愛いなぁ。

おみくじもお守りも、ここでお金を払うらしい。

お守りを買うのは主に女の子で、男子たちは興味がないようだ。

私はさっそくおみくじとお守りの代金を払う。ちなみにお守りは、学業成就のものにした。

先に裕美ちゃんがおみくじを引き、開封はせず私の順番を待ってくれた。どこか落ち着ける場所に移動して開きたいよね。

私は、おみくじの箱の穴に手を突っこんだ。年季の入った木箱である。前から思ってたんだけど、これってお相撲《すもう》さんとかも手が入るのかなあ？　普通サイズの穴だし、途中で詰まっちゃったりしないかな。

私はクジ運のないほうで、ハズレのあるクジだと必ずハズレる。ちなみにハズレのないおみくじの場合は、たいがい小吉とか末吉とかそんなところだ。

おみくじを手にそそくさとその場を離れ、社務所《しゃむしょ》の明かりが届くあたりでおみくじの紙を広げた。うん、末吉である。案の定だ。

「どうだった？」

「末吉。裕美ちゃんは？」

「吉。これって、末吉と吉だとどっちが上なんだっけ？」

たぶん吉のほうが上だと思う。

裕美ちゃんはどう判断したものかと迷いながらも、学業や恋愛と書かれた項目を読んでいる。

マリア嬢は安定の大吉。本当にクジ運がいいな。

彼女は、おみくじの紙をじっと見つめて呟《つぶや》いた。

「待ち人、やがて来たるべし、かあ……」

ふむ。やがてって、いつなんだろう。

この時おみくじを引いたのは、桂木くん以外の全員であった。

委員長はなんと凶《きょう》を引いて、やけに難しい顔をしている。はてさて。

「どうしたの？　実は気にするほうだった？」

「……いや。まあ。神様ってのは、祀《まつ》られている地では影響力が強いんだよね……。特に信じる人間が多ければ多いほど、力を発揮する。人間の思いこみもあるとは思うんだけど、信じられるだけの根拠はあるしな」

……つまり、気にしてるわけだな。

「そっか。なら、二年参《にねんまい》りで良かったね」

「え？」

驚いた顔をした委員長に、私は笑った。

「委員長が凶だったのは今年だから。あと一時間もしないで終わるよ？　来年は良い年になるんじゃない？」

委員長は呆《あき》れた顔をした。

「それはちょっとズルイ解釈じゃないかな」

「そう？　でも占いの結果って、自分の解釈でいいと思うんだよね。良いところは覚えておいて、悪いところは忘れちゃう。悲観的になるよりいいでしょ？」

委員長は拍子《ひょうし》抜けしたような表情を浮かべ、それから苦笑した。

「凶って、そういう意味なのかな。……これ以上、キミの深みに入って抜け出せなくなる真似は避けたいんだけど」

「え？」

私は首をかしげたが、委員長は苦笑したまま、それ以上何も言わなかった。

あまり良い結果でなかったメンバーは、社務所の近くに用意されたおみくじを結ぶスペースへ移動する。だがびっしりと結ばれていて、空いている場所がなかなか見つからない。

「……ここ」

顔を横に向けると、桂木くんが立っていて、わずかに空いたスペースを示してくれた。

少し高い位置だったから、私だけでは気づかなかっただろう。

「あ、ありがとう」

私は背伸びして、桂木くんが見つけてくれたスペースに、おみくじを結ぶ。

ふと視線を感じて顔を上げた。桂木くんが、何か言いたげな顔でこちらを見つめている。

「どうしたの？」

尋ねてみたところ、彼は口を開きかけて、また黙りこんでしまった。

あ、もしかして――

「髪型を変えたのは、さっき人に引っかかっちゃって解《ほど》けたからだよ？」

髪紐はちゃんとカバンの中にあるからね、と心の中で付け足す。

だけど、桂木くんが気にしていたのはそこではなかったらしい。目を大きく見開いた後、彼は小さく微笑《ほほえ》んだ。

「雰囲気が違うと思ったら、そのせいか」

……髪型を変えたことに気づいてなかったのか。まあ、暗いしね。あ、そうだ。ついでだから聞いてみよう。

「ちなみに、桂木くんはどんな髪型が好きなの？　女の子だと」

そう口にした後、なんだかおかしな質問だったと後悔した。

桂木くんは驚いたように目を丸くして、少し首をかしげた。

「どう、というほどこだわりはないと思うが……」

ふむ、あまり気にしないタイプか。確かに、彼は女の子の服装や髪型にはそれほどこだわらないイメージがある。

そんなことを考えていると、桂木くんがぽつりと呟《つぶや》いた。

「……普段見られないものを、見ることができていいなと思ったりはするけど」

「え？」

どういう意味だ？　髪型はいろいろ変化があったほうが面白いってこと？

桂木くんは、ハッとしたように口元を手で覆《おお》って目を逸《そ》らした。

「い、いや、なんでも、……ない」

首をひねる私だったが、それ以上触れてほしくなさそうだったので、この話はここまでとした。

「そういえば、桂木くんはおみくじ引かなかったね。ああいうの、好きじゃない？」

「誰かに運勢を決めてもらう必要があるとは、思わない。願いごともそうだな。何かしたいと思った時、実現させるのは自分だろう。参拝ついでに、目標を自分に言い聞かせるくらいで、他はあまり……」

どうやら彼は、神頼みをほとんどしないみたいだ。

だったら、なんでまた二年参《にねんまい》りに来たんだろう。友達同士のお出かけは、確かに楽しいけどさ。

「それに、おみくじを引くまでもないしな」

桂木くんが私に向かってそう言った。

「え？」

「今年の運勢は、吉《きち》か凶《きょう》かと言われたら間違いなく吉だったと思う。来年もそうだといい、と期待するだけだ」

「いい年だった？」

「ああ」

そう言って、桂木くんは口元に優しい笑みを浮かべた。

さて、全員がおみくじを引いた後のことである。

やることがなくなっちゃったんだよねー。日付けが変わるまで、あと三十分くらい。

これは一度神社を離れて、年を越してからまた来るとか？

「あたたかい飲み物でも買いにいく？　寒いし」

ついでに眠くなってきたので、眠気を覚ましたいところだ。でもねえ、ここの神社、境内《けいだい》に自動販売機が設置されてないんだよ。

「ああ、それなら。どこか座れるところないかしら」

そう言ったのは京子嬢だ。彼女はさっきからずっと、マリア嬢に手を貸しつつ歩いている。

「さすがに急ごしらえの草履《ぞうり》でしょ？　マリアを座らせてあげたいのよね」

言われてみれば、さっきから文句ひとつなく歩いていたマリア嬢だけど、さすがにちょっと辛そうな表情を浮かべている。なんで気づかなかったかなー、私。反省だ。

「どこかにベンチとかあったっけ」

お互いに顔を見合わせたものの、頻繁《ひんぱん》に来る神社でもないし、暗いし、何より人が多くてよく分からない。駐車場のほうまで行けば人が少ないだろうけど、座れるとこなんかあったかな。

「神社の外にコンビニがあるから、ひとまずそこに移動しよう。砂利道《じゃりみち》よりはいいだろう？」

委員長の提案により、私たちは神社の出入り口まで引き返した。飲み物を買うにしても、コンビニってのは良いチョイスだ。ホットティ万歳。

その時である。

見覚えのある人影を見つけた。神社の出入り口で、ぜえはあと息を切らす少年が一人。スポーツタイプの自転車に身体を預けて荒い息を吐き出し、やけに軽装だった。マフラーも手袋もつけていない。ダウンジャケットを一枚羽織《はお》っているだけだ。

「つっくん⁉」

マリア嬢が驚きの声を上げる。他のメンバーも土屋少年に気づいた。

マリア嬢は、息を切らしている土屋少年のもとに駆け寄ろうとしたんだけど、京子嬢に止められた。着物を着ているし、急ごしらえの草履じゃ危ないよね。

「早かったわねえ」

平然と言ったのは京子嬢だ。土屋少年は、一瞬責めるような目を向けてからこちらに近寄り、マリア嬢に声をかけた。

「大丈夫か、怪我《けが》したって聞いて」

「け、怪我？　ううんしてないけど……、ちょっと、つまずいちゃっただけで」

困惑するマリア嬢の言葉に、今度は土屋少年が目を丸くした。

……なるほど。どうやら京子嬢、ちょっとしたおせっかいを焼いていたらしい。鼻緒《はなお》が切れちゃったよ事件について、脚色入りのメールを送ったのだろう。いつの間に。

大掃除で家を抜け出せなかった土屋少年。掃除が終わったのかどうかは不明だが、急いで自転車を飛ばしてきたようだ。

何分かかるんだよ、ここまで？　道に迷う可能性だってあったはず。それをためらわずやってのけるとは……やるじゃないか！

私は心の中で拍手喝采《かっさい》した。

ただ土屋少年！　足を心配するのはいいが、その次に言うべきことがあるだろう⁉

マリア嬢の着物姿を褒《ほ》めるんだ！　オシャレした女の子の服装に言及するのは基本

だぞ！

「ちょーどいいわ。帰り、マリアを家まで送ってあげてくれない？　さすがに駅まで歩かせるの、嫌だもの」

「あ、ああ。それは……」

「ちょっ、京子ちゃん⁉」

マリア嬢は、慌てて京子嬢を見やった。完全に予想外だったらしい。「待って、そんな」「心の準備が」とかもごもご言っているが、まあ、そんなことは置いておこう。今度は私から提案だ。

「いいね。それにさ、土屋くん。せっかく来たんだし、あと一時間くらいは平気だよね？」

「ああ、まあ……」

「参拝は無理でも、境内《けいだい》で二年参《にねんまい》りしていきなよ。日付けが変わってから、愛川さんを送ってあげて。あ、でも、二人乗りはダメだからね？　荷台もない自転車に、着物の女の子を乗せるような真似は認めないよ」

理想としてはこうだな。マリア嬢が横座りでサドルに座り、その自転車を土屋少年がゆっくり手で引いていけばいい。ちょっとした白馬の王子様みたいじゃないか。自転車だけど。

マリア嬢は「でも」とか「けど」とかしばらく言っていたが、嫌がっているわけではないと、その場の誰もが分かっていた。頬が赤いんだもん。

しっかし、すごいね、おみくじって。『待ち人、やがて来たるべし』だったっけ。早いな、おい。おそるべし、大吉。

ところで残念なことに、土屋少年は結局、マリア嬢の着物姿を褒《ほ》めなかった。

赤面しつつ、もごもごと口ごもりながら褒める、という純情少年ぶりを見たかったのに。この朴念仁《ぼくねんじん》め。少女漫画を読んで出直してきやがれ。

それから、日付けが変わるのを皆で待った。

腕時計を持っているメンバーは腕時計を、持っていないメンバーは携帯電話の時刻表示を見ながら待つわけだ。日付けが変わったら「あけましておめでとう」と挨拶《あいさつ》し、拝殿《はいでん》に向けて一つ手を合わせて解散する予定。うんうん、なかなか良い新年のはじまりではないかな。

なんて思っていた私は、携帯電話にメール着信があることに気づいた。

差出人は和兄からで、件名はこうだ。

『零時になったら見るように』

私は首をかしげた。急ぎの用件じゃなさそうだけど、だったら家に帰ってから言えばいいのに。

「どうしたの、詩織ちゃん？」

「ああ、いや、なんでもないよ」

不思議そうに声をかけてきた裕美ちゃんに首を振って、日付けが変わるのを待つ。

除夜《じょや》の鐘の音が聞こえてくる。

いよいよ年が明けようとする中、カウントダウンをはじめる声が響いた。

一〇八回の鐘の音。よく煩悩《ぼんのう》の数だって言われているけど、人間ってそんなにたくさん煩悩があるんだね。

響き渡る鐘の音に、なんだかしんみりしてきた。

これで一年が終わるのか。

忙しかったけど充実してたし、何より知り合った皆と仲良くなれて本当に良かった。

こんなにたくさんの友達に囲まれて、年越しする日が来るなんて。今までの私だったら、考えられなかったかもな。

さて、日付けが変わる瞬間には皆で挨拶《あいさつ》をするわけで、ちょっとフライングだがメールの本文を確認しておく。

メールを開き、目に飛びこんできたのは、こんな文字だ。

『あけましておめでとう。今年もよろしく　和翔』

一瞬、心臓が跳ねた。

内容はごく普通だ。定型文を使って作った年賀状みたい。むしろ、もう少しひねったらどうなのって言いたくなるような。

でもさ。……和翔、だって。

メールに名前つけてくるのって、いつ以来かなあ。私が送る時も無記名だし、向こうからも無記名っていうのが基本だ。どうしてってわけじゃないんだけど、一応、学園内で誰かに携帯電話の履歴を見られても、パッと見では分からないようにしたいしね。携帯電話の登録名は『かずにい』だから、まず気づかないでしょ？

「どうしたの、詩織ちゃん？　なんか笑ってるけど」

慌てて携帯電話から顔を上げた私は、不思議そうな表情の裕美ちゃんに尋ねた。

「わ、笑ってた？」

うわー、恥ずかしい。ニヤニヤしてたんだろうか？　別に、笑うほどのことじゃなかったと思うんだけど。私は首をひねる。

九、八、七、……。

男子諸君がカウントダウンしている声が響く。

嬉しそうな顔をしたマリア嬢が、隣にいる土屋少年をチラッと見上げる。でも肝心の土屋少年は他の子たちと一緒にカウントダウンするのに忙しい。彼女はわずかに口を尖《とが》らせつつ、でもまあいいか、なんて思い直したらしい。マリア嬢も笑顔でカウントダウンに加わる。

京子嬢は日付けが変わる瞬間に記念撮影をしようとしているらしく、カメラのタイマーを合わせている。

「うん。詩織ちゃん……顔赤いよ？」

「ッ⁉」
五、四、三、……
「く、暗いから、気のせいじゃないかな⁉」

裕美ちゃんの問いかけに、上ずった声が出てしまった。

「そう？」

慌てて携帯電話の画面を閉じようとして、……もう一度だけ、見下ろした。

返事は年が明けてからになるけど、まあいいだろう。

一……

そして日付けが変わると同時に、集まった皆と一緒に「あけましておめでとうー！」と声を合わせる。

頭を下げて、にこにこ笑って、今年もよろしくと言い合った。

それが終わったら解散だ。今日はまだ電車が動いているから、マリア嬢と土屋少年だけを残して、残りのメンバーは駅へと向かう。

お二人さんについては、少しでも仲が進展するといいね？　あと土屋少年、一言くらいは着物姿について言及しろよ？

駅に向かいはじめた皆に加わる前に、メールを一通送っておいた。

このタイミングでメールを送る人は多そうだし、混線に巻きこまれて届くのが遅くなるかもしれない。メールが届くのが先か、私が帰るのが先か。

どうせ起きて待ってるんだろうし、本当は顔を合わせた時に口で言ったほうが早いんだろうけど。

そんなことを考えながら、私は口元に笑みを浮かべた。

『こちらこそ。今年もよろしくね。詩織』

和兄、できれば、あんまり心臓に悪いことはしないでよ？

コンカツ!

桔梗 楓

Kaede Kikyo

敗《ま》け組女子、理想の結婚目指して奔走中!

浪川琴莉《なみかわことり》は、職なし金なし学なしの人生敗《ま》け組女子。けれど幸せな結婚を夢見て、日々、婚活に勤しんでいる。そんなある日、小規模な婚活パーティーで出会ったのは、年収2000万以上のインテリ美形。思わず目を輝かせた琴莉だったが……

「そんなに俺の金が欲しいのか?」

彼の最大の欠点は、その性格。かくして、敗け組女と性悪男の攻防戦が幕を開ける!

◉文庫判　◉定価：本体650円＋税　◉ISBN 978-4-434-21828-6　◉illustration: 也

ありふれたチョコレート
AN ORDINARY CHOCOLATE BAR
1 2
秋川滝美
TAKIMI AKIKAWA
大人気シリーズ
待望の文庫化!
あくまでも平凡。
だからこそ
特別なものがある。

ありふれたチョコレート 1
秋川滝美
なものがある。
ありふれたチョコレート 2
秋川滝美
平凡なチョコレートにするため、
NYで大奔走!?

地獄の沙汰も金次第――
業を背負う覚悟と金があるのなら――
その恨み、蛟堂に預けてみませんか？
悪いようには致しません。
「一週間以内に、」
――必ずや片を付けてみせましょう。
みずちどうほうふくろく
蛟堂報復録
鈴木麻純
MasumiSuzuki
Illustration：かなみ凪
累計
38万部
突破！
大人気シリーズ文庫本 全9巻 大好評発売中！
地獄の沙汰
金次第
陰陽道の天才が
本の世界へ
誘い込む……
天才陰陽師は、
本の力を借りて
罪人の本性を暴く
舞台は思念世界
人の心の闇が
暴かれる……
人が人を裁く
報復屋に、
正義はあるか!?
過去の予言に
秘められた謎が
今解き明かされる
長年の孤独に
苦しみ続けた魂を
天才陰陽師が救う
因縁、ついに決着
天才陰陽師の
運命は如何に？
文庫判　各定価：本体600円＋税

本書は、2014年11月当社より単行本として刊行されたものを文庫化したものです。

アルファポリス文庫

乙女ゲーム世界で主人公相手にスパイをやっています4

香月みと（かづきみと）

2017年1月20日初版発行

文庫編集－反田理美・羽藤瞳
編集長－塙綾子
発行者－梶本雄介
発行所－株式会社アルファポリス
〒150-6005 東京都渋谷区恵比寿4-20-3 恵比寿ｶﾞｰﾃﾞﾝﾌﾟﾚｲｽﾀﾜｰ5F
TEL 03-6277-1601（営業） 03-6277-1602（編集）
URL http://www.alphapolis.co.jp/
発売元－株式会社星雲社
〒112-0005東京都文京区水道1-3-30
TEL 03-3868-3275
装丁・本文イラスト－美夢
装丁デザイン－ansyyqdesign
印刷－株式会社暁印刷

価格はカバーに表示されてあります。
落丁乱丁の場合はアルファポリスまでご連絡ください。
送料は小社負担でお取り替えします。

ISBN978-4-434-22744-8 C0193

心の指針

Selection 1

未来《みらい》を開《ひら》く鍵《かぎ》

大川隆法

Ryuho Okawa

Contents

1 未来《みらい》を開《ひら》く鍵《かぎ》

本当《ほんとう》は、
未来《みらい》のことは、誰《だれ》にもわからない。
一人《ひとり》一人《ひとり》が、
人生《じんせい》の主人公《しゅじんこう》で、
一人《ひとり》一人《ひとり》が、
自由意志《じゆういし》を持《も》っているのだから。

あなたは、

自分《じぶん》の種《たね》をまき、

それを育《そだ》て上《あ》げ、
やがて、自《じ》分《ぶん》自《じ》身《しん》で刈《か》り入《い》れる。

あなたの友人《ゆうじん》も、
自《じ》分《ぶん》で種《たね》をまき、
努《ど》力《りょく》して育《そだ》て、
やがて、自《みずか》らの手《て》で刈《か》り入《い》れる。

あなたと、友人《ゆうじん》との関係《かんけい》がどうなるか。
それぞれの実《みの》りをどう評価《ひょうか》するか。
それが判断《はんだん》であり、
実行《じっこう》である。

ただ言《い》えることは、
未来《みらい》を開《ひら》く鍵《かぎ》は、
あなた自身《じしん》が持《も》っているということだ。
人間《にんげん》は、考《かんが》えを選択《せんたく》できる。

幸福《こうふく》を選《えら》ぶか、
不幸《ふこう》を選《えら》ぶかは、
あなた自身《じしん》の決断《けつだん》にかかっている。
感情《かんじょう》は、
行動《こうどう》に従《したが》うということを、知《し》るがよい。

2 世界《せかい》を照《て》らす光《ひかり》

未来《みらい》を暗《くら》いものだと思《おも》うと、
暗《くら》い未来《みらい》がやってくる。
未来《みらい》を明《あか》るいものだと思《おも》うと、
明《あか》るい未来《みらい》が訪《おとず》れる。
実《じつ》は、自分《じぶん》の心《こころ》が、
未来《みらい》の事物《じぶつ》や現象《げんしょう》を
引《ひ》き寄《よ》せているのだ。

心《こころ》とは、言《い》ってみれば磁石《じしゃく》のようなものだ。

常《つね》に発射《はっしゃ》される想念《そうねん》が、
どこに向《む》かうべきかを決《き》めるのだ。

常《つね》に暗《くら》いことばかり言《い》う人《ひと》に用心《ようじん》しなさい。
その人《ひと》は、失敗《しっぱい》した時《とき》、
悪《わる》いことが身《み》に臨《のぞ》んだ時《とき》、
「それ、私《わたし》の言《い》った通《とお》りじゃないか。」
と言《い》って、責任《せきにん》を逃《のが》れ、
保身《ほしん》できたことに満足《まんぞく》するのだ。
ある意味《いみ》でのエゴイストなのだ。
頭《あたま》の良《よ》い人《ひと》で、仕事《しごと》のできない人《ひと》は、
このタイプが多《おお》い。

暗《くら》い想念《そうねん》を浴《あ》びたら、
明《あか》るい言葉《ことば》を読《よ》み、
明《あか》るい表情《ひょうじょう》をつくり、
「毎日《まいにち》が素晴《すば》らしい。
毎日《まいにち》が新生《しんせい》だ。
毎日《まいにち》が希望《きぼう》に満《み》ちている。」
と繰《く》り返《かえ》してとなえよう。
あなたこそ、
世界《せかい》を照《て》らす光《ひかり》となるだろう。

3 青春断想《せいしゅんだんそう》

ふと渚《なぎさ》にて、
砕《くだ》けた貝《かい》がらに、
青春《せいしゅん》を想《おも》う。

青春時代《せいしゅんじだい》には、
何《なに》をやっても、
うまくいかないように思《おも》えた。

勉強《べんきょう》には苦《くる》しんだ。
趣味《しゅみ》など、もてなかった。
人間関係《にんげんかんけい》は、言葉《ことば》でつまずき、
好《す》きな女性《じょせい》には、声《こえ》もかけられなかった。
いつも自信《じしん》はなく、
未来《みらい》の希望《きぼう》は、
夕方《ゆうがた》の三日月《みかづき》のように、
うすぼんやりとしていた。

しかし、私《わたし》は、
自分《じぶん》に同情《どうじょう》することをやめた。
みじめな自己像《じこぞう》を、
心《こころ》に描《えが》くことをやめた。
奪《うば》うことを捨《す》て、
与《あた》えることを学《まな》んだ。

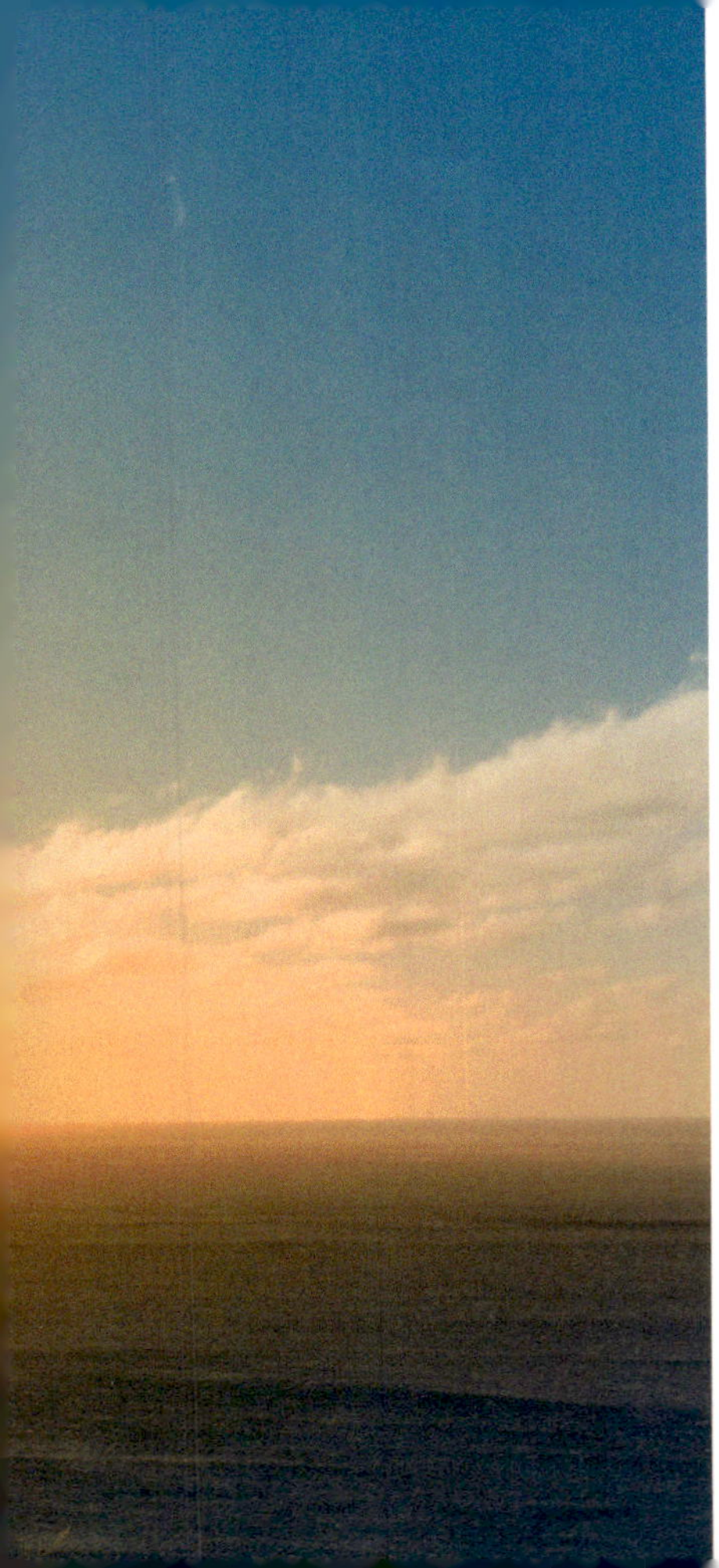

いつしか、
私《わたし》は、夜明《よあ》け前《まえ》の、
バラの園《その》にいた。
かぐわしい香《かお》りを味《あじ》わった後《あと》、
朝日《あさひ》に照《て》らし出《だ》されて、
色《いろ》とりどりの花《はな》が姿《すがた》をあらわした。
バラのトゲのひっかき傷《きず》など、
もう、悔《く》やんではいられなかった。
私《わたし》は、幸福《こうふく》の中心《ちゅうしん》にいたのだから。

4 凡人《ぼんじん》の自覚《じかく》

『若《わか》き日《ひ》のエル・カンターレ』という本《ほん》に、
小《ちい》さい頃《ころ》の私《わたし》が、
平凡《へいぼん》さの自覚《じかく》に苦《くる》しんでいたことを
書《か》いてある。
両親《りょうしん》の教育方針《きょういくほうしん》や教育認識《きょういくにんしき》に、
限界《げんかい》があるなどと、考《かんが》えたこともなかった。
教育環境《きょういくかんきょう》が悪《わる》いなどと、
知《し》りもせず、知《し》ろうともしなかった。
家《いえ》のお金《かね》のなさが、
学力不振《がくりょくふしん》につながるなどと、

思《おも》ってもみなかった。

DB
ZAT
8
H

ただ、自分《じぶん》の能力《のうりょく》の低《ひく》さに原因《げんいん》を求《もと》め、
他人《ひと》が一時間《いちじかん》でやれることを、
二時間《にじかん》、三時間《さんじかん》かければ、
必《かなら》ず達成《たっせい》できると信《しん》じていた。
凡人《ぼんじん》の自覚《じかく》が、
他人《ひと》に頼《たよ》らない、
自助努力《じじょどりょく》の精神《せいしん》を育《そだ》てた。

言《い》い訳《わけ》をしないこと。
ただ、ただ、
自分自身《じぶんじしん》の手《て》でやれることを、
やり続《つづ》けること。
こんな平凡《へいぼん》なことが、
成功《せいこう》の法則《ほうそく》であったのかと、
この年齢《とし》にして、しみじみと感《かん》じている。

5 自分《じぶん》の畑《はたけ》を耕《たがや》せ

すべての人《ひと》が、同《おな》じ個性《こせい》を持《も》っていたら、
この世《よ》での魂修行《たましいしゅぎょう》は空《むな》しかろう。
各人《かくじん》が、能力《のうりょく》も性格《せいかく》も、育《そだ》ちも異《こと》なる。
だから、世《よ》の中《なか》は面白《おもしろ》い。
それゆえ、豊《ゆた》かな経験《けいけん》が広《ひろ》がっている。

どの人《ひと》にも仏性《ぶっしょう》は与《あた》えられていながら、
その発揮《はっき》する場所《ばしょ》と、
発揮《はっき》の仕方《しかた》が違《ちが》うのだ。
親子《おやこ》でも魂《たましい》は別《べつ》である。

●仏性　誰の心にも備わっている仏と同じ性質のこと。

いい意味《いみ》で親《おや》に似《に》ぬ子《こ》も、
悪《わる》い意味《いみ》で、親《おや》に似《に》ぬ子《こ》もいる。
遺伝子《いでんし》・ＤＮＡ《ディーエヌエー》信仰《しんこう》は、
ほどほどに卒業《そつぎょう》した方《ほう》がよい。

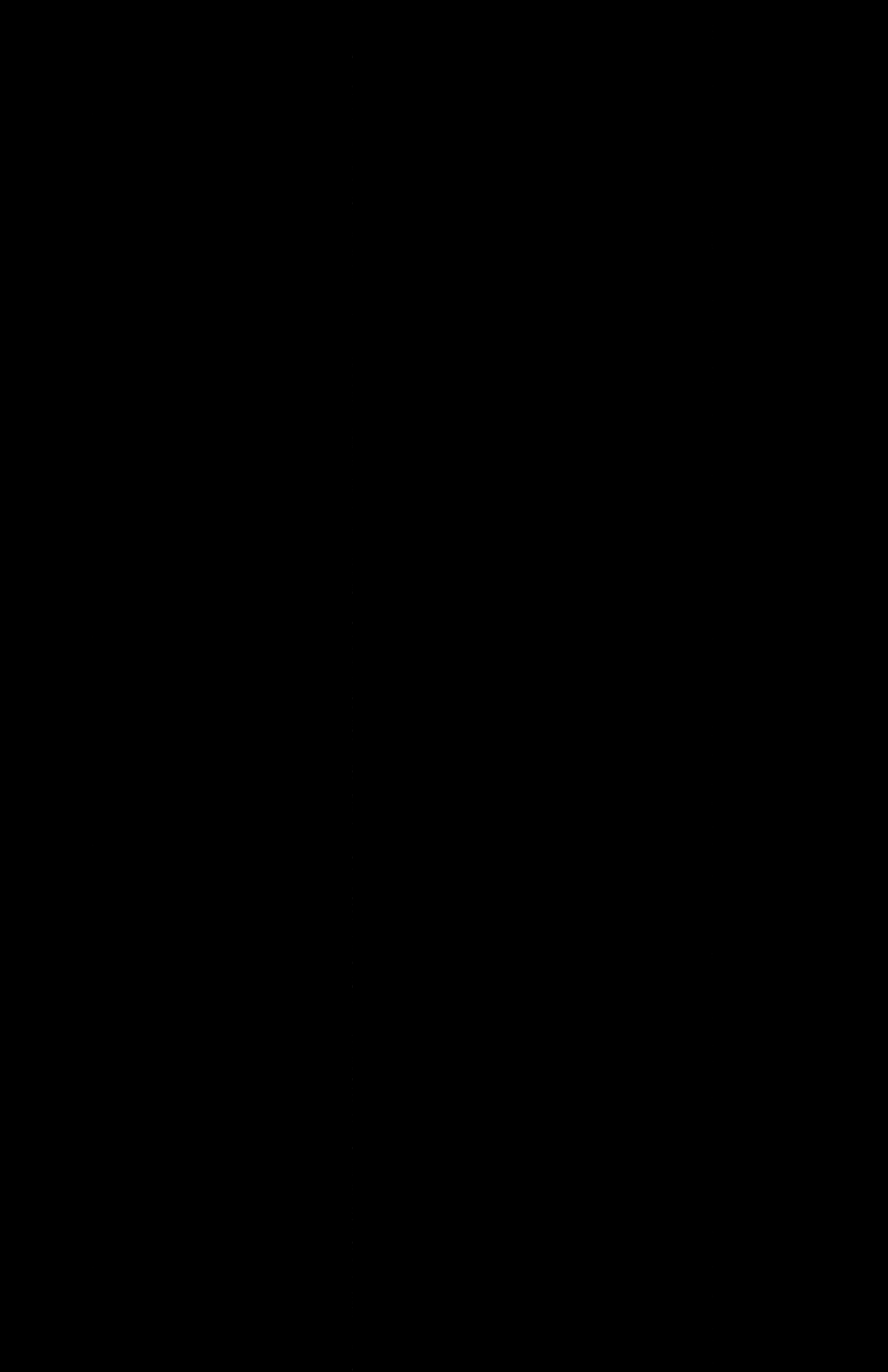

だから、他人《ひと》の畑《はたけ》をうらやましがらず、
自分《じぶん》の畑《はたけ》を耕《たがや》せ。
ただ、ひたすらに、
自分《じぶん》の畑《はたけ》を耕《たがや》していくがよい。

6

新《あたら》しき光《ひかり》を浴《あ》びる

達人《たつじん》の域《いき》に達《たっ》しなければ、
楽々《らくらく》と仕事《しごと》をやってのけているようには、
観《み》えないだろう。

しかし、最初《さいしょ》から達人《たつじん》というものが
この世《よ》に存在《そんざい》するのではない。
白鳥《はくちょう》が水面下《すいめんか》で激《はげ》しく水《みず》を掻《か》いていても、
遠《とお》くから見《み》る人《ひと》には、
スイスイと池《いけ》を泳《およ》いでいるようにしか
観《み》えないのだ。

Woodruff
Thyme
- thymus -
Basil
Sage
-salvia-

同《おな》じように、
コツコツと
毎《まい》日《にち》畑《はたけ》を耕《たがや》している人《ひと》にとっては、
いつかしら一《ひと》区《く》画《かく》が、
青《あお》々《あお》とした野《や》菜《さい》畑《ばたけ》に変《へん》じているのを
見《み》る日《ひ》が来《く》るだろう。
けれども、
大切《たいせつ》なことは、
そこで仕事《しごと》の目標《もくひょう》を達《たっ》したと
思《おも》わないことだ。

人生《じんせい》は長《なが》い。
思《おも》っているよりずっと長《なが》いのだ。
五年《ごねん》に一回《いっかい》、
十年《じゅうねん》に一回《いっかい》は、
自分《じぶん》の人生《じんせい》を振《ふ》り返《かえ》れ。

そして新《あたら》しい畑《はたけ》と、
その次《つぎ》の畑《はたけ》のために、
何《なん》の種《たね》を撒《ま》き、
いかなる作物《さくもつ》を育《そだ》てるかを考《かんが》えよ。
そしてまた、
新《あたら》しき光《ひかり》を浴《あ》びながら、

汗《あせ》を流《なが》して畑《はたけ》を耕《たがや》してゆくのだ。

7 成功《せいこう》するまで、やり続《つづ》けよ

人生《じんせい》に、失敗《しっぱい》はつきものだ。
失敗《しっぱい》の功徳《くどく》を肯定《こうてい》しすぎてはいけないが、
人間《にんげん》の成長《せいちょう》にとって、失敗《しっぱい》も、
貴重《きちょう》な機会《きかい》ではあるだろう。

失敗《しっぱい》を節目《ふしめ》として、
さらに伸《の》びていけるかどうか。
そこに人間《にんげん》の真価《しんか》があらわれてくる。

あまり早々《はやばや》と自分《じぶん》を見限《みかぎ》り、
ふてくされて、世《よ》をすねて生《い》きる者《もの》は、
それだけの人間《にんげん》だ。
結局《けっきょく》は、
失敗《しっぱい》を自分《じぶん》のせいにはしたくない気持《きも》ちで、
漂流《ひょうりゅう》しているのだ。
他人《ひと》がなぐさめてくれても、
そのなぐさめも一時的《いちじてき》なもので終《お》わり、
欲求不満《よっきゅうふまん》は続《つづ》くだろう。

努力《どりょく》し続《つづ》けない限《かぎ》り、
失敗《しっぱい》したことを取《と》り返《かえ》すことはできない。
しかし、
努力《どりょく》をし続《つづ》ける限《かぎ》り、
その人《ひと》は成功《せいこう》の道《みち》を歩《あゆ》んでいるといえる。

大切《たいせつ》なことは、
成功《せいこう》するまで、あきらめずに、
やり続《つづ》けることだ。

8

自分《じぶん》をごまかすな

人生《じんせい》を生《い》きてゆく上《うえ》で、
最《もっと》も大切《たいせつ》なことの一《ひと》つは、
自分自身《じぶんじしん》をごまかさない精神《せいしん》だ。

他人《ひと》には嘘《うそ》がつける。
一時期《いちじき》、世間《せけん》をだますこともできる。
どちらも害《がい》があるが、
自分自身《じぶんじしん》をごまかすことの方《ほう》が、
もっと大《おお》きな毒《どく》となる。

勉強《べんきょう》でも、仕事《しごと》でも、
自分自身《じぶんじしん》をごまかし始《はじ》めたら、
進歩《しんぽ》はピタリと止《と》まる。
いや、それどころか、
自分《じぶん》でさえ、
自分自身《じぶんじしん》が信《しん》じられなくなるのだ。
病膏肓《やまいこうこう》に入《い》る、とはこのことだ。
自分《じぶん》をごまかす人《ひと》は、
助《たす》けようもなく、
また実際《じっさい》は、
助《たす》かりもしないのだ。

正直《しょうじき》さと謙虚《けんきょ》さ、
地道《じみち》な努力《どりょく》こそ、
真《しん》の自分《じぶん》自身《じしん》を創《つく》り上《あ》げる力《ちから》なのだ。

自分《じぶん》に対《たい》して正直《しょうじき》であれ。
誠実《せいじつ》な勉強《べんきょう》や仕事《しごと》を、
レンガを積《つ》み上《あ》げるように、
積《つ》み上《あ》げてゆけ。

9 名《めい》誉《よ》心《しん》と不《ふ》動《どう》心《しん》

人《にん》間《げん》として生《う》まれた以《い》上《じょう》、
誰《だれ》にも名《めい》誉《よ》心《しん》はある。
気《き》の強《つよ》い人《ひと》は、
自《じ》分《ぶん》の名《めい》誉《よ》が傷《きず》つけられると、
理《り》性《せい》を失《うしな》って怒《いか》り狂《くる》う。
徹《てっ》底《てい》的《てき》に相《あい》手《て》をやっつけるまで、
戦《たたか》い続《つづ》けることもある。

気《き》の弱《よわ》い人は、
自己嫌悪《じこけんお》におちいって、
自分《じぶん》はもうだめなんだと悲観《ひかん》し、
何《なに》もかもやる気《き》を失《うしな》って、
無為《むい》に日々《ひび》を過《す》ごし、
もっと自分《じぶん》の値打《ねう》ちを
下《さ》げてしまうこともある。

とかく人《ひと》の世《よ》は住《す》みにくく、
人《ひと》の評価《ひょうか》は得《え》られがたく、
真《しん》なる自信《じしん》を形成《けいせい》することは、
限《かぎ》りなく難《むずか》しいことのようにも思《おも》える。

しかし、
ここにもう一《ひと》つの考《かんが》え方《かた》があることを
忘《わす》れてはなるまい。
「不動心《ふどうしん》」だ。
人《ひと》の評価《ひょうか》の上《あ》がり下《さ》がりや、
自分《じぶん》の人生《じんせい》の浮沈《ふちん》にかかわりなく、
堅実《けんじつ》に精進《しょうじん》し、
必《かなら》ず一歩《いっぽ》を進《すす》めようとする考《かんが》え方《かた》だ。
嵐《あらし》の日《ひ》にも動揺《どうよう》しない船長《せんちょう》ほど、
頼《たの》もしい存在《そんざい》はない。

10

信念《しんねん》と忍耐《にんたい》

信念《しんねん》のない人間《にんげん》ほど頼《たよ》りないものはない。
しかし、この世《よ》において、
信念《しんねん》を貫《つらぬ》こうとすると、
次《つぎ》から次《つぎ》へと、
障害《しょうがい》や妨害《ぼうがい》が出《で》てくるものだ。
そして人《ひと》は試《ため》される。

自分《じぶん》が本当《ほんとう》は弱《よわ》い人間《にんげん》か。
それとも強《つよ》い人間《にんげん》か。
批判《ひはん》の一《ひと》つで意気消沈《いきしょうちん》してしまうか。

それとも反撃《はんげき》の機会《きかい》をじっくりと待《ま》つか。

「試《こころ》み」とはよく言《い》ったものだ。
しかもこの世《よ》には、
神仏《しんぶつ》のおわす実在界《じつざいかい》とは正反対《せいはんたい》の、
価値観《かちかん》や誘惑《ゆうわく》が満《み》ち満《み》ちている。
この世的《よてき》な人々《ひとびと》に囲《かこ》まれると
たちまち、
無力感《むりょくかん》や孤立感《こりつかん》にさいなまれる人《ひと》もいる。
そして、
反省《はんせい》ではなく、
自己嫌悪《じこけんお》にとらわれる。

忍耐《にんたい》の時《とき》なくして成功《せいこう》した人《ひと》はいない。
踏《ふ》み止《とど》まる勇気《ゆうき》が
後《のち》の世《よ》の人々《ひとびと》には、
粘《ねば》り強《づよ》い信念《しんねん》に見《み》えるのだ。

心《こころ》を揺《ゆ》らすな。
口数《くちかず》を少《すく》なくして、
ささやかな努力《どりょく》を積《つ》み上《あ》げてゆくのだ。
あきらめるのはまだ早《はや》いのだ。

11

人《にん》間《げん》の器《うつわ》

人間《にんげん》の器《うつわ》には天性《てんせい》のものがあるだろう。
しかし、天性《てんせい》の大器《たいき》といえども、
しかるべき立場《たちば》に置《お》いてみないと、
その輝《かがや》きはわからない。
しかも、その器《うつわ》ができる前《まえ》には、
必《かなら》ず修行《しゅぎょう》の期間《きかん》があるものだ。

幕末《ばくまつ》、維新《いしん》の頃《ころ》の大物《おおもの》について考《かんが》えてみる。
勝海舟《かつかいしゅう》は、
その胆力《たんりょく》と見識《けんしき》で鳴《な》り響《ひび》いている。
胆力《たんりょく》は、
剣《けん》の修行《しゅぎょう》と座禅《ざぜん》で練《ね》り上《あ》げたものだ。
見識《けんしき》は、蘭学《らんがく》修行《しゅぎょう》に徹《てっ》したことや、
咸臨丸《かんりんまる》の艦長《かんちょう》として
アメリカへ渡《わた》った経験《けいけん》がもとにある。
そして時代《じだい》が、
その人《ひと》となりを選《えら》び出《だ》してきたのだ。

坂本竜馬《さかもとりょうま》も小《ちい》さい頃《ころ》は泣《な》き虫《むし》だったという。
実家《じっか》の事業《じぎょう》経営《けいえい》の才覚《さいかく》、気風《きふう》を受《う》け継《つ》ぎ、
剣《けん》の修行《しゅぎょう》で名《な》をなしたことが、
彼《かれ》を時代《じだい》の申《もう》し子《ご》とした。

西郷隆盛《さいごうたかもり》も、
島流《しまなが》しで、
精神力《せいしんりょく》を練《ね》った時代《じだい》があったのだ。

逆境《ぎゃっきょう》に耐《た》え、
人《ひと》を恨《うら》まず、運命《うんめい》を呪《のろ》わないことだ。
自助努力《じじょどりょく》の精神《せいしん》と、
寛容《かんよう》な心《こころ》が、
人間《にんげん》の器《うつわ》を創《つく》ってゆくのだ。

12

静《しず》かなる持《じ》続《ぞく》

思《おも》っても、実《じつ》現《げん》しないことが多《おお》い、とか、
願《ねが》っても、失《しっ》敗《ぱい》して傷《きず》ついた、とか、
様々《さまざま》な挫《ざ》折《せっ》体《たい》験《けん》をして、
思《おも》いの継《けい》続《ぞく》を忘《わす》れていく人《ひと》は少《すく》なくない。

いや、百人《ひゃくにん》のうち、
九十九人《きゅうじゅうきゅうにん》までがそうかもしれない。
希《ねが》ったことが叶《かな》わないので、
信仰心《しんこうしん》を放棄《ほうき》する人《ひと》もいる。
まことに残念《ざんねん》である。

そういう人《ひと》たちは、
いったんは、門《もん》の前《まえ》まで来《き》たのだ。
しかし門《もん》をくぐることができないで、
引《ひ》き返《かえ》していったのだ。
これを退転《たいてん》という。

青年《せいねん》の日《ひ》に、失敗《しっぱい》や挫折《ざせつ》が多《おお》いのは、
単《たん》に知《し》らないことだらけだからだ。
知識《ちしき》と経験《けいけん》が不足《ふそく》しているためだ。
願望実現《がんぼうじつげん》の法則《ほうそく》や、
信仰《しんこう》が間違《まちが》っているからではない。
何事《なにごと》も、
三日坊主《みっかぼうず》では成《な》し遂《と》げることができない。

心《こころ》で深《ふか》く思《おも》ったことを実現《じつげん》するためには、
勉強《べんきょう》でも、運動《うんどう》でも、仕事《しごと》でも、
静《しず》かなる持続《じぞく》が必要《ひつよう》なのだ。

まずは三年《さんねん》。

つぎに十年《じゅうねん》。

そして、二十年《にじゅうねん》、三十年《さんじゅうねん》と励《はげ》み続《つづ》けよ。

あなたは、

理想《りそう》の大地《だいち》を踏《ふ》みしめているだろう。

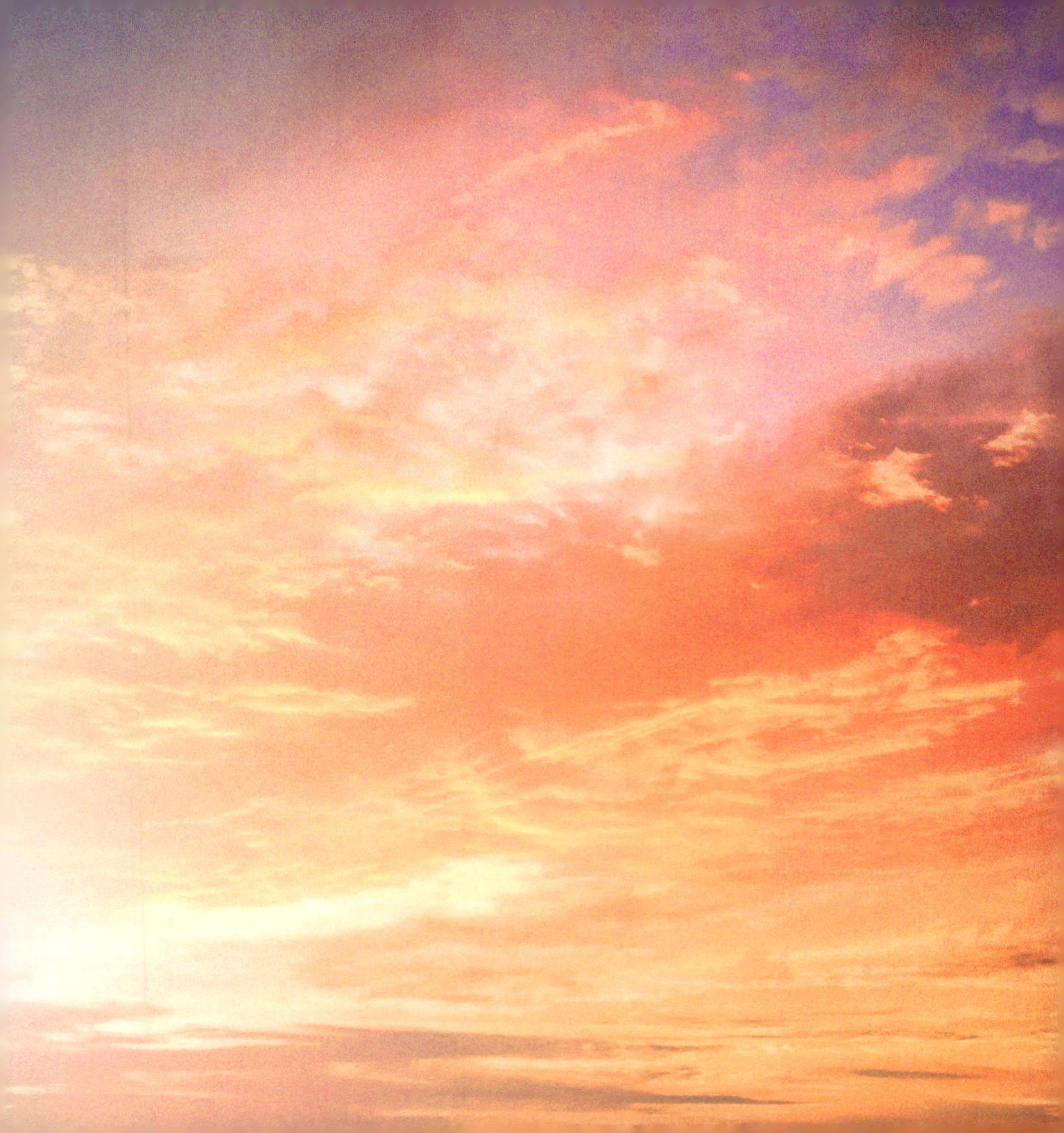

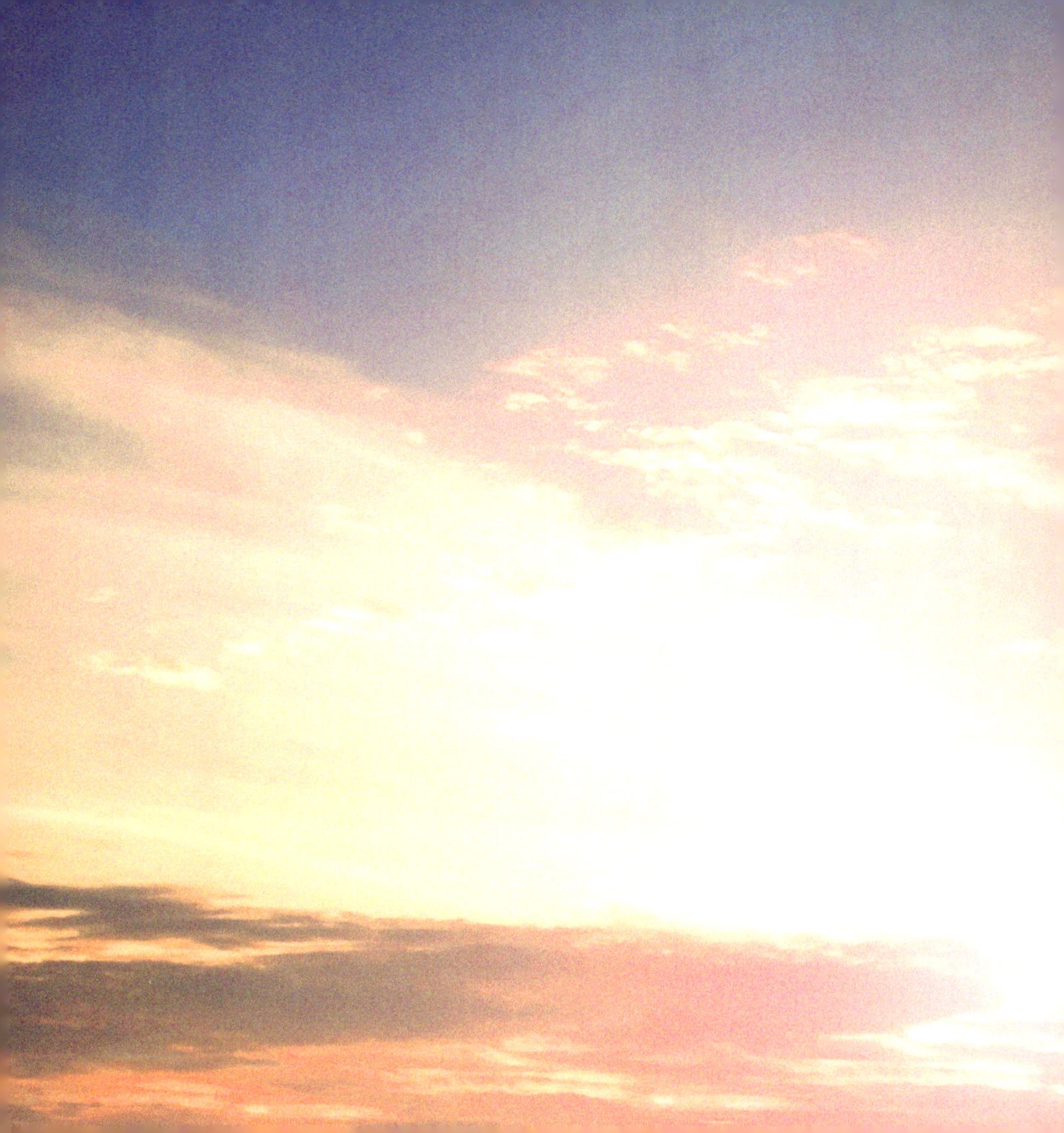

「心の指針 Selection《セレクション》」について

「心の指針」は、幸福の科学の大川隆法総裁が書き下ろした珠玉《しゅぎょく》の詩篇《しへん》であり、現代に生きる数多《あまた》の人々の心を癒《い》やし、救い続けています。大川総裁は、人類を創造した根本仏である主エル・カンターレが地上に下生《げしょう》した存在であり、深い慈悲《じひ》の念《おも》いで綴《つづ》った「心の指針」はまさに「人類の至宝《しほう》」です。その普遍《ふへん》的なメッセージは「人生の意味」や「悩《なや》み解決のヒント」など多岐《たき》にわたっていますが、さまざまな詩篇をテーマ別に取りまとめたシリーズが、この「心の指針 Selection《セレクション》」です。2004年、大川総裁は心臓発作《ほっさ》を起こし、医師からは「死んでいる人と同じ状態」と診断《しんだん》されました。その際、療養《りょうよう》中に書き下ろした108篇の「辞世《じせい》のメッセージ」が、「心の指針」の始まりです。しかし、その後、大川総裁は奇跡《きせき》的な復活を遂《と》げ、全世界で精力的に救世活動を展開しています。

『心の指針 Selection 1　未来を開く鍵』出典

1　未来を開く鍵 ………………… 心の指針7　／『心の指針 第一集 一条の光』(宗教法人幸福の科学刊)
2　世界を照らす光 ……………… 心の指針29　／『心の指針 第三集 仏は支える』(同上)
3　青春断想 ……………………… 心の指針4　／『心の指針 第一集 一条の光』(同上)
4　凡人の自覚 …………………… 心の指針58　／『心の指針 第五集 不滅への道』(同上)
5　自分の畑を耕せ ……………… 心の指針54　／同上
6　新しき光を浴びる ………… 心の指針127／『心の指針 第十一集 信仰と人間』(同上)
7　成功するまで、やり続けよ …… 心の指針90　／『心の指針 第八集 成功するまでやり続けよ』(同上)
8　自分をごまかすな …………… 心の指針93　／同上
9　名誉心と不動心 ……………… 心の指針117／『心の指針 第十集 隠された力』(同上)
10 信念と忍耐 ………………… 心の指針149／『心の指針 第十三集 熱意って何だろう』(同上)
11 人間の器 ……………………… 心の指針94　／『心の指針 第八集 成功するまでやり続けよ』(同上)
12 静かなる持続 ………………… 心の指針55　／『心の指針 第五集 不滅への道』(同上)

著者 Profile　　大川隆法 Ryuho Okawa

幸福の科学グループ創始者 兼 総裁。

1956（昭和31）年7月7日、徳島県に生まれる。東京大学法学部卒業後、大手総合商社に入社し、ニューヨーク本社に勤務するかたわら、ニューヨーク市立大学大学院で国際金融論を学ぶ。81年、大悟し、人類救済の大いなる使命を持つ「エル・カンターレ」であることを自覚する。

86年、「幸福の科学」を設立。信者は世界172カ国以上に広がっており、全国・全世界に精舎・支部精舎等を700カ所以上、布教所を約1万カ所展開している。

説法回数は3500回を超え（うち英語説法150回以上）、また著作は42言語に翻訳され、発刊点数は全世界で3200書を超える（うち公開霊言シリーズは600書以上）。『太陽の法』『地獄の法』をはじめとする著作の多くはベストセラー、ミリオンセラーとなっている。また、27作の劇場用映画の製作総指揮・原作・企画のほか、450曲を超える作詞・作曲を手掛けている。

ハッピー・サイエンス・ユニバーシティと学校法人 幸福の科学学園（中学校・高等学校）の創立者、幸福実現党創立者兼総裁、HS政経塾創立者兼名誉塾長、幸福の科学出版（株）創立者、ニュースター・プロダクション（株）会長、ARI Production（株）会長でもある。

心《こころ》の指針《ししん》 Selection 1　未来《みらい》を開《ひら》く鍵《かぎ》

2019年9月2日　初版第1刷
2024年9月25日　　第2刷

著者　大《おお》川《かわ》隆《りゅう》法《ほう》

発行所　幸福の科学出版株式会社
〒107-0052　東京都港区赤坂2丁目10番8号
TEL 03-5573-7700
https://www.irhpress.co.jp/

印刷・製本　株式会社 堀内印刷所

ISBN978-4-8233-0081-3 C0030

大川隆法著作シリーズ　「心の力」で未来を開く

エル・カンターレ
人生の疑問・悩みに答える
人生をどう生きるか

幸福の科学の初期の講演会やセミナー、研修会等での質疑応答を書籍化！　人生の問題集を解決する縦横無尽な「悟りの言葉」が、あなたの運命を変える。

シリーズ第1弾

1,760円

書き下ろし箴言集

1,540円

人生への言葉

幸福をつかむ叡智がやさしい言葉で綴られた書き下ろし箴言集。「真に賢い人物」に成長できる、あなたの心を照らす100のメッセージ。

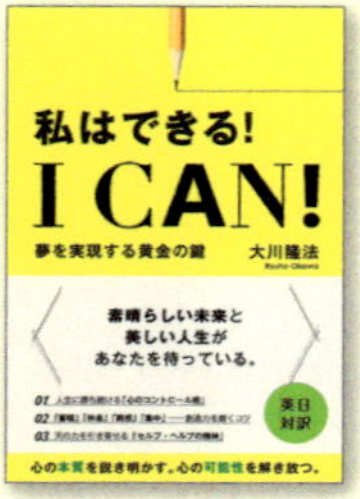

英語説法
英日対訳

1,650円

I Can!　私はできる！
夢を実現する黄金の鍵

「I Can!」は魔法の言葉──。仕事で成功したい、夢を叶えたい、あなたの人生を豊かにし、未来を成功に導くための、「黄金の鍵」が与えられる。

※表示価格は税込10％です。

大川隆法「心の指針 Selection」シリーズ

現代に生きる人々に「人生の意味」や「悩み解決のヒント」を伝える詩篇。
心を癒やし、人生を導く光の言葉をテーマ別に取りまとめたシリーズ。

各 1,100 ～ 1,320 円

【病気・健康】

2 病よ治れ

【人生論】

3 人生は一冊の問題集

【信仰】

4 信仰心と希望

【家庭問題】

5 心から愛していると…

【心の教え】

6 自己信頼

【人間関係】

7 憎しみを捨て、愛をとれ

【仏教的精神】

8 道を求めて生きる

幸福の科学グループのご案内

幸福の科学は世界172カ国以上に広がり（2024年9月現在）、
宗教、教育、政治、出版、映画製作、芸能などの活動を通じて、
地球ユートピアの実現を目指しています。

信仰 *Faith in Lord El Cantare*

信仰の対象は、主《しゅ》エル・カンターレです。主エル・カンターレは地球の至高神《しこうしん》であり、イエス・キリストが「わが父」と呼び、ムハンマドが「アッラー」と呼び、日本神道系では創造神にあたる「天御祖神《あめのみおやがみ》」という名で伝えられている存在です。人類を導くために、釈迦《しゃか》やヘルメスなどの魂《たましい》の分身を何度も地上に送り、文明を興隆《こうりゅう》させてきました。現在はその本体意識が、大川隆法総裁として下生《げしょう》されています。

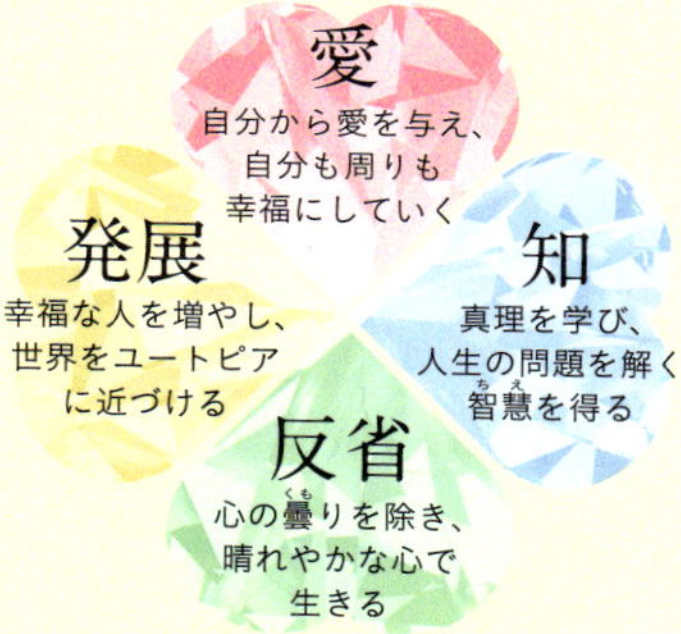

基本教義 *The Basic Teachings*

基本教義は「正しき心の探究《たんきゅう》」と「四正道《よんしょうどう》」（幸福の原理）です。すべての人を幸福に導く教え「仏法真理《ぶっぽうしんり》」を学んで心を正していくことを正しき心の探究といい、その具体的な方法として、「愛・知・反省・発展」の四正道があります。

幸福の科学グループの最新情報、
参拝施設へのアクセス等はこちら！

幸福の科学 公式サイト
happy-science.jp

入 会 の ご 案 内

幸福の科学では、大川隆法総裁が説く仏法真理《ぶっぽうしんり》をもとに、「どうすれば幸福になれるのか、また、他の人を幸福にできるのか」を学び、実践しています。

入会

仏法真理を学んでみたい方へ

主エル・カンターレを信じ、その教えを学ぼうとする方なら、どなたでも入会できます。入会された方には、『入会版「正心法語《しょうしんほうご》」』が授与されます。

入会ご希望の方はネットからも入会申し込みができます。

happy-science.jp/joinus

三帰《さんき》誓願《せいがん》

信仰をさらに深めたい方へ

仏弟子としてさらに信仰を深めたい方は、仏《ぶっ》・法《ぼう》・僧《そう》の三宝《さんぼう》への帰依を誓う「三帰誓願式」を受けることができます。三帰誓願者には、『仏説・正心法語』『祈願文《きがんもん》①』『祈願文②』『エル・カンターレへの祈り』が授与されます。

幸福の科学 サービスセンター
TEL 03-5793-1727

受付時間/
火～金:10～20時
土・日祝:10～18時(月曜を除く)